同安文随笔

颜立水 著

海峡出版发行集团 | 海峡文艺出版社

图书在版编目(CIP)数据

同安人文随笔/颜立水著.—福州：海峡文艺出版社，2024.5
ISBN 978-7-5550-3737-8

Ⅰ.①同… Ⅱ.①颜… Ⅲ.①散文集－中国－当代 Ⅳ.①I267

中国国家版本馆CIP数据核字(2024)第099334号

同安人文随笔

颜立水 著

出 版 人	林 滨
责任编辑	何 莉
出版发行	海峡文艺出版社
经 销	福建新华发行(集团)有限责任公司
社 址	福州市东水路76号14层
发 行 部	0591－87536797
印 刷	厦门市竞成印刷有限公司
厂 址	厦门市同安区同安工业集中区同安园135号
开 本	787毫米×1092毫米 1/16
字 数	240千字
印 张	16.75
版 次	2024年6月第1版
印 次	2024年6月第1次印刷
书 号	ISBN 978-7-5550-3737-8
定 价	68.00元

如发现印装质量问题，请寄承印厂调换

《同安人文随笔》编委会

顾　　问：林生海　何岚岚
主　　编：陈丽霜
副 主 编：林东沿　陈奕坚
执行主编：颜立水
编　　委：蒋　瑕　吕瑞哲　叶婉萍
　　　　　林必荣　纪丽梅　王　凯

鸣 谢

厦门市同安区文化和旅游局
厦门市同安区博物馆
古同安历史文化研究院

序　言

一座人文的丰碑

　　厦门文史界耆老颜立水先生嘱我为他的新书《同安人文随笔》写序，诚惶诚恐之余，又再三请辞不得，只好勉为其难。

　　大唐盛世，诗史上有个著名的"李白搁笔"典故。说的是"诗仙"李白登上黄鹤楼后诗兴大发，欲为黄鹤楼写就天下最好的诗篇，不料读到前于他登楼的崔颢题写的、被后人称之为"唐人七律第一"的诗作《黄鹤楼》，瞬间敬佩不已，知道自己殊难超越，最终留下"眼前有景道不得，崔颢题诗在上头"两行诗句，无奈抱憾而去。后来，李白还仿照《黄鹤楼》的风格，写下了《登金陵凤凰台》："凤凰台上凤凰游，凤去台空江自流。吴宫花草埋幽径，晋代衣冠成古丘。三山半落青天外，二水中分白鹭洲。总为浮云能蔽日，长安不见使人愁。"

　　我对颜老先生，大概也有"李白搁笔"异曲同工之感。二十余年前，我初涉厦门地方文史研究，便知如泰山般存在的文史界前辈颜立水先生著作等身，及至我有幸于2016至2021年整整五年在同安工作，多有机会近距离聆听颜老先生的高见，更深切地感受到他对同安文化的难解情缘和拳拳忧思。而颜老先生对同安文化的保护、传承和传播，更是让我难以望其项背。在我的书架上，颜老先生笔下涉猎同安的文史专著便有近二十种。至于他主编、参编、署名、审定的书籍、资料、文章，更是不计其数，说是汗牛充栋也不为过。早在1992年，颜老先生即有八十余篇、十余万字的文史研究成果《秋实集》问世，泉州文史大家陈泗东称赞他是"多年积学，有如此丰硕的成果，堪供同安甚至是厦门、泉州乡亲的鉴赏"，并相信"立水先生的'秋实'，一定能再生'春华'"。三十多年过去了，颜老先生虽然没有用"春华"命名的集子，倒是在1996年又出版了收录五十余篇文史文章的《冬耕集》。著名文化学者蔡厚示在《冬耕集》序言中盛赞立水先生如"落花生"般"扎扎实实、朴实无华"，并确信，"随着冬天的辛勤耕耘之后，著者将迎来又一个落英缤纷的春天"。

果如陈泗东、蔡厚示两位先生所言，近三十余年来，颜老先生虽年事日高，他的文史创作却喷薄而出、愈加夺目，作品高产且高质，恰如春华般灿烂多姿。

他记录同安，著有《同安古匾额》《同安文物选粹》《同安馆藏石雕》，主编了《同安古牌坊》《同安县文物保护单位简介》《同安民间文学三套集成》（即民间故事、歌谣、谚语）以及《同安文史资料》四十五辑，诉说同安的悠长文韵。

他图说同安，用20世纪八九十年代亲手拍摄的上万张老同安照片，编就《老时光里的同安》《同安文史资料——老照片专辑》等，留存同安的文化展痕。

他挖掘朱子文化，遍寻朱熹在同安的足迹，写就《朱熹首仕同安》《朱熹在同安》，勾勒出大儒朱熹"逃禅归儒、过化同安八百年"的文化大观，证明同安"声名文物之邦"。

他沟通海峡两岸，担任金门县文化顾问十余载，奔波于厦金两岸间，用《金门与同安》《金同集》《同台缘》《颜立水论金门》《祖地情怀》《凤山钟秀》《先贤行迹采风》（合著）等专著，串起海峡两岸的文缘和血缘。

这么丰富的研究成果和著作文章，当然不是凭空出世、无中生有。颜老先生一生研究朱子，"问渠哪得清如许，为有源头活水来"，这为颜老先生的文史研究作了精确的注脚。颜老先生担任过同安县文化局局长、宗教局局长，但他却是妻子心目中的"三不管局长"——不管休息日、不管身体、不管家庭。文史大家彭一万先生说颜老先生是"脚踏车局长"，同安百姓称他是"斗笠局长"，媒体则封他为"同安文化符号""金同文史拓荒者""寻根专家"。这一个个生动的雅号，恰如其分地映衬了颜老先生半个多世纪扎根同安、深入乡土、守护文脉的文化印迹。20世纪60年代，他从厦门大学中文系毕业后，放弃市直部门的优越工作环境，申请回到故乡同安的文化部门工作。从1981年起，他骑着一辆"什么都会响，只有铃不响"的自行车，拿着每天一毛五的微薄补贴，"厚脸皮、磨嘴皮、跑脚皮"，深入乡间巷闾，踏遍山山水水，探墓穴、钻山洞、访寺庙、看牌坊，雨中抄石刻，案下睡草铺，握牛尾涉山洪，烧地瓜当饭吃，他用旁人难以想象的毅力和执着，走遍同安全县（含今翔安区）12公社、7个农林场的240村（居）1216个自然村，发现了遗存丰富的人文遗产，保护了一大批重要的文物古迹，征集了一大批珍贵的历史文物，抢救了一大批非物质文化遗产。如今去同安孔庙的人，大都对数百件栩栩如生的石像生印象深刻，谁能想到，如果不是颜老先生顶着旁人的不理解甚至风言风语，想方设法把这些散落在田间村头的石质文物征集上来，这批被誉为"同安兵马俑"的石雕群就难以避免流离失所的命运。而安置这些石质文物的孔庙，正是颜老先生任县文化局局长时主持维修的。与孔庙一起被维修或修复的，还有钟楼、芦山堂、梵天寺、梅山寺等一大批文物建筑，如今都成为同安珍贵而独特的文化景观。

功不唐捐。通过文物普查，颜老先生在基本摸清千年同安文化家底的同时，也掌握了大量第一手资料，让他有了厚积薄发、信手拈来的文史创作素材，并得以在以后对台文化交流中起到了桥梁作用。2018年，颜老先生以半个世纪对同安文物的守护和两岸交流的功绩，成了"2017年感动厦门的十大人物"之一。颜老先生的大学同窗、著名作家陈慧瑛如是评价："他不愧是一位'不辱使命，守土有责'的文史专家。"

莫道桑榆晚，为霞尚满天。现在，颜立水先生的新书《同安人文随笔》

又即将付梓。我是如此幸运，在第一时间怀着敬畏的心，拜读了这本厚重的人文笔记。全书分为六个版块，收录了颜老近六十篇散刊于有关报刊的文化随笔。"山川精彩"书写了同安乡土的"魂"，"人文撷萃"探求了同安文化的"根"，"闽台文缘"梳理了同安文脉的"果"，"家风家训"刻录了同安文化的"花"，"三亲实录"寻找着同安文化之"源"，"序文选辑"则大抵是同安文化之"叶"。一篇篇朴实而真诚的文字，写尽了颜老先生对同安的文化情愫。在我看来，这本书与其说是颜老先生半个多世纪的"文化苦旅"，不如说是千年同安的"文化大观"。

序文作者（右）与我在白交祠合影（2018年）

文章千古事，为宦一时荣。中国传统上人之三不朽者"立德、立功、立言"，是中国传统文化中最为重要的准则之一。我以为，这些字眼之于颜立水先生，是再适合不过的美誉。受颜老先生和几乎同时代的洪卜仁、范寿春、龚洁等诸位文化前辈影响，我也作为业余人士走上了文史研究与写作之路，更加感同身受其间的不易与艰辛，感受其中的孤寂与淡然，油然生出宋大儒张载先生著名的横渠四句所表达的"为天地立心，为生民立命，为往圣继绝学，为万世开太平"的豪气来。在功利化的时下，人文研究是情怀，是使命，更是一种坚守和突破。在颜老先生位于五显后塘村的三秀书屋，在澹斋书院，在钟楼旁的书房，上万册已泛黄的珍贵文史资料，早已融入颜老先生的文化人生。颜老先生不止一次引唐宣宗李忱游同安真寂寺（位于今海沧天竺山中）与黄檗断际禅师的《观瀑联句》诗句题赠予我："千岩万壑不辞劳，到底方知出处高；溪涧岂能留得住，终归大海作波涛。"他对我这个后生寄予了莫大的希望。但我以为，立水先生才是那股真正冲出文史岩壑的波涛，他甘于寂寞、勤奋朴实的"读万卷书，行万里路"以及对于同安文脉的守望，为自己书写了别样的传奇人生，也为晚辈后生们树立了一座文化的丰碑，熠熠生辉！

范世高

2023年8月于鹭岛三为阁书屋

（作者系厦门市政协提案委秘书处处长、厦门市闽南文化研究会副会长）

目录

山川精彩

历史文化是建设"富美同安"的灵魂	002
最爱银城东北处	
——三秀山前乡村怀旧	008
同安历代文人咏"双溪"	011
以文人之笔舌　传山川之精彩	
——兼谈银城诗社部分诗作	016
古同安的雪	020
古同安的古地名	024
古人的生态保护措施	029
同安人记忆中的"同安"	035
"福文化"无所不在	041
留住乡愁的"风俗诗"	046
同安旧惯习俗	054

人文撷萃

同安北山是"闽王文化"孕育地 062

文物荟萃的同安古官道 065

同安古代的石坊 069

同安文运的象征
——文笔塔 078

朱熹燕处高士轩 081

同安的古匾额 086

同安古代的清官 091

政声人去后
——封建社会褒扬清官的方式 098

吴陞：中国宣示南海主权的代表人物 103

晋江商人与儒学文化 107

同安涉侨文物的保护与利用 112

闽台文缘

从"同安"的冠籍村名看同台缘 118

闽台祠堂楹联的社会功能 124

祠堂文化的研学与传承
——第十二届海峡两岸（厦门）姓氏文化论坛发言提纲 131

水师提督施琅 136

金门何以称"贵岛" 141

荆妻的金门情 145

我家的金门书 149

家风家训

传统家风家训的主要内容及其时代价值 154

族规中的"戒赌"	160
朱熹的《朱子家训》	164
青礁颜氏家训	167
莲花洲陈氏家训	169
芦山堂苏氏家规家训	171
洪晓春的家训	173
朱清禄的家训	175
黄廷元家训联	177
官山陈氏祠堂的"四维"壁字	180
蔡复一的"三心"名句	183
许獬三个"天下第一等"	185
池扬劝勉儿子为宦的联语	187
黄文炤的"祖林垂示"碑	189
锦宅黄氏"课子诗"	191

"三亲"实录

费尽心思搬"石头" ——同安孔庙石雕碑刻征集纪略	194
修复铜鱼池始末	201
"翔安区"命名之始末	206
我凭族谱帮侨台乡亲寻根	210
四十年前拍摄"定光"石佛像	216
我与芦山堂的缘分	219
满门喜气 ——39年前江西被救女孩到小嶝谢恩	222

序文选辑

《闽台送王船》序	226

《宋江阵》序	228
《同安地名丛谈》序	231
《汀溪故事》序	233
《官山春秋》序	235
《香山岩》序	237
《苏营皇渡庵》序	239
《祥露妙建庵》序	241
《抗倭英雄李良钦》序	243
《闽王文化在同安》序	246

附 录

抢救散落文物　打捞同安文史
——文史专家颜立水获评2017感动厦门十大人物　　249

后 记　　252

山川精彩

历史文化是建设"富美同安"的灵魂

同安是美丽的，有歌唱道："同安实在好所在（地方），有山又有海。"明万历四十四年（1616年）探花林釬（金门欧垄人）把同安的十四座山和两条溪（即同安的母亲河东溪和西溪）写入他为桥东刘存德（广东副使）所著的《结愁堂遗稿》序文中："芹山北辰三秀斗拱列其前，天马豪山孤卿九曜环其后；右则鸿渐香山乍画参天而耸其翠，左则莲花西山天柱拔地而峥嵘。入其中，则双流（指东、西溪）九曲缭绕如带，弁石铜鱼（指东溪弁石台和南溪铜鱼石）伟垂若佩。"同安的山川形胜，还被民国时期新加坡诗人洪镜湖（著名归侨女作家陈慧瑛外祖父）写入《登大轮山写望》："邑于轮山下，万派注而倾。双溪汇合处，是我同安城……东望金门去，群岛自纵横。西望厦门去，鼓浪若有声……"这些"以文人之笔舌，传山川之精彩"的丽辞佳句，为世界留下了同安人对家乡的美好印象。

然而，秀丽的山光，旖旎的水色，只是美丽同安的外衣，历史文化才是这座千年古县永恒的灵魂。文化是民族的血脉，人民的精神家园，是中华民族生生不息、发展壮大的丰厚滋养。同安的历史文化除了属于同安，还是厦门、金门之根，是世界同安人共同拥有的"乡愁"财富。因此，有必要进一步认识源远流长、积淀丰厚的同安历史文化，为共同缔造富美同安提供深厚的文化软实力支撑。

一、历史久远

1957年在金门"复（富）国墩贝冢遗址"出土的文物，在同安桐屿山、寨仔山、路岭等地采集到的石锛、石戈、石斧等磨制石器和夹砂黑陶、泥质陶、原始青瓷等日用器皿以及陶纺轮、陶网坠等生产用具都极为考究，也说明了早在4000至6000年前，就有人类在这方"四序有花长见雨，一冬无雪却闻雷"的土地上繁衍生息。距今2147年前，闽越国反汉，汉武帝派左翊将军许滢平叛，驻师营城（今同安小西门），首次入闽并"永镇斯土"的中原汉人带来了北方先进的生产科学技术和文化以及"河洛话"，揭开了同安文明史的序幕。西晋太康三年（282）析东安县置同安县，"同安"得名始此。唐贞元十九年（803）析南安县西南四乡（即永丰、明盛、绥德、武德）置大同场（即同安县前身），后唐长兴四年（933），闽王王审知次子王延钧（生母系惠安锦田黄厥）称帝时升场为县，同安正式实施县治，其辖境包括今天的金门县、厦门各区（海沧部分）及漳州角美镇。元代为加强台湾海峡军事管理，设澎湖巡检司（隶属同安县），兼管台湾民政，台湾行政建制于是始。

二、代多伟人

清代四川总督苏廷玉（澳头人）说"吾乡山川磊落之气，代多伟人"，自古"地生才，才杰必由地灵"。同安历代文武进士238人（其中金门籍50人），虽然没有出过状元，但宋有榜眼刘逵、石起宗，清有榜眼廖金城，明有文探花林釬，清有武探花叶时茂（瑶江人）。宋代闽之文学，"尤以同安为最"，清代则"武功之盛为全省冠"（金门甚至有"九里三提督，百步一总兵"之誉）。一部民国版《同安县志》，就收录670名涵盖在乡贤、武功、忠义、循吏、儒林、文苑、孝友、寓贤、垦荒等方面的先贤事迹。他们或以理学名，或以风节胜，或以循吏传，或以廉能著，都为同安璀璨的历史文化留下了厚重的一笔。比如被闽西和台湾客家奉为祖佛的定光菩萨郑自严（父为同安县令），海峡两岸共同奉祀的民间医圣保生大帝吴夲（白礁人），被朱熹赞为"贤相"的钟表鼻祖苏颂（城内人），宋末抗节不仕的理学名贤邱葵（小嶝人），两京寺丞、不阿权贵的理学名宦林希元（山头人），身膺五省经略、手持尚方宝剑的蔡复一（金门蔡厝人），会元传胪、人称"同安第一才子"的许獬（金门后湖人），明万历四十七年（1619年）被东印度公司总督任命为首位华侨甲必丹的苏鸣岗（同安人），清康熙三年（1664年）创建台南孔庙的郑成功"卧龙诸葛"陈永华（灌口人），领兵巡视七洲洋、四更沙宣示我国南海主权的代表人物吴（黄）陞（城内人），在鸦片战争中以死报国的民族英雄陈化成（丙洲人），闽台金石宗师吕世宜（金门西村人），有13个博士学衔的文化怪杰辜鸿铭（同安人），文字改革先驱、"发明中华新字始祖"的卢戆章（古庄人），被毛泽东赞为"华侨旗帜，民族光辉"的华侨领袖陈嘉庚（集美人）。

同安人的辉煌业绩表现在政治、经济、军事、外交、科技、航运、文学、医药、金石、宗教等领域，各领风骚，增光邑乘。他们的典型事迹蕴含着中华优秀的传统美德，坚守着中华文化的核心价值，正是我们今天建设美丽精神家园的源头活水。

三、遗产丰富

习近平总书记强调：文物和文化遗产承载着中华民族的基因和血脉，是不可再生、不可替代的中华优秀文明资源。历史上由于朝代更替，社会动荡，开疆拓土，贩海垦山，都为这片古老的土地铸就了丰富的"文化基因"。汉代许濙驻师的营城（同安）正是今天厦漳泉金的枢纽，有唐一代，牧马侯陈渊率十二姓到浯洲（金门）牧马，化蛮荒为乐土。南陈三世陈夷则举家 340 余口迁居嘉禾岛（今厦门市），唐宣宗李忱遁迹江南时在同安苏营留宿而有"皇帝井""皇渡庵"遗迹，金紫光禄大夫刘日新追黄巢驻兵宝镇山并开筑砌槽（今属新民街道），光州固始"王家三龙"（即审潮、审邽、审知）随义军入闽在北山"拜剑"奠定"闽王"基础。宋末幼主帝昰、帝昺流经同安而有裂（烈）屿、三忠宫等地名掌故。明代官兵围剿"沙尤寇"而有名监传略（即金门青屿张敏和新店西林柳智）。清代郑成功驱荷复台而有陈永华、林圯、王世杰开发宝岛的壮举，同安旧城区纪念庄尊贤、潘节文二烈士的钟楼铭记着"护国战争"的硝烟……

（1）物质文化。文物能为一种已经消逝的文明或文化传统提供一种独特的见证，是不能再生产的。同安现存的文物古迹占据厦门的"半壁江山"，尤其同安旧城区的"紫禁城"，物质文化更加丰富和密集。据2008年第三次全国文物普查资料统计，现在同安区境内复查和新发现的现存文物有467处，其中62处有着重要的历史、艺术、科学价值和纪念意义的不可移动文物已被列为省、市、县（区）文物保护单位。属省级文保单位有7处，即自西安桥头迁到大轮山、梅山的宋代婆罗门佛石塔2处，加上汀溪宋代窑址、同安孔庙、苏颂故居芦山堂、同安古城墙遗址、纪念施琅的"绩光铜柱"坊5处。还有23处被列为厦门市涉台文物古迹。坑仔口清代龙窑则被列为第三次全国文物普查重要发现之一。

这些受到国家法律保护的文物古迹有两大特色。其一，朱熹的文化遗迹有八处：郭山郭岩隐墓道碑刻、梅山"同山"石字、莲花山"太华岩""灵源"摩崖石刻、澳溪"安乐村"石塔、南门桥金车石刻和铜鱼池遗址（两处）、小盈岭"同民安"关隘、大轮山文公书院和"瞻亭"，这些都是见证"同安是'朱子学'发祥地"的实物资料。其二，金门先贤行迹有十处：三郡知府陈健的"岳伯"石牌坊和墓葬（两处）、五省经略蔡复一的故宅和墓葬（两处）、南山吕氏明代古墓群、成化举人洪敏"凤山钟秀"石牌坊、蔡贵易和蔡献臣父子墓葬（两处）、广东按察司副使陈基虞倡修的五显第一溪桥、户部主事陈睿思父子的澹园诗刻等，这些"涉金文物"也是历史上金门与同安有着"无金不成银""无金不成铜"密切关系的见证。

"精美的石头会唱歌",同安的石质文物特别丰富。同安孔庙里那些笔者 40 年前从全县各地(含今翔安区)征集而来、被游客戏称为"同安兵马俑"的历代石雕碑刻中,有宋代魏王赵匡美四世孙赵叔霖墓前的石将军、朱熹手书的"同民安"匾额、明代知州陈荣祖(金门人)墓前的石马、清代唐孝本筑堤的"唐公堤"石碑等。这些石头不但会唱歌,还会为"富美同安"讲述一则则动听的故事。

同安孔庙(吴稳水 摄)

孔庙祭祀

（2）"非遗"文化。同安可以移动的非物质文化遗产同样丰富多彩，2009年开展全区非物质文化遗产调查，共查找、登记1067个，涉及民间文学、音乐、舞蹈、曲艺、手工技艺、岁时节令、人生礼仪、民间信仰、传统医药、乡规民约、家乘族谱等16个项目。已有15个项目被列为省级非物质文化遗产保护项目，41个区级"非遗"项目。被列为世界人类非物质文化遗产代表的南音以及国家级"非遗"项目的高甲戏、歌仔戏、答嘴鼓、方言讲古、闽南童谣、中秋博饼等在同安城乡仍在传承。为保护传承古龙酱油酿造技术而建成的古龙酱文化园（有6万个酱缸）还成了同安区重要的旅游基地。有些民间信仰，如保生大帝信仰、黑脸妈祖信俗、池王信俗、莲山大人信俗、玉皇信俗、开闽王信俗、风狮爷信仰等，还是两岸民间交流的重要载体，成为联结两岸民众感情的坚韧纽带。吕厝社区"送王船"还是开展中外文化交流的"世遗"项目。

香港同安联谊会的苏杨青参加第九届世界同安联谊会时说了这样一段话："在我心里，故乡同安代表着一个古老文化和符号，代表着一个共同的根。在很多海外华侨的心中，同安就像一个令人骄傲的品牌。"还有乡亲饱含深情地说："我的家乡（同安）是世界上最美丽的地方。"这些发自海（境）外乡亲的心声，让我们这些在地的同安人心潮澎湃。现代经济可以创造强势文化，但永远也创造不出历史悠久、积淀深厚的传统文化。我们要有强烈的文化自信心和自豪感，自觉保护和传承祖先留给我们的这些珍贵文化遗产，加强对历史文化思想价值的挖掘和开发，让优秀传统文化成为鼓舞人民共同缔造富美同安的精神力量。

最爱银城东北处

——三秀山前乡村怀旧

"白云缥缈树深深,三秀屏张耸翠岑。最爱银城东北处,攀跻原自有同心。"这是清同治十一年(1872)贡生陈障川(松田人)写的七言绝句《三秀山怀古》,吟咏了三秀山的旖旎风光(据说尚有"同心石"在焉)。三秀山在同安县城东北部,以其"三峰秀出,状如笔架"而得名。据传三秀山前自古就是风水宝地,是闽王王审知入闽最早的根据地,坊间甚至有"三秀山前水,饮了肥又嬬(漂亮)"的俚语流传。明初就有不少浯江(金门)家族到此择居。如后塘、垵炉、军村、后坝、鳌头(今五头)等村的颜姓,来自金门颜厝(今贤聚);后烧(原为后萧)的彭姓,来自金门沙尾;坂垄尾辛氏,与金门西门外辛氏同祖;后溪陈姓,是金门阳翟"浯江"的支派;宫仔边张姓,则衍自金门青屿;辜东保辜东社虽是废乡,却是辜姓聚落。因是风水宝地,不少金门籍的乡贤名宦卒后也在三秀山前长眠。如三郡知府陈沧江及其次子陈甫烈(金门阳翟人)、明嘉靖十三年(1534)古同安唯一的文举人林可栋(烈屿东林人)、乐至知县蔡用明(五省经略蔡复一父亲,金门蔡厝人)、南刑科给事中陈昌文(古区人)、赠中宪大夫陈柿(广东按察司副使陈基虞祖父,金门阳翟人)等,甚至康熙年间巡视"三沙"群岛的水师将领吴陞(本姓黄)的"钦赐祭葬"墓也在三秀山麓的庄上。

我家居三秀山前,对这里的一草一木自然是情有独钟,尤其是农耕时代的劳动、生活情景,虽时过境迁,仍记忆犹新。三秀山前的乡村近山远海,乡民世代务农,过着"日出而作,日入而息"的耕作生活。学生时代读过一些古诗词,迄今还胡乱记得一些佳句,如"暧暧远人村,依依圩里烟"(晋·陶渊明)、"漠漠水田飞白鹭,阴阴夏木转黄鹂"(唐·王维)、"黄梅时节家家雨,青草池塘处处蛙"(宋·赵师秀)、"燕子巢边泥带水,鹁鸠声里雨如烟"(明·沈明臣)、"童孙未解供耕织,也傍桑阴学种瓜"(宋·范成大)、"田夫抛秧田妇接,小儿拔秧大儿插"(宋·杨万里)……这些数百年甚至上千年前诗人笔下的田园风光,在我们这里也随时可见,随处可闻。

三秀山前飞白鹭　　　　　　三秀山前忙春播

乡村山清水秀,"空气可以出口""四序有花常见雨,一冬无雪却闻雷",春花秋月,真的是"四时佳景在乡村"。三秀山前这片乡村,20世纪70年代叫果园公社,成片的龙眼果树密密麻麻,蔽天隐日。每年暮春初夏,那满树盛开的龙眼花,白里泛黄,花香袭人。似乎用手一抓,就可以抓到一把"龙眼蜜",让人有"家居绿水清山间,人在春风香气中"的惬意。那时晚上的月色很白,如鲁迅所说"月光如水",深秋月夜上山吊乌(桔槔)浇灌水稻、花生、甘蔗,那月光把狭窄弯曲的田埂也照得一清二楚,我似乎从中领悟到唐代福建观察使常衮的《月光光》能够传唱至今的奥妙。

当然，早期乡村生活贫困。俚语说："要困（睡）无床铺，三顿番薯糊，串（老是）穿破衫裤，无钱通娶某（老婆）。"那劳动强度，不是现在坐在空调房里可以想象的。六月暑天，热浪滚滚，用文学家的语言是"空气热得像划根火柴就能点燃似的"。在花生地里摘花生，一丝风也没有，只听到"一窟仔礁仔礁"的鹧鸪声，中午蹲在田头地角喝番薯粥配咸菜补（萝卜干）。下田插秧，阳光炙背，田水烫脚，"上下煎"，与白居易描写割麦时"足蒸暑土气，背灼炎天光"热度无异。劳动很苦，但人们总可以在生活中"境由心造"造出许多生活的乐趣。作家贾平凹在《我是农民》一书中说"真正的苦难在乡下，真正的快乐在苦难中"；2012年诺贝尔文学奖得主莫言留有"20多年的农村生活是文学的富矿"的感言。有这种生活经历的人，有机遇当官，或许对百姓会有"一枝一叶总关情"的情怀。

随着旧村改造，城乡一体化建设，许多美丽乡村景色与贫困生活如昨日黄花。据统计，2000至2010年，中国消失了90万个自然村落，相当于每天消失300个自然村落。随着古村落的消失，其原始性及文化性也就"皮之不存，毛将焉附"了。这些农耕时代凝固的乡村文化（包括建筑、服饰、饮食、习俗、礼仪等）是我们永远抹不掉的记忆，也是中华文明传承千年的活力。保护乡村文化遗产，留住永远的乡愁，这也是建设美丽乡村的举措。

同安历代文人咏"双溪"

同安"双溪"即东、西两溪，是同安的"母亲河"。东溪发源于县邑东北的加张山、西格山（海拔826米），由曾溪、辜宅溪、竹坝溪、西洋溪四条支流组成，经新圩、五显两镇至县城双溪口，主干河道长25.18千米。西溪发源于县城西北的凤冠山、状元山、云顶山（海拔1175.2米），由莲花溪、澳溪、西源溪、汀溪四条支流组成，经莲花、汀溪两镇至县城双溪口与东溪合流，主干流长30.4千米。两溪合流1.5千米至瓮窑分出石浔、瑶江两条支流，二溪各行4千米又合流2千米后经丙洲入海。瑶江、石浔夹流形成江渚，俗称大土、白埕。相传朱熹任同安主簿时，曾至双溪下游勘察并口谶："两溪合一溪，丙洲状元家；大土好田园，白埕作粟仓"。我在1993年写过《陈化成的故乡丙洲》这篇小文，文章最后写道："英雄的故乡，在改革春风吹拂下，将建设成为厦门经济特区一座富饶美丽的海滨'新城'[1]。"现在西柯、洪塘滨海西这片区域叫滨海新城，我当年的臆想与今天的现实纯属时代发展的巧合。

南宋绍兴十五年（1145）知县王轼创筑同安县城。清代诗人方朝敬"两

---

[1] 郑成功抗清时曾在丙洲建筑"新城"。

岛[1]苍茫腾海去，双溪纡折抱城来"和新加坡侨商诗人洪镜湖"双溪汇合处，是我同安城"的诗咏，都点明"银城"所处的地理位置——"东西二溪之水夹焉"[2]。

双溪历史悠久，风光旖旎，历代文士留下许多赞美的诗篇。

同安县城鸿渐门（俗称东门）外架于东溪之上的东桥，志载是宋太师中书令留郑国公留从效（906—962）创建，故又名"太师桥"。桥全石构，通水八门，踏上这座"要倒是要倒，再造没这好"的古桥，"览溪山胜概如尘寰蓬岛。晦翁簿同，东桥玩月，尝登临焉"[3]。朱熹有《雨霁步东桥玩月诗》五言一首：

> 空山看雨罢，微步喜新凉。
> 月出澄余景，川明发素光。
> 星河方耿耿，云树转苍苍。
> 晤语逢清夜，兹怀殊未央。

这是朱熹雨后喜趁月色，走出衙门，"微步闲吟向碧溪"（刘汝楠）的诗咏，从中可见东溪的光风霁月，以至让晦翁（朱熹号）流连忘返。

"银城"是古同安政治、经济、文教的中心，也是地方文化名人聚居的福地。因此，游双溪、咏双溪成了他们生活中的乐事。明代刑部左侍郎署尚书事洪朝选（1516—1582）有《题双溪送别图二首》。

其一：

> 双溪溪上木兰舟，潮长溪深水自流。
> 为问人今何处去，溪流犹到海门休。

---

[1] 指厦门、金门岛。
[2] 出自康熙版《大同志》。
[3] 吴锡璜. 同安县志（民国版）[M]. 北京：方志出版社，2007:136.

其二：

> 岸芷汀蒲送客舟，凫鸥呷唼半沉浮。
> 东风不管人离别，弱柳牵条犹自柔。

诗歌描绘了在潮涨水深的双溪上，荡舟送客，见到岸芷花香，汀洲草茂以及海鸥低翔、野鸭觅食的自然风光，借"似牵衣待话"的弱柳抒发"多情自古伤离别"的情怀。

明代"五省经略"蔡复一（1576—1625）是同安县翔风里十七都刘浦保蔡厝（今金门蔡厝）人，但长期居住东山壶隐山房（也叫东山草堂），还与蔡献臣、许獬同在轮山文公书院读书，对家乡"双溪"也是情有独钟。明万历三十八年（1610），他在燕地（今河北省北部与辽宁省南部一带）任武库郎中时，曾作诗回忆少时与胞弟蔡复心畅游西溪的情景。《对月忆舍弟》其中一诗[1]云："秋借一宵好，圆添四度明[2]。最怜西郭外，溪色理船轻[3]。"可见无论同安人到哪里，"双溪"都是他们心中抹不去的乡愁记忆。

明代广东按察司副使陈基虞（金门阳翟人）的诗句"一点青山浮海上，双溪碧水倒松阴"，创筑汀溪"晃岩"的池显方（蔡献臣妻弟）的诗咏"铜鱼双汇流加急，天马诸峰行必随"，写双溪的急流、松阴也都绘声绘影。

到了清代，吟咏双溪的诗家更是不乏其人。双溪溪面及溪底，自宋代以后就有更多的人文景观，为诗人的写作提供了更丰富的素材。如西溪有北宋元祐年间（1086—1094）邑人许宜（号西安）和僧宗定创建的西安桥（俗称西桥）。根据许宜（1021—1100）之子许权著作目录，其中有《苏魏公赞西安桥记略》篇。苏颂（1020—1101）与许宜是同时代的同安人，苏颂如何赞颂西溪上的西安桥，因目前还找不到这篇文章，对900年前西溪情景不敢信笔涂鸦。而东溪溪上，有北宋建隆四年（963年）留从效建造的东桥、南宋

---

[1] 摘自蔡清风《蔡复一之遗作研究》。
[2] 今年秋得四望。
[3] 家居每以秋后偕弟泛西溪。

乾道年间（1165—1173）县令雷光霄重修的铜鱼桥（俗称南门桥），还有元大德年间（1297—1307）修建的五显溪桥。

东溪西畔孔庙前面有宋代始造的古城墙，城堞上明成化九年（1473）修建的观澜亭与东面凤山石塔（即文笔塔）及孔庙内的明伦堂、兴贤育才坊、泮桥同在一条中轴线上。旭日东升，塔影倒映在东溪水面，故"东溪塔影"成了"轮山八景"之一。东溪溪中有朱熹题刻的"弁石台"，南门溪浒有朱熹号名的铜鱼石及明代邑令李春开修建的铜鱼亭，雄镇溪中的金车石有朱熹题写的"中流砥柱"及佚名的"逝者如斯"等摩崖石刻。这些城堞、凉亭、石塔、石桥、题刻等文物也往往被融入诗人的笔端。如：明代蔡献臣、林应翔、陈基虞、张廷拱四位乡贤名宦夜坐铜鱼亭，就可以领略双溪口"神鱼迎水跃，天马护亭斜""午风催急雨，夜月坐平沙"的风光，那铜鱼戏水、沙滩月色的景观至今让人回味无穷。清代陈薰写下"两岸秋容归画舫，几湾夕照落清尊""双溪密匝千家火，万树平铺一色秋"；举人叶廷梅留有"东溪碧到西溪水，一帧烟光蓼满汀"；谢清丑挥墨留诗"浪击铜鱼墙楼危，潮回秀塔海燕归。商旅银水竞泛舟，船过城桥不眠桅"；林腾骧说，"渡我双虹[1]高日月，跂余百堞望宫城"；举人陈耀磻感叹"半溪涵月色，垂钓一竿横。塔影低秋水，烟痕锁古城"；黄天榜沉醉于"独步东皋望碧波，水光低照白云过。眼前景物钱难买，最是清风明月多"……这些多数是诗人于双溪泛舟、清樽对饮的写照和感受。谢清丑于清光绪三十二年（1906年）所写的《登青云亭》篇末还自注："城墙坂桥底水深浪击，潮回浪涌，海溪交融，舟筏穿梭，木排如织，商贾旅客，夹寄其间。"从中能看出清末同安双溪航运的繁忙景象。宋代汀溪窑烧制的珠光青瓷，清代坑仔口生产的陶缸瓷瓮，也都利用双溪水运销往世界各地。

双溪不但入诗，而且被编成歌曲。1938年5月13日厦门沦陷，胡奋发写作歌词《紧来讨倒返》，配上《延水谣》的曲，由同声京剧社演唱："双

---

[1] 指东桥、南门桥。

溪深，双溪长，双溪流水透厦门。厦门乎（让）日本鬼仔来损断（蹂躏），所在有人变饥荒。迄地（那里）有咱的乡村，迄地有咱的田园，紧来讨倒返（讨回来）"。歌曲以双溪水起兴，表达同安人民抗击日寇，"讨回厦门"的决心和勇气。

西溪溪畔（2003年）　　双溪慢行道

双溪之畔还有"皇帝封孺人"的传说。民间相传，宋末幼帝赵昺南逃经同安时，见双溪沿溪妇女排列跪在自备的竹椅上洗衣，幼帝以为是妇女跪地接驾，即下旨赐洗衣妇女以七品孺人封号。宋幼帝流经同安是史实，有无"封孺人"之事，道听途说，不必当真。

双溪承载着千年古县历史文脉的记录，也是海内外同安人"系得住乡愁"的载体。保护母亲河，任重道远。愿双溪流水，不随时光流逝，而紧跟新时代步伐更加水绿天蓝。

以文人之笔舌　传山川之精彩
—— 兼谈银城诗社部分诗作

同安自古山川秀美，人文荟萃。二岛（金门、厦门）扃锁于东南，文笔三峰秀出其北，铜鱼绕双溪之流，葫芦映百雉之内。古人云，山川"非借文人之题咏，即名胜亦黯然无色"。自古以来，许多同安本土诗人，借"胸藏万汇凭吞吐，笔有千钧任歙张"的如椽大笔，为同安的山川形胜、文物古迹、风土民情、交通物产、信仰娱乐等，留下了许多脍炙人口的诗篇，也成就了"闽之文学，以漳泉为最，而漳泉尤以同安为最"[1]的声誉。

一方水土养一方人。同安本土诗人，他们探古寻幽，搜奇索奥，把爱乡的情愫融入故乡的山水中。这类诗作俯拾即是。

明代刑部左侍郎洪朝选"双溪溪上木兰舟，潮长溪深水自流"的诗句，让我们领略到四百多年前双溪（东溪与西溪）荡舟送客，依依惜别的场景。清代谢清丑"商旅银水竞泛舟，船过城桥不眠桅"的诗句，也为我们留下了一幅双溪"水深浪击，舟筏穿梭"的画卷。

---

[1] 吴锡璜. 同安县志（民国版）[M]. 北京：方志出版社，2007:1161.

明代浙江按察副使刘存德"龙宫掩映碧云间，南北高峰耸两关"的诗句，描绘了"西山茂，同安固"及白云岩的地理形胜。

明季举人池显方的"上潭不见底，二三奔未已。五六潭尚渊，潋光最青紫。七八九相邻，苴滑难容趾。十潭至十二，令人不可视"描绘了北山十二龙潭的形状和特色。

清代解元黄维岳"振衣千仞望沧溟，海水连天一色新"和方朝敬"两岛苍茫腾海去，双溪纡折抱城来"的诗咏，描绘金厦两岛、双溪拥城的气派。

清代倪鸿范"杰构华岩压群峰，崚嶒攒簇似芙蓉"的诗句，描写了莲花山太华岩状如芙蓉（莲花），壁立千仞的形态。

清代周奇炤（前场人）所述的"灯与千村为日月，溪无一刻不风雷"，展示了开年寺前（今莲花云埔村南，已废）千家灯火，溪流轰鸣的风景画。

清代同安首位进士李其蔚"深竹裹禽声，浓烟蒸石汁。客来僧不知，静对梅花立"的诗咏，描绘了澳内（今莲花澳溪）磊园"小武陵"（贡生陈柏芬题刻）的自然风光。

清代女诗人郭宜璋（李长庚孙妇）所写的"绕屋稻花香习习，当门流水碧溅溅"，便是"在田书屋"田园风光的写照。

清代张际亮"近海风多欲上潮，马家巷口日萧萧"的诗句，再现了马巷古镇"商贾辐辏"的景象。

同安诗人作品内容丰富，题材广泛。除"传山川之精彩"外，对同安历史事件、物产、民俗等也有佳作传世。如：明代"理学名宦"林希元"杀戮同鸡犬，川原污血腥"的诗句，反映了明代日本倭寇窜犯同安杀人如麻的惨状。进士卢若腾"去去将安适，掩面道傍啼"的诗句，反映了清初"迁界"百姓被"若驱犬羊"的颠沛生活。童宗莹"戊子之年陷城池，填街塞巷有横尸"的诗句，描绘了清顺治五年（1648）农历八月二十六日清兵屠同安城"僵尸盈衢，朽骼蔽路"惨景。明代"五省经略"蔡复一居东山草堂时，写的诗稿中有"雨能转雪眼亦开""雪洗月光即新魂"的诗句诠释他在自序中称"吾乡乃亦有雪"的记录。宋代林夙"玉腕竹弓弹吉贝，石灰荖叶送槟椰"的诗句，让我们知道当时同安已有种植棉花（吉贝）的历史。清代方珪"乍经面起还留迹，不踏花归也自香"的诗句，让我们似乎闻到当年"同安香饼"（即马蹄酥）的香味。从科学家、丞相苏颂《送黄从政宰晋江》中"弦诵多于邹鲁俗，绮罗不减蜀吴春"的诗句，可见早在北宋"泉山南望海之滨"的"泉山"（包括同安）已是"海滨邹鲁"之乡了，使他感到生于此邑里很光荣。明代林希元《石浔竞渡诗》"龙舟随地辟，梅雨逐风微"的诗句，让今天研究厦门"扒龙船"的专家学者找到了历史依据。清代林兰痴"调羹汤饼佐春色，春到人间一卷之"的诗句，让今天的食客了解了同安三月节"家家食薄饼"的习俗。清代贡生陈障川"风调雨顺祝年丰，老少同欢一鼓中"的诗咏，反映了百姓于社日祭土地神，庆祝丰收的热闹场面……

古代同安诗人的作品"蕴玉怀珠，辉媚外溢，此山川之以文献也"[1]，为我们今天建设美丽乡村留下了一笔可持续发展的文化遗产。今人也不逊古人，同安区老年大学一群诗词爱好者组成了"银城诗社"，他们走进大轮山魁星阁、北山十二龙潭、禾山石佛塔、花厝铜钵岩、坑仔口古龙窑、前格茶马古道、九跃山文笔塔、双溪铜鱼池、小盈岭同民安坊、苏营皇帝井以及军营村、白交祠、下魏、半岭、杉际内等人文景点，采风问俗，揽幽探胜，或发思古之幽情，或讴歌新时代。大凡溪边垂柳，山顶杜鹃，岭上松风，乡村旧曲，古桥新月，房前翠竹，随手拈来，妙趣成诗，为同安地方文库增色添彩，也延续着千年古县的历史文脉。

李进的"垂垂榕老于曾念，八百年前植树人"，是对870年前朱熹建"同民安坊"并手植"挡风榕树"寄"安斯民于无既"事迹的缅怀。张静娴的"残壁断垣旁，藤坠花铺地"，是对清代坑仔口古龙窑未与时俱进、改造创新的叹惜。林惠真的"层岩宝塔怜无顶，孤石书房却有阴"，是对禾山明代石佛塔遗失塔刹石佛的惋惜。李秋毫的"老屋新妆眸底清，木橼基石旧时形"，是对汀溪路下叶拱南故居"修旧如旧"的赞美；"矩形枪眼脚夫泪，

---

[1] 吴锡璜. 同安县志（民国版）[M]. 北京：方志出版社，2007:671.

丁字拐窗骡马伤"是对"山间铃响马帮来"前格茶马古道的遐思;"老厝门窗毁不全,山墙匣钵忆从前"是对宋代同安工业区——汀溪窑址生产珠光青瓷的追忆。林瑶璋的"借得石房三尺地,潜心苦读可成龙",借禾山石书房明代"五里三进士"(康尔韫、林一材、柯凤翔)苦读成名以激励后学。朱惠敏的"九跃山峰参碧水,擎天一柱立斜阳",化用了文笔塔二层"斗气护金轮频见五云捧日,文峰参璧水永为一柱擎天"石刻楹联,也同样有趣。谢黎明描写汀溪顶上古林的诗句"欲问村居何处是?翠微深处起炊烟",有着陶渊明"暧暧远人村,依依墟里烟"的古韵。付凤伟用"谁调一抹明黄色,绘染枝头陌上开",对"烟花三月"黄花风铃木进行了赞美。李金龙的"二度访贫留政绩,一番改革沐春风",回忆了习近平总书记当年两次上山扶贫给军营村、白交祠带来的山乡巨变。康焕荣用"银邑四方山水秀,沿溪绿树鸟欢啼"描绘双溪慢行道天蓝、水清、树绿的新景观。谢惠真的"豪庭连宇际,彩道接邦洲",描写了滨海新城高楼大厦、彩色马拉松道等恢宏建设,是今天"富美新同安"的缩影。

北山十二龙潭

岭头崎甘露亭

　　银城诗社作品很多,未能逐一鉴赏。但尝鼎一脔,略知全味;大海拾贝,可窥一斑。

庚子年腊日于铜鱼城

古同安的雪

唐末诗人韩偓寓居福建时,写了一首七律诗《登南台僧寺》,其中颈联为"四序有花长见雨,一冬无雪却闻雷",可见那时的南国闽地"无雪"。同安县的前身是"大同场",唐贞元十九年(803)划南安县西南四乡(即永丰、绥德、明盛、武德)置大同场,同时辟浯洲(金门岛)为牧马监地。韩偓生活的年代,尚属南安县的大同场当属"无雪"区域。

古同安历史上有没有雪呢,且看地方志书和地方文人有关雪的记述。

一、地方志书记载的雪

地方志书把飓风、冰雹、雨雪等自然现象列为"灾祥"或"祥异",而古同安就有多处"雨雪"的记载。例如:清乾隆版《泉州府志》卷七十三载,宋大观四年(1110)"十二月初六日,泉州大雪,深三四尺,人以为异"。泉州下大雪,同安能不"雪及"?

民国版《同安县志》中,明嘉靖"十一年壬辰(1532)春雨雪。同安地温无雪,故老皆以为瑞。次年癸巳大熟,惟荔枝、龙眼枝叶憔悴,乃知此果宜温"。同安地区突然下雪,"冻死苍蝇未足奇",翌年农作物反而有好收成，应了北方"瑞雪兆丰年"那句老话，只是像荔枝、龙眼这类热带果树不适应罢了。

清顺治"十三年丙申（1656）正月十六日，大雪深尺许，时马总兵兴役筑城，民苦寒"。宋代建阳游酢、杨时到北方拜理学家二程（颐、颢）为师，留下"程门立雪尺深三[1]"佳话，同安城下雪竟有"深尺许"，难怪派去筑城的民夫叫苦不迭。

清乾隆"十六年辛未（1751）春，大雪，是岁五谷丰稔"。清光绪"十七年辛卯（1891）十二月初一早，大雪遍地，色白如绵，严寒彻骨""十八年壬辰十一月廿八日，大雪，廿九早仍雨雪霏霏如棉絮，地上如铺白毡，坑涧皆平，俗呼为棉花雪。问之八十老翁，均以为不经见云"。连续两年冬天都下雪，而且"严寒彻骨"，大概也是140年来所见，因此县志记载得比较详细。

同安内地有雪，那么属同安政区、孤悬海中的金门岛有没有雪呢？光绪版《金门志》卷十六记载，清咸丰"十年（1860）冬十一月，雨雪三日，冰坚二寸许，长老皆以为未见也"。可见金门也下过雪，而且连下三天，比同安还厉害。

二、地方文人笔下的雪

雪中赋诗是北方文人的雅兴，南方下雪少见，自然更能引起诗人的留意。明代金门蔡厝蔡复一（1576—1625）在《东郊[2]有数美歌以赏之》诗中三次提到同安的雪："半窗似借雪花白""雨能转雪眼亦开""雪洗月光即新魂"，而在他的《雪诗篇》自序中也称"吾乡乃亦有雪矣"。与蔡复一同乡的诗友池显方是金门琼林蔡献臣（光禄寺少卿）的内弟，他是明天启二年

---

[1] 为翔安区霞美村杨氏家庙联的下联。
[2] 东郊即同安东山壶隐山房。

（1622）的举人，原住嘉禾屿（今厦门市区），后携母到同安端山构筑晃岩（今汀溪水库库区）。在他的《晃岩集》中，也有提到同安的雪。如他到龙窟东（今属同安区洪塘镇）造访纪文畴（南明隆武时任中书舍人），有"晓过斋头春色早，雪中赠尔一丹梅"的诗句；他到同安三秀山雪山岩[1]叩问休歇上人，也有"六载深山和雪定，两间茅屋半云争"的诗句（雪山岩可能是因雪而名）。道光版《厦门志·卷九》收录了他的诗作《冬游洪济山》，其中写到"六时树乐空中奏，一夜约衾雪里眠"。原郑成功储贤馆的阮旻锡（1627—1705）于1663年清军入厦门岛后徙居同安县西七十里的夕阳山下，他的《夕阳寮诗稿》中也有描写夕阳山的诗句："道傍苔井和泥汲，墙角花畦带雪锄"。这三位古同安的地方文人，都是明末清初人，从他们的诗中可见那时同安的三秀山、夕阳山甚至厦门岛都曾经下过雪。清代乾隆年间，同安县嘉禾里（厦门岛）诗人张锡麟（龙溪贡生）到鸿山寺、镇南关（今大生理一带）游玩时，对厦门的雪描写得更具体："昨夜鸿山雪片稠，携童晓望兴难留。一壶浊酒驮驴背，几点疏梅挂杖头。"雪中饮酒，自然别有一番情趣。这场雪，是否为《同安县志》里乾隆十六年那场大雪？清光绪二年（1876）优贡王步蟾在《小兰雪堂诗集》里也有描述嘉禾里两次下雪的情景[2]。到了清末民初，同安铜鱼馆有位书法家叫胡铉（1866—1917），他"能书尺余大字"，因书斋悬吊一把如椽大笔而名"椽笔楼"。在他的著作《椽笔楼》中，有一篇《金车[3]钓雪》谈到"连日大雪，砚海已冰，伏案河冰，不能作书""钓罢相与步雪而归，觉雪花片片，犹在衣襟间也"。这是笔者见到记载古同安下雪的最晚资料，距今也有百余年了。

从以上文献资料可以看出，从明嘉靖十一年到清末民初近400年间，同安县的山区、城区及其管辖的金门岛、厦门岛都曾经下过雪，大约是"百年

---

[1] 又名牛皮仑，明季布衣黄文炤读书处。
[2] 光绪十八年农历十一月二十九日和光绪二十八年十二月十二日。
[3] "金车"即南门雄镇溪中的巨石。

一遇"（志书可能有漏记），难怪八十老翁也未必见过。

那么唐代韩偓为什么说福建一带"无雪"呢？

其一，可能当时气候温和。今天的泉州古名温陵，以地尚温和而名，韩传中也有"偓捐馆日，温陵帅闻其家藏箱笋颇多"之句，可见唐代已有"温陵"地名。同安豪山之西的圣果院（今属集美区后溪镇），肇基于唐，民国版《同安县志》记载："因腊月生龙眼，故名圣果院。"龙眼喜温，十二月还能结果，可见当时地气温暖，很少下雪。

其二，韩偓在南安时间很短。韩偓是京兆万年县（今陕西西安市东南）人，唐龙纪元年（889）进士，历中书舍人、户部侍郎等职。他自幼聪颖，著名诗人李商隐是他的姨父，李商隐曾用诗句"雏凤清于老凤声"赞扬这位"青出于蓝而胜于蓝"的外甥。后韩偓因不肯依附朱全忠（又名朱温、朱晃）篡唐被贬，携眷入闽后，在泉州刺史、闽王王审知二哥王审邽招贤院供职，卒于南安龙兴寺，葬南安葵山之麓。可见他在南安仅有十几年，在这短短的时间里，他确实看到"四序有花"的风景，但"雪花那个飘呀"的北国风光他没有遇到。

依据现有史料，古同安已有百年不见雪了。2016年1月23日晚，海拔800多米的同安莲花军营村的气温-4℃，雪花从天而降，虽数量不多，但标识了厦门有气象记录以来的第一场雪。

古同安的古地名

众所周知,辛亥革命前同安县的行政区划包括今天的金门县、厦门市各区(海沧部分)及漳州龙海区的角美镇。自后唐长兴四年(933)同安实施县治迄今已有1090年历史,许多古地名被原汁原味地保留下来,但也有不少地名,由于历代口传谐音、简化、雅化而失去了原本的含义。随着行政区域的调整,许多老地名,甭说是年轻人,就是上了年纪的人也有"不知有汉,无论魏晋"了。因此,保护、研究古同安的古地名,也是传承闽南文化的当务之急。

一、沿用迄今的历史地名

地名是人类生产生活中交际的产物。历代人民群众根据自己的认识和需要,对具有特定方位、范围及形态特征的地理实体,给予约定的文字代号。地名的内容十分广泛,蕴含着政治学、经济学、军事学、地理学、宗教学、民俗学、语言学、植物学、人口学等方面的文化知识。因此,它不仅是一种地域认识标志,承载着丰富的历史记忆,也是今天海外侨胞、台湾同胞寻根认祖、留住乡愁的一种文化符号。

有些地名沿用千年，让现代人透过时空的隧道，仿佛看到了古人筚路蓝缕、刀光剑影的身影，体现了地名的稳定性和延续性。例如金门县金沙镇光前里的阳翟。据清代康熙年间户部主事陈睿思（浯阳信房二十四世，住同安松田）所撰谱序载，始祖陈达（898—933）"自中州固始之阳翟卜居于浯，故浯亦以阳翟名地，示不忘祖地"。明代其裔又分支现在同安和灌口的阳翟，也是寄托"阳翟名依旧祖德宗功"的意思，从中可见陈氏族人自固始而浯洲而同安迁徙的足迹，迄今已有1100多年的历史，金门阳翟也堪称"千年古村落"了。又如，现在同安区新民街道柑岭村的刘营村，其名来自唐乾符年间（875—888），响应王仙芝农民起义的黄巢一支编师进入大同场（同安县的前身），金紫光禄大夫刘日新奉令率兵追剿黄军至此，其驻兵扎营的地方就叫刘营（尚有铡巢、走马廊等遗址），迄今也有1100多年的历史。现在翔安区新圩镇的御宅，是宋幼帝当年驻扎御林军而名。南宋景炎元年（1276）十二月，元军入闽，福州被占，张世杰、陆秀夫护送幼主赵昰、赵昺在同安三魁山一带驻跸，留下出米岩、饮马池、三忠宫、朝拜埔诸多地名掌故。据传当年幼帝在御宅，想吃海鲜，但不近海，村民只好在村中一池塘捞鱼作为御膳。小皇帝饥不择食，还称赞"这鱼白肠白肚，没有臭泥味"，于是这池塘的鱼直到今天仍是"白肠白肚"少有泥味，也成了今天养殖专家的一道谜，而"御宅"这个古村名沿用至今也有700多年了。白礁村是两岸供奉保生大帝（大道公）吴本的故乡，也是当今台湾高雄路竹乡王氏宗族的祖籍地。村中王氏家庙石柱有联"分支来自固始，到白礁腾浪万里；创业本在同安，振乌巷长享千秋"，联中可考白礁原是同安的辖地，是到1957年才划属龙溪县（今为龙海区），但白礁这个村名沿用至今也逾千年。至今有着三四百年历史的老地名，更是俯拾即是，如厦门岛的"思明"，自郑成功设"思明州"至今天的思明区，也有300多年历史了。

二、被异化了的历史地名

历代口耳相传的老地名,往往都会异化,背弃了原本命名的初衷,有的甚至大相径庭。例如南宋奸臣贾似道流放经过同安铺前的贾厝后变成"狗厝后"、厦门市区大同路的棺材巷变成"光彩街"、厦门港清代专供台湾府购运木材码头的料船头变成"屎船头",这就让人莫名其妙了。有的赋予政治色彩,更显得不伦不类,例如"文化大革命"时,人名改"卫东",街名改"东方红"。金门陈坑改为"成功",大担改为"大胆"。但许多的历史地名是在口传中被异化。如同安城内的洗墨池,原名洗马池,是西汉元鼎四年(前113)左翊将军许濚奉旨平定闽越之乱驻师营城(今小西门一带)洗马之处。到了北宋,因丞相苏颂幼时读书芦山堂临池洗砚而易为今名。金门县金宁乡的后坂溪,原称洗马溪;金城镇的泗湖原作驷湖,相传是唐代贞元十三年(797)牧马侯陈渊率领十二氏族上岛牧马的遗迹。但"驷"简作"泗",就失去了"牧马"的意义。金湖镇的琼林,原名平林或坪林,因村在青山坪上,青山坪即以林木扶疏而名。南宋绍兴二十三年(1153)朱熹首仕同安县主簿时,曾渡海到他管辖的浯洲"采风岛上,以礼导民",当他登青坪山望平林里时,见四周树木葱茏,便口谶"此日山林,即他年儒林",尔后平林果真科举联登,簪缨辈出。明代万历年间,熹宗皇帝垂询蔡献臣(光禄寺少卿)籍贯时,蔡献臣对曰"闽省同安琼山保平林里"。上曰"平林里名庸俗,未若琼林文雅",于是"御赐里名琼林[1]"。"琼林"文化内涵丰富,又是皇上御赐,自然流传更远,但也不能忘却这个记录当时植被风貌的原始地名"平林"。闽南的乡社,多为古代中原移民整宗迁入,因此许多乡村都是有着血缘关系的单姓聚落,也就产生了许多冠姓村名。例如金门县金城镇的贤厝,原名颜厝,宋大中祥符元年(1008)颜必和自永春达埔洋头迁此,成为浯江颜氏一世祖。到了明郑时期,因有明末遗臣王忠孝等人与

---

[1] 出自蔡主宾《蔡献臣年谱》。

同住颜厝的卢若腾相过从，遂改颜厝为贤聚，寓群贤毕集之意。后来又转化为现在的"贤厝"，也就失去了"莫问村人便知姓"的意义了。至于辜姓的始居地辜宅（今翔安区新圩镇），为简化笔画写作"古宅"，这会让人误为是"古早人的住宅"了。汀溪原作鏴溪、澄溪，后来也简作"汀溪"了。

三、名存实亡的历史地名

历史上由于自然灾害（风、沙、水、旱、虫等）、野兽伤害、战争、瘟疫、"大姓吃小姓"等原因，致使一些乡村人口消失或外出，形成了"空壳村"，甚至变成废乡，但原始地名依存。如金门县金湖镇的前山门、庄厝、赤西、山内埔；金沙镇的山柄、湖山、后墩；厦门湖里区的西阪、山辽；翔安区新圩镇的艾厝、六角井；同安五显镇的白石人、诗山尾、辜东厝等。有的废乡也曾有辉煌的村史，如金门县的凤山（西洪），明代成化年间出过举人、国子监助教洪敏[1]，尚有"人丁不满百，京官三十六"俚语流传。后来因风沙填压，乡人外迁，1967年于旧址辟为"榕园"，但"西洪"的历史仍在人们的记忆中。现在许多台胞、侨胞提供的寻根资料，往往最后指向已废的乡村。例如：台中有位陈先生，其开台始祖陈六合，祖籍是"泉州府同安县舍仁宫山仔脚边"。经查，"舍仁宫"是"少年宫"的谐音，而"山仔脚边"已是废乡，陈姓村民就近迁入缉熙亭村（今属同安区五显镇）；台湾高雄县老县长林渊源先生的祖籍是泉州府同安县十二都仁德里萧地保东宅社，可是1958年修建坂头水库时，东宅连同石兜、东岭、官地、萧厝等十多个乡村一并迁出库区，林先生虽然找到祖地"东宅"，但也只能"望水兴叹"了；台北一位花先生自述祖先是清代乾隆年间从同安迁台，地址是"同安县感化里6、7、8都小坪楼仔下"。经实地考察，"楼仔下"原是小坪一个角落，已成废乡，仅余花氏祠堂基址。还有一位姓李的美籍华人，是位机械工

---

[1]现在同安岳口漳（州）泉（州）驿道上有其"凤山钟秀"石牌坊。

莲花花厝　　　　　　　刻有"中左所"的朝元观石香炉

程博士，他有一座祖先的坟墓葬在同安县安岭保水阁内兔儿顶粪箕湖内。像这样偏僻的地名，身在异国他乡的人还有这份地名资料，而我们在地的人，甚至水阁内（今作水果内，属五显镇）村民也很少有人知道。小小的一个古地名，联结着海外游子的"乡愁"，其义不言而喻。

地名学是一笔庞大的文化资产，是一个地区历史沿革和集体记忆的载体，随意更改或废止老祖宗所起的地名，都会割断历史文脉，损毁一座城市或一个乡村的本色和灵魂。那些历代保存下来，承载着农耕文明的老地名，随着城镇化建设的推进，都有"朝不保夕"的厄运，更应该注重抢救性的保护并积极挖掘它的文化内涵和现代精神价值。对于一些异化或废弃的老地名，也应该根据历史状态适当给以"复名"，充分利用"古为今用"的价值。金门县文化局出版了蔡凤雏先生撰著的《金门地名调查与研究》、厦门市民政局编纂了《厦门市地名志》、同安区政协编写了一辑《同安地名故事专辑》。这些书籍保存了古同安丰富的地名资料，但对于古地名的挖掘、整理、研究，仍是一件长期的任务。每个地名都是一则生动有趣的故事，倘若能够编出一部专著《古同安的地名故事》，对于申报历史文化名城、传承闽南文化、缔造美丽乡村都有加分的作用。

古人的生态保护措施

古代由于科技文化滞后，无论官方还是百姓，他们所固有的生态保护意识是朦胧、零碎甚至是唯心的。人们对自然界各种现象无法科学诠释，于是便造出了许多旨在"禳灾祈福"的民间信仰和习俗，如拜天公、土地公、月亮妈、北极星、山神、风狮爷、樟（榕）王公等自然崇拜。民间有句俚语叫"天要给人吃肥律律（胖乎乎），天不给人吃剩两块骨"，这是对"天人合一"、人与自然和谐的通俗注脚。

古人还没有"绿水青山就是金山银山"的科学理念，但他们面对种种自然现象，从现实的生产生活需求出发，采取了某些保护生态的举措，客观上为我们留下了一些宝贵的自然遗产。

一、名人"谶语"保护生态

老百姓崇敬先贤、"圣人"。朱熹说"圣人千言万语，只是要教人做人"，"做人"当然是做好人，因此"圣人"保护生态的话成了百姓恪守的箴言。朱熹卒后被宋宁宗赐谥"文"，故世称"朱文公"，他的话有的被当作"朱文公谶"。所谓"谶语"，实际上是劳动人民生产生活经验的谚语，借用"圣人"之口，寄托扬善抑恶的心愿。朱熹的"谶语"，是利用"格物致知"的思维方式，根据客观环境来预测主观努力的结果，使其生前的预言得到验证。例如，据民国版《同安县志》记载，"朱子簿同时过此（指马家巷）曰'五百年后，必为通利之地'。"泊五百年后的康熙年间，马巷果真成了"人物辐辏，烟火稠密"之区，里人也建"通利庙"（俗称"大宫"）纪念。又如，同安南门外溪浒，有石三块，形如鱼，色若铜，朱熹名之"铜鱼"，相传还口谶"铜鱼水深，朱紫[1]成林""铜鱼石上排金车，此是公侯宰相家"，后来"邑中科第，全视铜鱼显晦，以卜盛衰[2]"。意思是说，"铜鱼"如果不被沙泥埋没，池水清澈明亮，同安就会多出精英。用今天的话说，创建卫生城市，对于人民的健康，人才的孕育有着重要的促进作用。清代水师提督吴必达认为整治双溪（即东西溪）"宜清理金车铜鱼，使之显而不晦"，即是延续朱熹的这种环保意识。同安东半县的鸿渐山，以其"山峰耸拔高骞，如鸿之渐于逵"而名，也是金门的"脑山"。朱熹任同安县主簿时，他曾登临远眺，并称"浯洲（金门）各乡，凡鸿渐照到者，无不吉利[3]"，民间相传也有朱熹"鸿渐披绿，朱紫遍地"的谶语，其义与"铜鱼水深，朱紫成林"无异，都是对"绿水""青山"的崇敬和期盼。康熙版《大同志》还收录了一则保护生态的童谣："'西山见，同安变；西山茂，同安固'。宜禁居民砍伐树木，使阴森幽邃也。"西山林木的枯荣，涉及"山之兴废，邑之盛衰系焉"，从中可见生态保护与百姓生存的密切关系。

二、官方行文保护生态

朱熹说"天下之务，莫大于恤民"，古代官员，若要真心为民办实事，也必须"顺民心而兴事"（李光地）。因此，关心民瘼，保护生态也是他们

---

[1] 为唐代官员服制，三品以上紫，五品以上朱。
[2] 吴锡璜. 同安县志（民国版）[M]. 北京：方志出版社，2007：155.
[3] 出自光绪版《金门志：卷二·分域略》。

不可推脱的职责。

清康熙四十九年（1710）五月，康熙朝宰相李光地（安溪湖头人）为他居住在同安县归得里蔗内保莲田乡（今属莲花镇）的表亲发出一纸手谕，称"金岗湖等处，不许土棍借端侵界，并不许附近人等登山樵采。如敢故违，指名报府，定行闻官究治，决不姑贷"。这张113字的护林谕，终使这片七千多亩的原始次生阔叶林成为今天"闽南的西双版纳"。清末福建水师提督兼管澎台水陆官兵颜青云（五显军村人），他于同治二年（1863）任南澳总兵时，得悉不肖之徒砍伐金山树木，便发出《禁伐金山树木示》，"毋得再往该山盗伐材木，如有怙恶故违者，仰左右两营立即拿送，分别究治。仍随时委派兵丁往来巡缉，或出幼竖，惩其父兄；若在妇女，罪及夫儿"。驻军保护山林，惩罚措施严厉，可见官兵对地方生态资源的重视。1936年，专员兼同安县长黄元秀（杭县人）为保护田洋桐屿山的生态，也特发告示并勒石警告：禁止该山不得窃盗或砍焚暨盗等，事违即拘究不贷。

有些地方官员，不但在任上发文保护生态，有的还身体力行。南宋绍兴二十三年（1153）七月朱熹莅任同安县主簿，途经南（安）同（安）交界处的小盈岭，发现东北风顺此"漏斗"吹入同安地域，造成"沙溪七里口，无风沙自走"的风沙之苦，翌年便在小盈岭建造"同民安"石坊并手植一片"挡风榕树"以补岭缺，寄托"安斯民于无既"的夙愿。据传同安县衙东书房口的榔榆树也是朱熹手植。明代"理学名宦"林希元是大嶝田墘郑撞迟的外甥，某年林希元渡海探其母家，见岛地风沙，人多不寿，"乃教植木止沙之法，严折取堤木之禁，而木愈久愈茂，沙亦愈积愈厚"，乡民赞"人长寿，家殷盈，皆理学林先生之赐也"[1]。如今这片"希元林"也成了大嶝一道绿色的风景线。

---

[1] 摘自《同邑栖栅金嶝田墘郑氏家谱》。

三、乡规民约保护生态

古代人民群众自立的一些乡规民约，对国家法令的实施可以起到一定的辅助作用。老百姓用自订的条规进行自我约束，有时会收到"县官不如现管"的效果。同安县境内（含今翔安区）有二十多碣"示禁乡规"石碑，其中不少碑刻也有记录保护生态的条文。如清嘉庆十六年（1811）莲花后洋乡村民订立的《公禁》碑，记载"祠堂后园林及大埔上草根，概不许损折铲刮，违者罚戏一台"；清嘉庆二年（1797）美头社的《公禁碑记》也有禁止"砍伐荫树、锄草掘土"的条规；清光绪十二年（1886）洪塘朝拜埔乡民所立的"公禁"碑，是一碣专门禁止窃取损坏栽插刺围的石碑，碑文写有"倘敢故违，罚戏一台，神诛鬼责。见者来报，赏钱二百，决不食言"，从中看出，损坏树苗，神人共责；保护生态，人人有责。

曩者民众自订的示禁乡规，内容除保护山林植被外，还有保护水利设施，禁止挖石取土，不许盗窃五谷瓜果，禁止赌博酗酒、聚众斗殴，禁止包理渡头及买卖祖业、私宰耕牛等。这些对"善者当劝，恶者当戒"的乡规民约，对于保护原始的生态文明、构筑和睦的公序良俗可以起到积极的协调和制约作用。

四、宗族立规保护生态

同安新圩金柄（今属翔安区）大帽山腰有一块明万历十四年（1586）黄氏人士雕刻禁毁山林的石刻，题刻记"林木有阻风储湿固壤之奇功宝也"。晋江青阳大下浯明代《浯里裕后铭》石碑还记载，"无树则寒，有树则温。戕树者如戕其手足，培树者自培其子孙"，说明植树不仅有阻风、储湿、固壤、保温的自然功能，还可以庇荫子孙，使家族人丁兴旺，瓜瓞绵绵。因此，许多家族的祖先，都喜欢为子孙种树。明代刑部左侍郎洪朝选（新店洪厝人）在故居庭前栽种铁树，三省参政林一材（今美林潘涂人）在美人山祖坟栽种火流丹树，山东兖州知府康尔韫（今新美禾山人）在牛岭山种植油杉，莲花张厝叶氏开基祖叶文吉在崇福宫后栽种海红豆树，清代户部主事陈睿思（松田人）也在故居进士第栽种一株"含笑"……这些祖先的手泽，后代子孙用心维护，有的甚至订立族规，泐石禁毁。如新圩金柄明万历三十年（1602）布衣黄文焰敬立的《祖林垂示碑》，碑文载"始祖肇纶公手植香樟树林，乃造福通族之胜迹，子孙世护勿毁"。另一块石刻更具体告诫族人，"大仑尽木皆护，毁者非吾族人矣"。毁坏唐代开基始祖黄肇纶（664—750）手植的香樟树林，就会受到革出族籍的处罚，这是以惩罚作为手段来规范族人的环保行为。清顺治九年（1652）汀溪晃岩檀越池显方（嘉禾里人）撰写的《晃岩檀越发愿碑文》载，池族亲眷不得"擅伐山荫，占卖僧田"，否则"生遭王法，死坠地狱，永不得如意"。有的家族还把保护生态写入族谱作为族规，如金门珠浦许氏就有"严禁破柏木"的族规，新民蔡宅卓氏《垂戒后世》也有"不许盗买卖公业及戕贼公林"的条文。因此，有的树木树龄逾越千年，民众奉为"神树"，"石狮无言而称爷，大树无故而立祀"，如新圩后埔的"樟府王爷"、五显后垱的"枫府王爷"、浦头的"十八榕公"等。不少古代民众"借神"保护下来的树木成了今天的古树名木。根据厦门市古树名木普查数据，厦门古树名木有1796株，在同安境内就有573株，这是古人保护生态环境遗留下来的一笔绿色财富。

古代无论是官方还是民间，他们保护生态，多数缘于"风水龙脉"。如朱熹首仕同安时，在县城北隅的应城山"筑堤以补龙脉"，民众称"文公堤"，地方绅士为之立《阖邑绅士公禁应城山罗汉峰掘砂伤坏县脉碑》[1]。明万历二十八年（1600），邑令洪世俊（歙县人）于九跃山建造文笔塔"以拱文庙"，其初衷是振兴同安文运。清康熙五十二年（1713）知县朱奇珍（长沙人）发布《林次崖墓茔禁约》，是要禁止民众"牛羊践履，斧斤往

---

[1] 吴锡璜. 同安县志（民国版）[M]. 北京：方志出版社，2007：52.

来""毁伤及乎薪木"[1]破坏林希元墓园的行为。清光绪三年（1877）树立于新店圣林的《奉宪示禁》碑，也是为了保护赖氏祖坟不受"牛羊践踏蹂躏"。清乾隆十九年（1754），为了叩谢知县明新行文保护吴氏祖坟三株樟树免砍之恩，庙山吴氏族人特立《瑶山吴氏坟荫樟树恩免碑记》。凡此种种，都是以保护"风水"为出发点，但这些举措都以良好、朴素的主观愿望为基础，用心良苦，由于时代的局限，人们采取了一些唯心的做法，不能与封建迷信相提并论。今天我们应该本着"剔除其封建性糟粕，吸取其民主性精华"原则，守正创新，为建设"绿水青山，美丽家园"提供有益的借鉴。

清华大学国学院院长陈来（中）偕太太参观铜鱼池

---

[1] 吴锡璜．同安县志（民国版）[M]．北京：方志出版社，2007：172．

同安人记忆中的"同安"

同安于西晋太康三年（282）设县，同安之名始此。据陈金城先生考证，当年始设的同安县与晋安郡（后来的福州府）并存，直到南朝宋齐时期（420—502）才并入晋安县（今泉州南安市），"同安县"存续的时间有200余年。现在同安城东的梅山古名同山（有朱熹题写的"同山"石字为证），据说当时号名取同山"同"字配以寓意安定的"安"字作为县名。唐贞元十九年（803）析南安县西南四乡（即永丰、明盛、绥德、武德）置大同场，这是同安县的前身，"大同"也成为同安的古地名，地方志书《大同集》《大同志》及现在的"大同街道"等书名、地名，也以"大同"冠名。五代后唐长兴四年（933）闽王王审知次子王延钧升场为县，同安正式实施县治，其管辖的行政区域包括今天的金门县、厦门市六个区（海沧部分）及漳州市龙海区角美镇等地。据史料记载，"元之末，于澎湖设巡检司，以隶同安，中国之建置于是始"，也就是说，元代福建泉州路同安县还统辖过澎湖、台湾的民政。

同安县于南宋绍兴十五年（1145）创筑县城，城因"东西广，南北隘，如银锭样，故名银城。南溪有三石，状若鱼，色若铜，故又名铜鱼城"[1]。"银城""铜鱼城"原为同安县城的专称，后来衍生的"银同""银邑""铜鱼"也成了同安县的代称。辛亥革命后，由于行政区域的调整，同安县的辖地逐渐缩减。原属同安县的浯洲（今金门县）、嘉禾里（今厦门市区）相继划出，1953年划出集美乡，1957年又划出灌口、鼎美、东孚以及改属龙海市的角美镇等地，2003年又析"同安东半县"设翔安区。作为历史上大同安的乡亲、移民，他们仍以"同安"为原乡，甚至以同安人为荣，在许多文献资料中都可以找到同安人"心系原乡，不忘同安"的记录。

历史上有些同安人，他们的声誉可以让人用"地名+姓氏"来指代。如明代光禄寺少卿蔡献臣（1563—1641）与五省经略蔡复一（1576—1625）被襄阳太宰赞为"同安二蔡"；金门后浦江南监察御史许福被杨本仁称为"同安许进士"。此外，会元传胪许獬（1570—1606）才华横溢，"海内传诵其文曰'许同安'"。现在同安图书馆收藏的《许同安制义》善本书是国内孤本。被吏部尚书张肯堂赞为"品高嵩岱，学溯关闽"的理学聘君黄文炤（1556—1651）人称"黄同安"。这些被人用祖籍地代名的历史文化名人，既包含了他们自身的文化气息，也提高了同安的知名度。

许多科举成名的同安人也不忘祖地，在标明身份的同时也往往标示祖籍地名，如南京户部主事许廷用（字南洲）撰写《都督俞公生祠记》碑文落款是"同安南洲许廷用"。金门后浦人许獬题《巨然山水画》落款是"同安许獬"。太仓知州陈如松（字白南）作《莲山堂文集》自序落款是"同安陈白南"。兵部尚书卢若腾（1598—1664）为《钓矶诗集》撰序落款是"同邑后学沧浯卢若腾"。曾任台湾总兵的陈伦炯（约1685—1748）在《海国闻见录》自序中署名"同安陈伦炯"。清代翰林院庶吉士许琰（1689—1755）为《重修南海普陀山志》作序时落款"古闽同安许琰"。陈胪声（登瀛人）重校朱熹《大同集》序文时落款是"同安后学陈胪声"。闽台"金石宗师"

---

[1] 摘自康熙版《大同志》卷一。

吕世宣（1784—1855）撰写的《明监国鲁王墓碑阴》落款是"同安举人吕世宣"，厦门云顶岩上有他与周凯等人同游的摩崖石刻，题名是"壬午举人同安吕世宣"。发明中华新字始祖卢戆章（1854—1928）于1892年出版的第一本中国拼音文字的著作——《一目了然初阶》自序中落款是"闽泉银同古庄卢戆章"。又如连横在《台湾通史》中直呼地方史学家林豪为"同安林豪"。最早预言"珍珠港事件"的张圣才是同安后坂人，抗战初随戴笠面见蒋介石，当蒋介石知道他是同安人时，连声说："啊，啊，你是张圣才，同安人。同安我去过，啊，非常好。"著名女作家王安忆的父亲王啸平是同安珩山人，她在长篇小说《伤心太平洋》中写道："习习凉风中，爷爷会想一想同安，同安是我苦思冥想中为爷爷寻找到的一桩安慰。"

女作家王安忆（左二）祖籍为同安

"同安"及其衍生的"银同""银邑""同邑""铜鱼"等古地名，也被许多文人写入诗歌，凸显了浓厚的地方文化色彩。最早把"银同"入诗的作者可能是朱熹。朱熹于南宋绍兴二十三年（1153）首仕同安县主簿时，为蔡林社（今属集美区杏滨街道西滨社区）标题八景，其中"珠屿晚霞"一景有"宝珠自古任江流，锁断银同一鹭洲"的诗句。台湾高雄旗山洲溪朝天宫

300 年前奉祀"银同妈祖",但信众不知道"银同"在哪里。经过两岸民间文化交流,他们才于 2011 年 4 月组团到同安南门内土窟墘"银同妈祖"祖庙进香。明末嘉禾里(今厦门市区)人阮旻锡(1627—1705)所著《夕阳寮诗稿》里有"我家住银同,久作金台客"句。池显方的《晃岩集》有"波田万顷栽青玉,同邑一边露白银"诗句;而曹学佺赠池显方的诗里也有"君不见银同昔日号大同,主簿闻有朱文公"的句子。清代贡生陈障川留有"最爱银城东北处,攀跻原自有同心"诗句。现代新加坡侨商诗人洪镜湖(著名归侨女作家陈慧瑛外祖父)有"双溪汇合处,是我同安城"诗句。1930 年同安西安、南薰二桥改建落成时,许多名人赋诗志庆。如朱莲汀有"银同多古迹,水绕双溪碧"句;陆军 49 师 146 旅旅长王澄沄有"银同自古推繁庶,伫看他年气象更"句;王欲齐有"银山凿白石为砥,同邑挺文物绝尤"句;施宗浩有"春风古邑铜鱼馆,山川信美名南中"句;台湾诗人卢乃沃《赠陈文总中将》也有"百戢赋归来,粉乡话银邑"句。陈文总(1895—1985)是石浔人,抗战胜利后授"一等忠勤勋章",1947 年 7 月获授中将军衔。

　　自古播迁海内外的同安人,不忘"摇篮血迹","身在他乡即吾乡",在他们落籍地的聚落、族谱、楹联、碑记、墓葬也都留下祖籍地名,以便后裔寻根谒祖。明代同安刘五店童氏七世童保裔孙徙居广东饶平县黄岩镇,族人干脆以"同安"为堂号,便于子孙认记。明永历年间,同安县鼎尾乡林孝德随郑成功入台,同时带去玄天上帝的香火,后来在落籍地台南市湾里乡建庙奉祀家乡的神祇,就用"同安宫"为名。台湾高雄路竹乡甲南村王氏古厝门楣石匾镌刻"同安"二字,这个家族的祖籍地一目了然。宝岛台湾至今还有同安村、同安厝、同安寮、同安里、同安宅、大同区、大同街等,显然是不同时期同安移民的聚落。金门古坑董氏族谱谱名是"银同浒兴董氏谱",厦门五显镇布塘村赵厝有《银同赵氏续谱》。厦门新圩乌山蔡氏开基祖蔡文仲(1315—1391)还把"银同"编入昭穆(辈序),即"肇基银同,立家乌山……"。新加坡同安会馆有一副以"同安"冠名的楹联:"同为泛宅浮家,到此地留些萍踪,千里因缘欣聚首;安若泰山磐石,睹今朝建斯华屋,百年事业话从头"。台北奉祀保生大帝吴夲（宋代同安白礁人）的保安宫有木刻楹联："公实生于宋代，其活民比富范之仁，救民秉岳韩之义，宜与宋代诸贤，并垂不朽；神固籍乎同安，然俎豆遍十闽之地，声灵周四海之天，自非同安一邑，所得而私"。明代集美进士陈文瑞（1574—1658）为大嶝阳塘"军门祖庙"题写楹联："金嶝形胜无双地，银邑清廉第一家"。白礁王氏家庙点金柱石刻楹联："分支来自固始到白礁腾浪万里，创业本在同安振乌巷长享千秋"。马六甲青云亭《甲必丹李公济博懋勋颂德碑》载"公讳为经，别号君常，银同之鹭江人也"。明代何乔远撰写《蔡虚台先生筑海丰朱堁堤岸功德碑颂》里有"银同崇崇，苎水溶溶"句。明代万历年间印尼首任华侨甲必丹苏鸣岗（1580—1644）墓碑镌"同邑明甲必丹苏鸣岗墓"。菲律宾已故的总统阿基诺夫人曾祖父许尚志在打拉省班尼义镇的墓碑镌："同邑鸿渐皇清显考十九世尚志许公封碑"。清代乾隆年间东园张汝武留在澎湖东石的夫人陈氏墓碑镌："银同显妣张母陈氏墓"。2023年3月12日获得第95届奥斯卡金像奖最佳女主角的杨紫琼是同安下尾店杨宽裕的曾孙女，她的父亲杨建德的墓碑也镌"同安"二字……这些烙印在村落、谱牒、楹联、碑刻等处的地名符号，是世界同安人地缘、血缘的见证，也是今天大同安人民联结侨胞、台胞感情的纽带和桥梁。

海外侨胞回乡参加"世界同安联谊会"

以上这些地名资料，诠释了世界同安联谊会会歌中这句歌词：一脉相传本同根，五洲遍布同安人。今天分布世界各地的同安人据说有 500 多万，仅台湾一地，据 1926 年 12 月 31 日人口统计，当年同安籍移民占全台人口的 17.75%，即全台人口的七分之一。因此的 1991 年在新加坡创办的"世界同安联谊会"至今名存，因为"没有什么名称能包含历史上同安所辖的区域"，这是历史形成的不以人的意志为转移的永久地名。同安作为千年古县，历史悠久，人文荟萃，是闽南文化主要发源地之一，也是厦门申报国家历史文化名城不可或缺的文化资源。"携手联谊团结紧，高声歌颂同安精神"，"同安"名片闪亮，"同安精神"不朽！

"福文化"无所不在

《辞源》释"福"是"古称富贵寿考等为福"。古今百姓生产生活中,"福文化"几乎无所不在。有福之人称"福人",安乐之处为"福地",富贵之家为"福门",积善得报为"福田",幸福利益为"福利",祭神食品为"福食",祥瑞之草为"福草",基督教称"好消息"为"福音",妇女敛衽行礼叫"万福",清朝亲王、世子、郡王之妻称"福晋",所至如意的将领称"福将"(如明代大同巡抚、大嶝人张廷拱,清代福建水师提督、金门琼林蔡攀龙),明朝有姓福的人叫"福时",现在以"福"组成人名的更是比比皆是,如福气、福海、福山、福德、有福、来福、添福、加福……福建省有福州、福鼎、福清、福安、福宁、福全等带"福"的地名。闽南人交际,也有带"福"的俚语,如"五福[1]难得求,富贵财子寿""有福不知惜,福去执荟着"[2]等。《玉皇经》还劝人要"懂福",即"福不在财多,财多不是福。福在子孙贤,子孙贤是福"。为了珍惜幸福生活,百姓还编写带"福"的山歌。同安莲花镇白交祠和军营两个山区村,是习近平总书记当年

---

[1]"五福"指寿、富、康宁、攸好德、考寿命。
[2] 劝人惜福的意思。

在福建工作期间先后两次上山扶贫的山村，当地农民编写的《莲花褒歌》（省级"非遗"项目）唱道："日头（太阳）出来红支支（红艳艳），阿娘采茶四月天。茶山来了总书记，幸福生活日日甜。"

以上这些只是"福文化"的个例，在古同安地区[1]有一些比较集中呈现福文化的载体。

一、带"福"的宫名

我国是农业大国，农业文明信仰最主要的是对大自然的敬畏，闽南话说"天要给人吃肥律律（胖乎乎），天不给人吃剩两块骨"。农耕时代科技文化滞后，民众在生产生活中对各种自然现象无法理解而产生恐惧心理，因而造神立庙，以致"有溪就有桥，有村就有庙"。而许多宫庙的名称，就直观展现了"祈福禳灾"的内涵。笔者四十年前普查文物时就记录过一些带"福"的宫庙。如：蔡宅后英村奉祀清水祖师的永福岩寺，阳翟圳岸奉祀保生大帝的集福堂，杜桥奉祀天虎将军的天福宫，过溪乌山奉祀金府王爷的振福宫，顶村山顶洋奉祀护国尊王的福应庙，美埔蔡林奉祀保生大帝的普福岩，美星尾厝奉祀保生大帝的福安堂，前格奉祀池府王爷的进福宫，北门奉祀福德正神的绥福宫，西山长尾坑奉祀清水祖师的崇福宫，东宅奉祀孔府元帅的长福宫，美埔张厝奉祀清水祖师的崇福宫和下尾的广福堂，瑶头奉祀玄天上帝的延福堂（今大元殿），三秀山奉祀清水祖师的安福岩（明进士董仲华四小姐建），同祀林府王爷（明湖广御史林一柱）的乌涂福亨宫和走马人的福德堂。厦门岛内（原为同安县嘉禾里）打铁路头奉祀吴真人、天后的福寿宫、厦门港奉祀天后的福海宫、内柴市奉祀清水祖师的福茂宫、禾山崙后的东福宫。金门县（原为同安县翔风里17—20都）何厝奉祀水府娘娘的聚福堂、下堡奉祀厉府王爷的福寓宫，烈屿双口奉祀福德正神的拱福宫……这

---

[1] 包括今天的金门县、厦门市各区（海沧区的海沧、嵩屿、新阳三个街道及翔安区的霞浯、莲河两个社区除外）及漳州市龙海区角美镇等地。

些崇福、长福、集福、聚福、振福、拱福、进福、安福、延福等宫名，无不凝聚黎民百姓求福的夙愿，也是传统文化留给后人的心灵慰藉。

二、带"福"的对联

对联也叫楹联、楹帖、对子，是中国汉字一种独特的文学形式。每逢春节，全国城乡几乎是一片"红海洋"，家家户户张贴春联，许多人家入门还倒贴一张大"福"字，据说是"福到"或"把福倒进屋内"的意思。平时带"福"的对联也是随处可见。百姓居家安放的土地公神龛，几乎是统一的对联："白发知公老，黄金赐福人""福归与有德，正则自为神"。"福如东海长流水，寿比南山不老松""天增岁月人增寿，春满乾坤福满堂"是寿联。"吉日安居天赐福，良时插柳地生财"是新居对联。曩者民间结婚的"斗灯"（以米斗装满春粟、花生、火炭、龙眼干、尺子、镜子、彩伞、麟儿等吉祥物，上置燃油灯）也有对联：斗转星回全家福，灯荧烛亮送玉麟。石牌坊上也有带"福"的对联，同安顶溪头清代旌表傅士渊妻吴氏贞寿坊一副对联的上联是"遐福迈百年加赐帑金扬锡类"，另一副下联是"翟衣霭瑞集五福以绵延"。晋江姑嫂塔（万寿塔）则镌有"胜地有缘方可进，名山无福不能游"的楹联。但更多祈福的对联还是在祠堂和宫庙，因为这些地方几乎是一个乡村、一个宗族信仰的中心。

同安城内南院陈太傅祠的对联：待人宽是福，处世让为高。

洪厝"三诰堂"的对联：愿子孙知书明理永承福泽，绳祖武敦品励行丕振家声。

长美坑洪氏宗祠大门以堂号冠头的对联：古祠伟雄地灵昌百世，山岗锦秀人杰福千秋。

澳头蒋氏家庙祖厅用昭穆刻对联：天彩寿山丽，人才福海生。

霞露正一宫清代道光年间石柱楹联：宝篆耀灵万里彩霞辉福地，元功广运一天甘露披群生。

西山护山宫木刻冠头楹联：护境兴邦恩沾十地，山源滋德福祐三重（"三重"指台北三重市）。

灌口陈井定光堂清代光绪年间的石刻冠名楹联：定保万民群黎求膺多福，光被四表銮井共沐深恩。

厦门崙后东福宫阎罗天子神龛对联：境地安吉千灾去，主张公正百福临。

田洋桐屿厚泽庙民族英雄陈化成生前题写的木刻楹联：桐屿藏灵多福庇，东庄献瑞显神通。

金门南山伍德宫（主神苏王爷是明代同安人苏碧云）大门对联：伍福常垂临圣地，德泽广被显神功。

烈屿（小金门）西方释迦佛祖宫对联：登阶瞻仰为求福，入庙馨香秉至诚……

三、带"福"的匾额

匾额最早的形式叫榜书，民国版《同安县志》卷八载，郭山郭氏祠"堂上榜'木本水源'四字，旁加朱子戳"，后来也叫扁额、扁牍、牌额等，简称为匾。祠堂、宫庙、厅堂、书斋、亭榭往往都挂有匾额。在古同安地区，带"福"的匾额也常常可以看到。如：

同安县安仁里黄庄（今属集美灌口）杜氏家庙祖厅"福寿"木匾，是光绪十四年（1888）慈禧太后御笔颁赐杜文辰母亲的匾额。杜文辰（1842—1912）是大慈善家，"善举黄金三十余万"，慈禧太后曾赐其父母、祖父母二品封典，匾书祝贺杜善人母亲福寿双全。

同安县仁德里苏营（今属集美后溪）皇渡庵有嘉庆二十五年（1820）本境弟子敬献的"福善无私"木匾。该庵奉祀宋代民间医圣吴夲（同安白礁人）的高徒飞天大圣张圣者，其香火于清代分炉台北广照宫。"福善无私"脱自庵中木版符印"天上无私吾亦无私正是体天行道，人间有善民能有善自堪为人不懑"联语。

洪塘石浔清代武进士吴邦荣故居门额有泥塑"福"字，同安西桥尾邵贞宗（1877—1938）创办的中药铺，有1936年同安文化名人黄模庭书题的"天福堂"木匾，现在该堂成为邵氏悬壶世家第五代传人邵培升（原同安中医院院长）偕子邵一清弘扬、传承中医文化的诊所。

金门古宁头北山王氏古宅门楣一幅卷书彩绘，上镌"被禧襫祜"四字（fú，xǐ，sī，hù），四字都是"福"的意思，寄托房主世代"多福"的愿望。

"开澎进士"蔡廷兰（1801—1859）唯存的墨宝："延址受禧迎麻植福，宜富当贵长生未央"……

"福文化"源远流长，内涵丰富，普及面广，也是传统文化的组成部分。从前人们向大自然、老祖宗、众神明祈福，只是一种祈愿福远、向往幸福、祝福美好的心理诉求和精神慰藉。而想得福，还须靠实干。习近平总书记说，"幸福都是奋斗出来的，奋斗本身就是一种幸福"，古人也说"宝剑锋从磨砺出，梅花香自苦寒来"。世人既有追福的梦想，那就撸起袖子加油干，幸福就会来到你身边。

留住乡愁的"风俗诗"

何谓"风俗"？《辞海》释义，"历代相沿积久而成的风尚、习俗"。康熙版《大同志》则说，"上行下效谓之风，众心安定谓之俗"。风俗也好，民俗也好，都是劳动人民长期生产生活中形成的一种区域性、约束性、稳定性、延续性的文化现象。古代科技文化滞后，人民群众在生活中遇到一些难以理解或无法解释的自然现象和社会现象时，用一种习惯保存下来，形成一种趋吉避凶的经验性文化，促进家庭和社会的和谐安定。所以英国哲学家休谟说："习俗是人类生活的重要向导"。

历代地方志书也都有"风俗"的记录。如道光版《厦门志》有"风俗记"、光绪版《马巷厅志》有"风俗卷"、民国版《同安县志》有"礼俗卷"等。许多地方文人，对当地的民风习俗，或撰文，或赋诗，也留下了不少记录"人相习，代相传"风俗的文学作品。笔者从一些志书中，整理几则"风俗诗"与大家分享。

一、"千家灯火读书夜"

封建社会"做人"的时尚是：一等人，忠臣孝子；两件事，读书耕地，说明"耕读之风"由来已久。闽南读书俗尚历来风气浓厚，闽王王审知治闽二十九年，福建出现了"千家灯火读书夜，万亩桑麻商旅途"升平景象。北宋丞相苏颂（同安城内人）"家乐文儒里富仁，弦诵多于邹鲁俗"和南宋诗人刘克庄（莆田人）"闽人务本亦知书，若不耕樵必业儒"的诗句，也可以看出闽地耕读风气之盛。因此道光版《厦门志》载"市井乡都，读书振响"，也致民间有"之乎者也与焉哉，读得纯熟秀才来"的俚语流传。封建社会读书考举，是通往"朝为田舍郎，暮登天子堂"的捷径。所以光绪版《马巷厅志》记载，浯洲（金门）"家诗书而户业学，即卑微贫贱之极，亦以子弟知读书为荣"。明代同安锦宅（今属龙海区）林锦之妻黄氏，因家贫"自与幼子买地瓜叶以充饥"，但她不忘教子读书，还写了一首《课子诗》砥砺："白日莫闲三刻半，闻鸡读起五更前。针为铁杵磨方细，怅染灯烟业始专。映雪恬吟寒岁夜，囊萤朗诵夏时天。从来有志皆成事，急把潜修学圣贤。"望子成龙，望女成凤，古今皆然，所以苏联作家高尔基说："书籍是人类进步的阶梯"。

二、"正是上坟好天气"

唐代诗人杜牧"清明时节雨纷纷，路上行人欲断魂"的诗咏，千年来让多少人在清明时节"断魂"。1991 年增修的《金门县志·卷三》记载，春分后十五日，斗指乙为清明，"前后十日，男女老幼，赴墓祭扫，于墓挂纸钱培土"。有一种扫墓的祭品叫"鼠曲粿"，明代李时珍说，"曲者，言其色黄如曲色，又可和米粉食也"，是以野菜鼠曲制作，有祛痰止咳的功效。清代王步蟾有吟咏清明扫墓的诗作"清明前后两初晴，挈榼提壶出郭行。正是上坟好天气，麦花风飐纸钱轻"[1]。王步蟾（1853—1904）字金波，号桂庭，同安县嘉禾里塘边社（今厦门市区）人，光绪五年（1879）举人，掌教

---

[1] 清明前后十日，墓祭挂纸帛于墓上。

禾山、紫阳书院，著有《小兰雪堂诗集》，这首诗描写了清明期间民众"祭祖先，扫坟培土，挂楮纸"的民俗。时值豌豆麦青之时，故妇女扫墓顺便采几颗豌豆，拔几根麦子回家，俗谚曰"挽豆吃到老又老，拔麦吃到头毛嘴秋（胡须）白"（指长寿），今农地已不种麦，故此俗也已失传。

三、"龙舟随地辟"

农历五月初五是端午节，也叫重五节，俗称五月节。我国夏代定五月为午月，而五月初五又是五月的第一个午日，故称"端午节"。五月节俗事很多，有"青青插柳过花朝，今日悬蒲为斩妖"（清·童肯堂）门上插柳悬蒲避邪的习俗，也有小孩系"长命缕"、男子饮雄黄酒、浴香汤以及绑粽、乞午时水等习俗。比较大型的娱神活动便是相传"拯屈原"的"龙舟竞渡"（也称扒龙船）。明代同安"理学名宦"林希元（1481—1565）有《端午石浔竞渡诗》。其一：

> 杯酌交酬后，楼台雨过时。
> 半江沉夕照，高阁起凉飔。
> 波静鱼龙隐，人喧鸥鹭疑。
> 未看竞渡戏，先动屈原悲。

其二：

> 结阁临江渚，携杯对晚晖。
> 龙舟随地辟，梅雨逐风微。
> 云敛山争出，天空鸟独飞。
> 海鸥浑可狎，知我久忘机。
>
> （道光版《厦门志》卷十五）

这是古同安今厦门迄今发现最早记录"赛龙船"的诗作，至今也有450多年的历史。石浔是同安滨海渔村，可在海上竞渡。但"近县城者，无大江大湖可以竞渡，或于小池为多"[1]，如南阳郡马府的"七宫八池"中就有"龙舟池"，马巷的龙蛟池，同安的洗墨池也曾举办过赛龙船的活动。现在"集美端午龙舟赛"已被列为福建省非物质文化遗产保护项目名录。

四、"春到人间一卷之"

清代林兰痴"调羹汤饼佐春色，春到人间一卷之"的诗咏，说的是闽南一带三月节吃薄饼的食俗。农历三月初三即上巳节，俗称三月节。据1991年增修的《金门县志》卷三记载，三月节"家家食春饼，俗云薄饼，以面粉搅匀擦于平底锅上使热，成薄纸状，裹切细之鱼肉蔬菜食之。岛人食此，相传始自蔡复一，蔡氏奉职辛劳，夫人手饪以馈"。

街头擦薄饼皮

蔡复一（1576—1625）是同安县翔风里十七都刘浦保蔡厝（今属金门县）人，明万历二十三年（1595）二甲七名进士，累官总领贵州、云南、广西、湖南、湖北军务兼巡抚贵州，志称"五省经略"。夫人李氏（1582—1652）是同安驿路潮州令李春芳孙女、桥东浙江道御史刘存德外孙女，十五岁适蔡复一。蔡复一任湖广参政时，她随夫任上，是协助丈夫理政的

---

[1] 吴锡璜. 同安县志（民国版）[M]. 北京：方志出版社，2007:627.

贤内助。为了减轻丈夫"食少事繁"之忧,她发明了"以菜用面皮包之"的薄饼,让丈夫在繁忙的军政事务中腾出一只手吃饭。因此薄饼也称"婆饼""美人薄饼"或"夫人薄饼"。现在同安"薄饼嫂"吴招治传承的薄饼制作技艺已被列为福建省非物质文化遗产保护项目。

五、"拈骰夺取状元筹"

农历八月十五日中秋节为中原秋报谢神之遗俗。民间有歇后语:"八月十五的月娘——正大光明",此日天上月圆,地面花好,正是"赏花赏月赏秋香"佳节。据民国版《同安县志》记载,在同安,"八月中秋夜,以月饼、番薯、芋魁祭先及神"。相传元末同安白莲教徒以月饼夹带纸条,传令各户同时杀鞑子,又以芋头象征靼子之头祭神,隐喻汉人对蒙人高压统治的愤懑,因而有月饼相赠、芋头祭祖的习俗。另外,还有"妇人拈香墙壁间,窃谛人语,以占休咎,俗谓之听香"[1]以及"偷拔葱,嫁好匹;偷拔菜,嫁好婿;偷竹篱,早得儿"等民俗,但这些在民国后已废。

现在传承中秋活动项目主要是用大碗公"博状元饼"。王步蟾有诗云:"冰轮三五又中秋,闺阁听香吉课求。月饼团圆新买得,拈骰夺取状元筹。"状元筹后称状元饼,民间传说是郑成功部将洪旭(今金门县后丰港人)为解除士兵中秋思乡之苦而设置的一种游戏活动。"状元饼"共六十三块,分别为状元一块,分平(也叫对堂,喻榜眼、探花)二块,三红(喻会元)四块,四进(即进士)八块,二举(即举人)十六块,一秀(即秀才)三十二块。这项活动,有"取秋闱夺元之兆",故盛传不衰,现在厦门"中秋博饼"已被列为国家级非物质文化遗产保护项目。

---

[1] 出自道光版《厦门志》卷十五。

六、"捆载都来糖蔀里"

同安插蔗、榨蔗的历史悠久。明刑部左侍郎署尚书事洪朝选（1516—1582）《九日陪诸公大轮山登高次林双湖韵二首》，其中写道："食蔗还应知世味，饷瓜何必自侯家（作者自注：是日清江送瓜，三庭出蔗，共啖）。归途好伴东溪月，一任苍茫暮景斜。"[1]。明末郑成功参军、同安灌口人陈永华（1634—1681）在台湾"教民植蔗制糖之利，贩运国外，岁得数十万金"[2]。因此台湾遍植糖蔗，以致民间有"台湾甘蔗大丛，台湾钱淹脚目"俗谚，甚至民间还有"劈蔗"比赛的民俗活动。台湾郁永河有一首《糖蔀》的竹枝词："蔗田万顷碧萋萋，一望芃葱路欲迷。捆载都来糖蔀里，只留蔗叶饷群犀。"台湾植蔗、榨蔗的盛况可见一斑。

乡村榨糖蔗硲

同安直至 20 世纪 70 年代，农民插蔗（主要是糖蔗）非常普遍，而村村也几乎都有榨糖的"糖蔀"，以致民间"有山头就有鹧鸪，有乡村就有糖蔀"的俚语流传。关于"糖蔀"如何榨糖，民国版《同安县志》有比较详细的记载："法用两大圆石相附，俗名车粒。于轮心立一曲木，作车弯缚轭。驾牛三头，使周围旋转，以引动车粒。令一人取山蔗投车粒中间，榨出汁

---

[1] 出自光绪版《马巷厅志》附录。
[2] 吴锡璜. 同安县志（民国版）[M]. 北京：方志出版社，2007:1029.

浆，煮以成糖。"有民间谜面：两粒排相排，硬硬嘟入去，软软拔出来。谜底就是"榨蔗"。我在20世纪50年代初到"糖蔀""喊牛"，一天到晚手持细竹竿赶三头黄牛随蔗车旋转十八个小时挣八毛钱，因而对"榨蔗"的各种习俗记忆犹新。当时所制的红糖、白糖部分销往上海、天津等地，故民间有"糖去棉花返"之谚，也有部分蔗糖外销，是海上丝绸之路贸易商品之一。

七、"不踏花归亦自香"

"乍经面起还留迹，不踏花归亦自香"，这是方珪吟咏马蹄酥的诗句。"马蹄酥：香饼也，形肖马蹄，故名"[1]。马蹄酥因用麻油热炸可以作为妇女"月内"的滋补品，所以又叫"老婆饼"；如用热开水冲泡，体积马上膨胀软润，所以也叫"泡饼"，早时多用作寺庙进香的供品，故多称为"香饼"。传统烧烤香饼，是把手工捏制的生饼一个个贴在"七斗缸仔"（陶缸）内壁，外面用木柴烧烤。竖贴缸壁的生饼由于重心下坠形成上薄下厚类似马蹄，加上外皮"起酥"，故称"马蹄酥"。

早时食品种类单调，用马蹄酥馈赠亲朋好友形成一种礼俗。光绪版《金门志：卷十六》记载了这样一件事："许庶常瑶洲尝携同安马蹄酥饼，至京城馈其乡贵。会座主谒乡贵，为供具焉。问'何有？'则曰'从贵门下得来耳'，座主心衔之。坐是以大考诗中一字失检，吹毛索垢罢官职。"清代许琰（1689—1755）号瑶洲，金门后浦人，居田洋桐屿，雍正五年（1727年）进士，授翰林院庶吉士。他携带同安马蹄酥上京送给同乡，刚好他的主考官也来拜访这位同乡，就一起"吃茶配香饼"。主考官问话中知道许琰只把马蹄酥送给同乡而没有送给他，于是心中怨恨，不久利用大考吹毛求疵罢了许琰庶常馆之职。这则掌故可看出同安马蹄酥三百年前就在京城闻名。

---

[1]吴锡璜.同安县志（民国版）[M].北京：方志出版社，2007：301.

八、"大书深刻'石敢当'"

农业社会，老百姓由于低水平抗御自然灾害的能力，便产生了许多寄托驱邪避恶、保境安民愿望的信仰习俗。如"石狮无言而称爷"的石狮爷，"大树无故而立祀"的樟王公，还有风鸡、犁头、蒜头、仙人掌、瓦将军等也成了辟邪物。而"石敢当"则是闽南人常见的一种民间信仰，甚至还传到了日本。

王步蟾有首《咏石敢当》诗云："小碑三尺撑道旁，大书深刻'石敢当'。有时特冠'泰山'字，屹立冲要如堵墙。主人借此镇凶恶，谓可捍御无灾殃。"民国版《同安县志》也有记载，"每于巷头街尾，借口冲煞，则竖一短碑，刻'泰山石敢当'五字。"福建最早的石敢当见诸莆田唐大历五年（770）镌刻的石铭："石敢当，镇百鬼，压灾殃，官吏福，百姓康，风教盛，礼乐张。"千余年来相沿成俗，是人民群众追求人与自然和谐的产物，也是历代百姓"信仰治疗"的精神药方。随着时代的进步，人居环境的变化，这种信仰民俗也已逐渐消失。

俗曰"五里不同风，十里不同俗"，举凡岁时俗节、祠衸尝蒸、冠婚丧祭、服饰饮宴、信仰禁忌、迷信游戏等，古代同安不同区域如金门、厦门、马巷、角尾等地也有不同的风俗习惯，许多地方文人也记录了一些让人留住乡愁的"风俗诗"。以上所列仅是沧海一粟，但从中多少也可以领略1949年前同安民间的风俗画卷。有些风俗、禁忌，是前人为后人约定俗成的行为指向；有的是借助神灵的威力，给违禁者一种消极的制裁；有的是尊重前人的生活经验，祈求化险为夷，增强自我保护意识。但江河滚滚，未免泥沙俱下。

同安旧惯习俗

民间习俗（括信俗）是人民群众在长期生产生活中形成的一种有着区域性、约束性、稳定性、延续性的文化现象，沉积着当地民众浓厚心理意识和特殊情感。在科技文化滞后的时代，尤其是农耕时期，劳动人民遇到难以理解或无法解释的自然现象和社会现象时，用一种习惯保存下来，成为许多"宁可信其有，不可信其无"的民众共同遵守的是非尺度和行为准则，甚至成为"人类生活的重要向导"。朱熹对风俗的诠释是"使人皆知善之可慕而必为，皆知不善之可羞而必去也"[1]，这也如《周礼》所说，民俗有"除其厌恶，同其好善"的社会功能。民俗流存于家庭、家族、村落、民间组织、岁时节庆、人生礼仪等互动中。各种习俗、信俗的成因，也是"其来有自"，这里略举闽南特别是同安生活中一些常见的习俗和信俗。

一、崇敬先贤的习俗

敬奉祖宗，崇敬先贤是中国人的传统美德。所谓木本水源，知恩必报是

---

[1] 出自《朱文公文集：卷十二》。

也。大嶝田墘正月初五不演"嘉礼戏"（傀儡戏）的习俗，是缘于明代郑氏"烈姑婆祖"万娘抚弟萧山（1372—1459）成人后自感晚年难卜而自缢的典故（闽南称自缢的人为"吊嘉礼"）。同安顶溪头陈氏（金门下坑分支）每年农历七月二十七祭"姑婆祖"陈英的俗节，是缅怀他们的"姑婆祖"陈英（1282—1339）终身未嫁，抚弟陈登成人的贞德。马巷西炉辛亥革命同盟会会员黄廷元家族有正月初一喝番薯汤的家例，据载是其祖父黄超营除夕往番薯园翻捡富户弃置番薯头尾度岁而发誓子孙发富后大年初一要喝地瓜汤的家俗。迄今播迁到美国、澳大利亚、新加坡等地的族人仍延续这种"而知所以自强不息"的习俗。闽南三月节吃薄饼的习俗，民国版《同安县志》记载"俗传为蔡复一夫人所制"。李氏（1582—1652）是同安驿路潮州令李春芳孙女，适五省经略蔡复一（金门蔡厝人）。蔡复一军政繁忙无暇按时就餐，夫人以面粉煎成的薄饼皮包裹饭菜为其佐餐。禁忌也是纪念先贤的一种形式。保生大帝吴夲（宋代同安白礁人）的母亲黄氏，据说在安溪感德镇石门村挖竹笋时被老虎叼走，因此石门村人祭祀时不摆竹笋[1]。相传戏神雷海青（田府元帅）出生时被弃稻田，鸭子和螃蟹用唾液养活了他，故民间不用鸭子和螃蟹祭祀田府元帅。

二、禳灾祈福的民俗

民间信仰核心内容就是禳灾祈福，俚语说"五福难得求，富贵财子寿"，但人生不如意事常有八九，因此许多民俗事象在于协助平衡心理，增强对生命的保护意识。刘五店浦南元宵有乞龟摸龟的习俗，"摸龟头，起大楼，摸龟嘴，大富贵，摸龟脚，吃不会干……"是一种乞求富贵的企盼。同安岗头正月初九蒸大笼甜粿（单笼重 360 千克）敬天公的习俗已被列为省级"非遗"项目，早些时候有已婚妇女跑去"偷粿"，据说是"偷粿边，生后

---

[1] 出自《泉南文化》1999 年第 10 期。

生（儿子）"，这与娘家给生女孩的女儿送猪肚，希望"换肚"生男孩的意思一样，都是旧社会，特别是农耕时代社会重男轻女的一种心理投射。新娘结婚"满月""掼米糕"，娘家要送两根连头带尾的甘蔗，寓意夫妻生活甜甜美美，有头有尾。从前"唐山人落番（下南洋）"，常有"十去六死三留一回头"之险，故亲友要为出洋者送"猪脚面线"，叫"送顺风"；归来时也要登门送猪脚面线为之"洗尘"叫"脱草鞋"，是为亲人祈求"顺风顺水"远行，平平安安返梓的意思。

新娘"满月"掼米糕（1984年）

为了祈福，就得避邪，因而民间辟邪物应运而生。据说"石敢当"有"镇百鬼，压灾殃"的功能。风狮爷据说有制风沙、防蚁害功能，所以金门有72尊风狮爷，22尊石狮爷分布在57个村落。乡村耕地的三角形犁头尖据说有刺邪功能，因此有些古厝大门门楣悬有"犁头"的辟邪物。仙人掌、虎尾兰、菖蒲等植物有刺，所以被人用瓦罐栽种放在"墙街"上作为辟邪物。

三、纪念重大事件的民俗

历史上朝代更迭，战乱频仍，百姓伤亡，英雄辈出，都会烙印在人们的长久记忆中，因而形成许多有纪念意义的民俗。同安朝元观"六月初七天门开，烧一百恰好（胜过）烧一千"的习俗，相传是光启二年（886年）六月

中秋博饼（何东方 摄）

初七日，驻扎同安北辰山的义军领袖王潮应泉州耆宿之请率部攻入泉州城，诛杀恶吏后民众欢呼"天公开眼了"的纪念日（朝元观"玉皇信俗"已被列入省级"非遗"项目）。长泰珪后村普济岩每年正月十七日举办"落水操"习俗，是再现宋末陆秀夫抱幼帝赵昺在崖山投海，当地渔民沿岸寻找落水忠魂的情景。明代福建沿海兵民抗击日本倭寇侵犯是大事件，民国版《同安县志》记载，嘉靖二十七年至隆庆三年共22年间，倭寇窜犯大同安（含今天的金门县、厦门市各区〔海沧部分〕及龙海角美等地）就有15次，其中嘉靖四十年（1561）十二月攻入同安南门城，"焚城外居民数千家，官府传舍悉为灰烬"（林希元），因而就有了岳口四月初一走康王公的习俗（当年居民抬着高大康府元帅神像参加抵抗倭寇取得胜利）。同安正月初三忌访亲的旧俗，是因为倭寇攻城杀人无数，直到初二被击退，初三满城居民忙于出殡，是日访亲有晦气，故有俚语"初一早，初二早，初三困甲饱"流传。东山古庙，正月十一炸大粒炸枣敬天公的习俗（已被列为市级"非遗"项目），也是与当年拱极社乡民忙于抗击倭寇而延误初九敬天公的事件有关。同安祭"陷城祖"的习俗是纪念清顺治五年（1648）农历八月二十六清兵攻陷同安城，屠杀兵民三万多人，造成"同安血流沟，嘉禾断人种"惨景的历史事件。厦门国家级"非遗"项目"中秋博饼"，据说是郑成功据守厦门抗清期间，他的部将洪旭（金门后丰港人）在洪本部为慰藉外地士兵中秋日思乡之愁而改造"状元筹"的一种娱乐活动。闽南一些庙会"攻炮城"的习俗，相传源于郑芝龙（郑成功父亲）于海上用"火船"焚毁荷兰战船的故事。同安浦头十八墓公信俗，是纪念康熙三十七年（1698）四月二十八日同安水殇男女十八人合茔的事件。

四、偶发事件形成的习俗

世间事无奇不有，有些偶然发生的事件很突然，因为被夸大渲染，更富神秘色彩，形成一种给犯禁者消极制裁的习俗。泉州洛江河市梧宅是戏剧《陈三五娘》中陈三的故乡，20 世纪 60 年代村中放映电影《陈三五娘》，银幕挂在陈三墓的两根石柱上。当放映到"审陈三"一幕时，一根石柱突然折断，村里从此不再演《陈三五娘》的戏剧、电影。惠安辋川王孙村一户兄弟，弟媳看完《陈三五娘》回家，开门的是大伯，她却误以为是"三哥陈三"紧紧抱住大伯，后来经不住村人的嘲讽而自杀，故村里此后禁演、禁唱《陈三五娘》的戏剧和歌曲（见泉州《闽南》2013 年第 2 期）。同安后炉明代一位卢姓人养鹅，因瘟疫鹅群病死，主人为此伤心不已，形成了后炉不养鹅的旧俗。台湾宜兰部分李姓人家禁忌婚礼煮汤圆，原因是李姓家中一位新娘冬至日煮汤圆，尝一粒热汤圆时，正好被婆婆撞见，新娘怕被误会"偷吃"，仓促把汤圆吞食而窒死。

当然，这种偶发性事件形成的习俗，随着社会的进步，城乡一体化建设，人的思想观念的更新，正在逐步自我消失。

五、方言谐音形成的习俗

人们交际中，不论是普通话还是闽南话，谐音字被广泛使用，这是一种表达趋祥避恶的婉转手法。闽南许多建筑、器物，这方面的展示非常普遍，叫作"物必有饰，饰必有意，意必吉祥"。如屋脊剪粘用公鸡配牡丹，寓意"功名（公鸣）富贵"，壁画画举旗抱球配花瓶马鞍，寓意"祈（旗）求（球）平（瓶）安（鞍）"。有的花瓶上画有一只鹭鸶和莲花荷叶，寓意科举"一路（鹭）连（莲）科（荷）"。民间送人礼品忌送"伞""钟"，因"伞"与"散""钟"与"终"谐音，怕引起误会；最好送萝卜、凤梨，因闽南话萝卜叫作"菜头"，与"彩头"谐音；凤梨俗称"旺来"，都是吉祥物。乡村宗祠维修落成庆典，外嫁女儿（俗称姑姐）回乡"䂵（压）祖厝角"，祠堂管委会送给一束筷子，期盼"快快生子"。民间老人一般逢九不祝寿，因为闽南话"九"与"狗"谐音，要做也是提前一年以示晋十之寿。闽南话火炭的"炭"与"繁衍"谐音，新娘入门"跨烘炉"的民俗，除有驱邪除秽的含义外，也有盼望新娘早生贵子，繁衍后代的意思。民间父母逝世，儿女要穿麻衣，闽南话"麻"与"磨"谐音，含有悼念父母一生为儿女"拖磨"的意思。有的方言谐音字牵强附会，没有任何依据。例如"见姑面会黑"，方言"姑"与"孤"谐音，是指婴儿出生时抵抗力脆弱，连有血缘关系的姑姑都不能探视，其实是一种保护初生婴儿的托词。

　　总而言之，民间信俗、习俗的成因及内容不胜枚举，以上所列仅是沧海一粟。有些习俗含有某些科学道理，不能与"封建迷信"一概而论。原中国通俗文艺研究会会长陈钧提出"神话是中国人民最早的科学记录"，被英国李约瑟博士称为"陈氏理论"。早期城乡居民饮用井水，群众特别是小孩打破碗后，要把瓷碎片洗净后扔进井里，除了有"碎碎（岁岁）平安"的寄托外，还因瓷片在井底成了隔离层，可以减少旱时居民打水水桶搅混井水的情形。有些习俗蕴含着某些朴素的环保意识，体现人与自然和谐的初级理念。如朱熹为同安"铜鱼"留下"铜鱼水深，朱紫成林"的谶语，台中神冈振兴祠祀"石头公"，同安莲花后埔村拜"山神公"（即莲山大人信俗，已列入市级"非遗"项目），新圩金炳九月十一日祀"樟王公"等。有的体现关心弱势群体，如安溪同美村陈氏圆谱祝灯庆典活动，要依传统特设酒肴宴请乞丐。有的体现孝道行为，如金门有农历闰月出嫁女儿回娘家送猪脚面线为父母祈福添寿的俗例，这与同安"立夏"日女儿送猪脚面线给父亲补筋骨的

"立夏补老爸"同是一种孝行。还有"梅山不点灯，梵天不敲钟"体现邻里和睦相处的习俗等。

  时过境迁，随着科技文化创新、社会文明进步，民间有些旧惯习俗也自然淘汰。大家知道"月食"是一种自然现象，现代人再也不会去"击鼓救月"了，有了"人工增雨"、"抬神祈雨"也成明日黄花。创建城乡文明，谁也不会再搞"死猫吊树头，死狗放溪流"污染环境的事了。当今男女婚姻自由，昔时元宵妇女"听香"或是"偷拔葱，嫁好匼（丈夫），偷拔菜，嫁好婿"的习俗也就自然消失了。

人文撷萃

同安北山是"闽王文化"孕育地

为什么说现在的同安区五显镇北山是"闽王文化"的孕育地?这还得从一千一百多年前说起。

我国唐末五代时期,中原战乱,农民揭竿起义,安徽寿州组织一支响应黄巢起义的义军,首领是屠夫出身的王绪和他的妹夫刘行全。义军攻打寿州、光州时,家住光州固始县的"王家三龙",也就是王审潮、王审邽、王审知三位兄弟前往投军,大哥王审潮被委以军政。为了逃避军阀秦宗权的追剿,光启元年(885)正月,王绪领导的五千多名军民渡江南下,王家兄弟还用轮车推着母亲董氏随军南迁。但义军领袖王绪为人残暴,在义军进入福建漳浦时,为了减轻行旅负担,王绪竟然下令杀死军中老弱眷属,王家兄弟母亲也在被杀之列,但王氏兄弟生性至孝,跪地求情,以"请先母死"的誓言感动了将士,王审知还献出了心爱的白马[1],终于保住了母亲的性命。义军于同年8月来到现在的五显镇北山,即北辰山,因山高拱北极而名。当时的北山属从南安县析出的大同场,是一片茂密的竹林,现在当地还有竹山、竹坝的村名。因为王绪心胸狭窄,滥杀无辜,军中人人自危,就连他的妹夫

---

[1] 王审知常骑一匹白马,人称"白马三郎"。

刘行全也感到生命朝不保夕。于是，先锋刘行全与王家兄弟定计，在北山一片竹林中擒囚王绪，这就是北山竹林兵变。事后军中无主，王家兄弟推荐刘行全为义军领袖，刘行全礼让王潮，最后决定"拜剑立帅"。相传王审知拜剑时是三拜三升，天意要让王审知统师军队。但王审知崇尚伦理，以"事长必顺"为由，请大哥审潮为正，自己作副。这场兵变，确立了王家兄弟在起义军中的领导地位，也为后来王氏统治福建奠定了坚实的政治基础。

王家兄弟领导的义军在北山驻扎一段时间，因语言、水土、风俗不符，又返回北方。军队到达沙县时，泉州乡绅张延鲁带人来找王潮，诉说泉州刺史廖彦若统治之苦，请求他们返回解民倒悬。王潮的军队应请返回，并于光启二年（886）农历六月初七攻占泉州，并诛杀恶吏廖彦若。泉州满城百姓欢呼"天公开眼了"，并把六月初七定为"天公开眼日"。在百姓信仰中，"天公"就是玉皇大帝，同安始建于唐代的朝元观是恭奉玉皇大帝的，因此朝元观也就有了"六月初七天门开，烧一百胜过烧一千"的民间信俗。朝元观的"玉皇信俗"，也已被列入福建省非物质文化遗产保护名录。

后来王潮领导的义军一路向北，占领了福州，统一了福建，王潮卒后王审知继任福建观察使。后梁开平三年（909）农历四月初五，梁太祖朱晃封王审知为闽王。相传同安军民知道王审知受封闽王的消息，欢呼雀跃，便在北山广利庙设宴庆贺。他们把一块块的猪肉切成方形，把山上采摘的黄枝（栀子，可入药）熬汁染布，然后把方形猪肉用黄布包扎蒸熟。这象征"封印"的猪肉又有了"封官""封赏"的蕴意，很快便在官方和民间喜庆宴席上传开。经过一千多年的加工提炼，形成了遐迩闻名的"同安封肉"。现在以吴招治为代表的"同安封肉传统制作技艺"还被厦门市人民政府列为非物质文化遗产保护名录。

王审知在福建治闽 29 年，他继承了大哥王潮的治闽策略，坚持"宁为开门节度使，不作闭门天子"的理念，尽量避免战争，稳定社会秩序。他注重兴修水利，发展农业生产，轻徭薄赋，减轻百姓负担，兴办学校，"建学四门，以教闽士之秀者"，选贤任能，还注重发展海上贸易，"招来海中蛮夷商贾"。由于各项措施顺乎民心，百姓得以休养生息。他本人生活也很节俭，"府舍卑陋，未常葺居，恒常蹑麻履""常衣袖袴败，乃取酒库酢袋而补之"[1]。因此，福建出现了"时和年丰，家给人足""千家灯火读书夜，万亩桑麻商旅途"的升平景象。宋太祖御书"八闽人祖"褒其武功文治的政绩，百姓以"开闽第一"的赞誉缅怀他对福建的卓越贡献。

闽王王审知石雕像　　　　　　海外侨胞游览北辰山风景区

王家兄弟在同安北山驻扎的时间虽然短暂，但在北山发生的"将帅易主"这一重大的历史事件却对后来"闽王文化"的形成以及福建的历史产生了深远的影响。开闽王自同安起家，同安也有他的文化遗产。例如唐末始建纪念王审知的广利庙，每年农历二月十二庙会，"士女进谒者以数万计"[2]，"开闽王信俗"也被福建省人民政府列为非物质文化遗产保护名录。北山王审知的衣冠冢，也成了闽台王氏宗亲朝拜闽王的圣地。而民间相传的"同安封肉""朝元观六月初七天门开"皆是"非遗"项目，承载着闽王惠泽同安的历史记忆。

"闽王文化"内涵非常丰富，有移民文化、闽南文化、孝道文化、农耕文化、海洋文化、宗教文化、廉政文化等。我们可以本着"创造性转化，创新性发展"原则，从中吸取符合新时代发展需要的养分，为建设"富美新同安"，为厦门高质量发展提供可持续性发展的文化软实力。

[1]出自《十国春秋·太祖世家》。
[2]吴锡璜. 同安县志（民国版）[M]. 北京：方志出版社，2007：147.

文物荟萃的同安古官道

自唐代形成规模的漳（州）泉（州）古驿道，过境同安自小盈岭至南山岭有69里长，先后设小盈岭至仙店12铺，是古同安宋代上接泉州刺桐港，明代下通漳州月港运送海上丝绸之路货物一条重要的陆上通道。日新月异，沧海桑田，现在古道路段大多不存，官道古风不在，而在同安铺前至顶溪头这段约3000米的古官道，却依稀还能见到古代官道的风貌。因为这段古道的两旁，还密布着牌坊、宫庙、祠堂、碑记、石亭、店铺等十多处文物古迹，彰显着"处处有历史，步步有文化"的文化气息。游人如果从南门桥头铜鱼池出发，沿路依序可以见到这些历史久、价值高、保存好的文物古迹。

铜鱼池：同安县城南溪有三块巨石，其形如鱼色如铜，南宋朱熹首任同安县主簿时，将它们命名为"铜鱼"，因而同安县城也称"铜鱼城"，是为古同安文明的标志。2022年10月，"同安铜鱼池"被列为福建省第一批"河湖文化遗产"名单。

南门妈祖庙：亦称银同天后宫，与铜鱼池毗邻，主祀银同黑脸妈祖，是我国台湾及其他地区供奉"银同黑脸妈祖"的祖庙。

杨氏贞节坊：县志作"节孝坊"，明万历三十八年（1610）为金门琼林人、梧州府通判蔡宗德妾杨氏（1526—1584）守节建造，开启了封建社会为官员媵妾立坊旌表之先例。

佛岭叶氏郡马府：也是闽台"佛岭"叶氏大宗祠，宋淳祐十一年（1251）叶氏八世祖叶益（1230—1313）创建，是厦门地区具有皇族建筑特色的花园式宗祠，其前进屋顶"太子亭"系宋度宗赵禥当太子时到同安探视姑母环娘的纪念建筑物。

古官道旁的叶氏郡马府

甘露亭：也叫接官亭，建于明万历三十三年（1605），是古代同安迎送官员之处。

苏颂故里碑：立于甘露亭南侧，清光绪六年（1880）同安知县八十四（字寿征）立，是纪念北宋熙宁三舍人、著名天文学家、丞相苏颂出生地的珍贵实物。

铭恩亭功德碑：明嘉靖四十三年（1564）同安县官员、生员、绅士203人署名树立此碑，彰扬同安县令谭维鼎组织军民抗击倭寇窜犯，保境安民的丰功伟绩。

凤山钟秀坊：明嘉靖三年（1524）为金门凤山西洪人、成化十九年（1483）举人、国子监助教洪敏而立，是厦门地区现存最早最完整的科举石牌坊，它与杨氏贞节坊同是历史上金门隶属同安县的实物见证。

古官道中的凤山钟秀坊（陈锦霞 摄）

天兴寺：隋末莆田黄氏女结庵修行，坐化后里人于其地建"黄佛寺"纪念，南唐保大（943—957）改为天兴寺。明代"理学名宦"林希元出仕前在岳口教书有因啃木鸡腿被诬"偷鸡"，出仕后废天兴寺之民间传说。

李灿然生祠碑：俗称"英雄碑"，明崇祯八年（1635）为表彰县令李灿然率领军民抗击红夷事迹树立的石碑，也是厦门最早记载反抗荷兰殖民者入侵史记的碑刻，它和铭恩亭功德碑同是向人民群众进行爱国主义教育的乡土教材。

东岳行宫：唐代开元至天宝年间左补阙兼太子李亨侍读薛令之创建，主祀东岳仁圣大帝（黄飞虎）。薛令之系同安县嘉禾屿"北薛"肇基祖，唐神龙二年（706）"开闽进士"。

龙泉亭：泉水自井底岩缝中析出，清澈甘甜，大旱不涸，清乾隆二十年（1755）加建石亭护井。

傅士渊妻吴氏贞寿坊：清道光二十一年（1841）为旌表同安县故儒傅士渊妻吴氏守节长寿102岁而立的石碑坊。

绩光桐住坊：清康熙五十六年（1717）为表彰原同安总兵官施琅率军统一台湾功及东汉马援，德比西晋羊祜而立的石牌坊。

以上这些文物古迹及现存的店铺，集中分布在古官道两侧，四座石牌坊也都横跨古道。而官道两侧外延不远也有不少文物古迹，如南侧溪边有清代福建水师提督兼管澎台水陆官兵吴必达的故居、明代始建崇祀释、道、儒的碧溪殿（龙虎宫）、供奉明代金门青屿司礼监张敏的"太监衙"、清代旌表故儒士陈日升妻张氏节孝坊、清代游击叶金标进士第、溪边街龙门楼与南薰隘；北侧有明代同安孔庙案山的文笔塔、元代叶郡马夫妇合葬墓、明代金门琼林人、光禄寺少卿蔡献臣夫妇合葬墓等。这些文物古迹，自隋至清，没有断代，时空横跨一千三百多年，在历届同安县（区）人民政府的重视下，采取了有效的保护措施。如铜鱼池（含金车石刻）、甘露亭、铭恩亭功德碑、龙泉亭、凤山石塔、吴必达故居等被列为同安县（区）文物保护单位。南门妈祖庙、佛岭叶氏郡马府、碧溪殿、蔡献臣墓、叶郡马墓等被列为厦门市涉台文物古迹；绩光铜柱坊还是福建省文物保护单位，"银同黑脸妈祖信俗"则被列为厦门市非物质文化遗产保护名录，龙虎宫的"马队迎王仪式"还是省级"非遗"项目。

同安古官道除这些物质文化遗产外，还有独具特色的非物质文化遗产项目，这就是岳口四月初一"走康王"的民俗活动。志载明嘉靖四十年（1561年）倭寇攻打同安县城时，岳口乡民奋勇抵抗，但寡不敌众。乡民从康元帅庙抬出高大的康王爷神像阵前助战，倭寇见头如巴斗、眼若铜铃的康王爷，疑是天神下降，无心应战，乡民大获胜利，当晚抬康王爷游境，从此形成了四月初一"走康王"的民俗活动。

保护文化遗产可以涵养一个地方的内在记忆和文化肌理，是崇敬先贤更是泽被后人。同安古官道保存的这些历史文化遗产是城市的灵魂，承载着千年古县的历史记忆，也是今天增强文化自信的载体，值得我们进一步挖掘价值，有效利用，为中国式现代化建设提供更多的精神推动力。

同安古代的石坊

同安历史悠久，人文荟萃，建县至今一千多年。历史上的大同安包括现在的金门、厦门、集美、翔安、海沧一部分及龙海角尾镇等地，志称"正简流风，紫阳过化，海滨邹鲁，文教昌明"。古同安地灵人杰，人文史迹非常丰富，已经列入省、市、县（区）文物保护单位的文物古迹有62处，而被厦门市人民政府列为涉台文物古迹有23处。历代遗留下来的石牌坊也是珍贵的文物之一，目前已有三座石牌坊被列入国家文物保护单位。

石坊原来是北方用两根柱子架上一根横梁的"衡门"，以后发展成为城市居民区之间的坊门，再由坊门衍变为冲天式牌坊。宋代以后，成为一种多柱、多间、多楼旌表风范的纪念建筑物。旌表是封建社会为了教化社会，弘扬礼治，维护纲常伦理的一种奖励办法。这种奖励的方式很多，有的是由朝廷赐给银两或布匹，有的是由地方官题赠匾额或诗章，而修造牌坊是一种比较隆重的表彰方式。每年各省由地方官府核实那些可以表彰的对象，然后逐级上报，由礼部统一汇总，题准后由地方官给银三十两建坊。

同安因为是朱熹"过化"之区，所以礼仪风行，成为"礼仪之邦"，因而历史上的牌坊特别多。民国版《同安县志》记载："邑之有坊表也，自宋丞相苏公起，厥后紫阳过化，爰立朱子旧治坊。明以来屡有建竖，其间或以位,或以名,或以寿,俾千百载,下睹华表而知当年之盛事。"由此可见,树立牌坊是为了表彰那些以封建道德为标准的"先进人物",给后人树立良好榜样,维护封建政权的"长治久安"。民国版的《同安县志》收录了82座石牌坊(不包括墓道坊),实际上不止这些,40多年的田野调查,我发现如五峰、澳头等地的牌坊都没有被收录。如果加上金门11座和厦门市区的16座,那么古同安的石牌坊将近120座。但现在同安、翔安境内,经我逐一核查幸存的石坊只有24座。这些石坊的构造大体相同,一般都是由立柱支承檐楼的仿木结构,俗称四柱三间。牌坊都是跨街建筑,所以明间比较宽,可以让马车、轿子通过。整座牌坊可以分为三层,下层小额坊两端浮雕龙首箍头,箍首内浮雕双龙抢珠图,横额镌刻受旌表人名和立坊者结衔题名。次间花板有透空历史人物故事图;中层有蟠龙镂空圣旨牌,表示"皇恩浩荡";顶层为五脊庑殿顶,脊首两端为上翘虬尾,中置葫芦或火珠。宋明时期的牌坊比较简朴,清代的牌坊比较华丽。按照牌坊的功能,大概可以分为政绩坊、科举坊、贞寿坊、节孝坊、墓道坊等几种类型。

一、政绩坊

朝廷表彰政绩显著官员的牌坊,也叫名宦坊或官绩坊。同安历史上杰出的乡贤名宦很多,受旌表而树立牌坊的官员也不少。如明代为光禄寺少卿张晖(金门人)树立的少卿坊和为通政使张苗树立的太卿坊,还有"理学名宦"林希元的"文宗廷尉"坊、刑部侍郎洪朝选的"御史中丞"坊、浙江按察司副使刘存德的"三吴持斧两越扬旌"坊等。但这些石坊已废不存,现存宋代的石坊都不完整,只有部分石构件。如同安最早宋代苏颂的丞相坊,只剩立柱和小额坊。朱熹于南宋绍兴二十四年(1154)在小盈岭树立的"同民安"坊于清雍正十二年倒塌,只剩下"同民安"匾额和石坊的顶盖,后炉街宋代漳州太守王南一的"两科太守"坊(王南一中诗赋、经义两科进士)也只有立柱部件。现存比较完整的政绩坊就是北门的"岳伯"坊和顶溪头的

"绩光铜柱"坊。

1. 纪念"三郡知府"陈健的"岳伯"坊

这座石坊在同安城区北门内，是目前厦门地区规模较大而且保存较好的明代正四品官员陈健的历史文物。陈健（1491—1561）字时乾，号沧江，金门阳翟人。他是嘉靖五年同安县唯一的文进士，登仕后先后任过江西南安、广东廉州、广西南宁的知府，所以志称"三郡知府"。陈健为官清廉，"为政惟勤"，退休后在家乡也做了许多善事，例如倡修南院陈太傅祠，嘉靖二十三年在莲花澳溪修筑"沧江坝"，引水灌田，民受其惠，因此省、府、县地方官为他奏请立坊。石坊建造于明嘉靖二十一年（1542），这座石坊的规模比"绩光铜柱"坊小一些，但比所有的节孝坊大，通高有8米多，明间宽3米，次间宽1.34米，明间小额坊两面同镌"嘉靖丙戌进士陈健"字样。大额坊上坊名石两侧青草石镌刻立坊者的结衔题名。小额坊上的花板和中层上的圣匾已失，上层屋脊两端蚩尾，中间葫芦。整座石坊造型庄重，装饰简朴，体现明代石坊的建筑风格。石坊坊名称"岳伯"，是因为古代尧舜时候有四岳分掌四方的诸侯，周朝时又有方伯为诸侯之长，所以后来就用"岳伯"作为边疆官吏的代称。陈健任过南安、廉州、南宁三郡边疆地方长官，所以用"岳伯"来表示他的官职。石坊"岳伯"背面二字是"秋官"，是因为唐代武则天时以刑部为秋官，陈健中进士后初授刑部主事，所以也就有了"秋官"这个副名。

2. 纪念施琅的"绩光铜柱"坊

这座石牌坊横跨在顶溪头漳（州）泉（州）古驿道中，是目前厦门地区规模最大、保存最好的清代石牌坊。石坊通高9米多，明间宽3.6米，次间宽1.23米，是康熙五十六年为统一台湾做出巨大贡献的施琅将军树立。

施琅（1627—1696）字尊侯，号琢公，晋江衙口人。他原来是郑成功部将，清顺治八年五月归清，顺治十三年任同安副将，顺治十八年任同安总兵官。他在同安7年，曾经在瑶头大元殿、小西门朝元观等地驻扎兵马，还在同安自筹工料建造快船60艘，从事与郑成功的军事对抗，为清朝廷效命，因而康熙元年被提升为福建水师提督。这时候台湾的政权是由郑成功的孙子郑克塽掌管，但已是摇摇欲坠。康熙对统一台湾问题起初也犹豫不决，后来在李光地、施琅的奏请下，终于下定了统一台湾的决心。康熙二十二年（1683）六月十四日，施琅带领水陆官兵二万多人自东山出发，在澎湖击败郑军统帅刘国轩，解决了台湾统一问题。中秋佳节捷报传到京城，龙颜大悦，随即钦赐龙袍御衣并褒锡诗章，赞扬施琅的功绩。施琅逝世后，又受赠太子少傅，谥襄壮，荣宠有加，于是福建巡抚、学台、布政使、道、府、厅、县等地方官员便为他建造这座永久性的石牌坊。

石坊匾额的"绩光铜柱"和"思永岘碑"是为施琅歌功颂德，而且都有一定的典故。东汉伏波将军马援，带兵平定交趾，立铜柱以表功。康熙颁赐《御制褒章》又有赞其"伏波名共美，南纪尽安流"的诗句，这就是"绩光铜柱"的含义。西晋羊祜任官时关心民瘼，深得民心，卒后百姓在他经常登游的岘山立碑纪念。这是歌颂施琅在统一台湾伟业中，像马援那样武绩显赫，像羊祜那样绥怀远近，值得后人永远怀念。

二、科举坊

闽南许多宗祠门口都有成排的旗杆石，那是早时族人科举成名的标志。宗族子弟读书中举后，都要"竖旗拜祖"，还要在祠堂悬挂匾额，显示宗族的荣耀，也是对后生的一种劝进。国家对科举成名的人树坊旌表是一种莫大的恩荣。古同安自有科举以来，出过文武进士238人，明代有文探花林釬，会元、传胪许獬，他们都是金门人；清代则出过会元武探花叶时茂（瑶头人），但不是每个人都树有牌坊。根据《同安县志》记载，为举人、进士树立牌坊只有16座，如明代举人林懋、刘汝楠的"解元坊"，李贤祐、张定的进士坊，进士谢昆和举人谢复春的"伯仲联芳"坊，进士张定、张凤征、张继桂和举人张宜、张文录、张日益（都是金门籍）的"奕世科第"坊等。可惜这些石坊都已被废除，现在只有南门外岳口这座"凤山钟秀"石牌坊。

这座石坊建于明嘉靖三年（1524），是厦门地区现存最早的科举石牌坊，为明成化举人洪敏而立。洪敏是金门凤山西洪人，明成化十九年（1483）举人，任南京国子监助教。同安城东的九跃山又名凤山，是孔庙的案山，山上建有象征文笔的"文笔塔"，也叫魁星塔。凤山东麓隋代建有天兴寺，相传这里是风水宝地，宋代赵宋皇亲赵叔霖入住同安时便在天兴寺建造王城，明代"理学名宦"林希元也在天兴寺废址上建住宅，洪敏的石坊也建在这里，而且金门也有"凤山"地名。这座石坊也是横跨漳（州）泉（州）古道，明间宽3.4米，次间宽1.38米，圆形立柱前后夹以签形夹板石，保存基本完好。石坊前后百米之内，还有记载明代抗倭事迹的《邑父母谭公功德碑》和抗击红夷（荷兰侵略者）的《邑侯李公生祠碑记》（俗称"英雄碑"），这些都是进行爱国主义教育生动的地方教材。而"凤山钟秀"坊与铺前的节孝坊和顶溪头的贞寿坊、甘露亭、龙泉井、东岳庙、义娘宫等文物古迹可以整合成一段古驿道旅游线，让人们从中领略古同安的历史文化积淀。

三、贞寿坊

这是为长寿老人树立的牌坊，是封建时代歌颂太平盛世，宣扬礼治孝道的产物。古人说"人生七十古来稀"，能够活上百岁实是凤毛麟角，封建统治者也就借此宣扬他们"治国安家"的政绩。康熙九年规定：妇女守寡寿至百岁，题明给予"贞寿之门"匾额及建坊银三十两，听本家自行建坊，岁数越大，赏银越多，而且不分男女。民国版《同安县志》卷九收录清代百岁老人只有37位（其中女性24人）。而有资料记载最长寿的老人是宋代许厝建宁府通判许衍的母亲洪氏，享寿111岁。原来沈井、隧头、东门外都有表彰百岁男寿的"升平人寿"坊，但都已经毁掉。清代乾隆年间，厦门水师提督吴必达（同安溪边人）的母亲王氏虽然没有活上百岁，但在她91岁寿诞时，乾隆皇帝御赐"萱寿延祺"匾额，还营造一座"萱寿延祺"坊。现在木刻匾额还保留在溪边提督府，石坊则在"文化大革命"时被毁，"萱寿延祺"石匾额还好被征集到孔庙保护，上面还钤有皇帝的玉玺。现在同安境内被保存下来的贞寿坊只有三座，一座是顶溪头清道光二十一年（1841）为傅士渊妻吴氏102岁树立的石坊，一座是汀溪五峰清乾隆五十二年（1787）为许承宰妻江氏淑止（1686—1786）101岁而立的石坊，还有一座是城区后炉街清乾隆

五峰当店许承宰妻江氏贞寿坊（1986年）

五十六年（1791）为奉直大夫（从五品）高育茂妻洪氏106岁而立的石坊。这座石牌坊因为保留在私人围宅内，所以构件完整，是目前厦门地区保护最为完整的清代石牌坊。高育茂的父亲高奇聪、儿子高以彰，一门三代都急公好义、乐善好施，因此祖孙三代皆貤赠奉直大夫。高育茂的妻子洪氏受封太宜人，建坊时还恩赏帑金，钦赐龙缎，十分荣宠。这座石坊用材上乘，雕工精细，褒联讲究，书法工整，有较高的艺术观赏价值，仅次于被誉为"闽台第一坊"的金门邱良功母节孝坊，惜因城建被拆除，但部件保存。

四、节孝坊

闽南有句骂人表里不一的话叫"既要当婊子，又要树牌坊"。言下之意就是想要树牌坊，就要守节到底。封建时代，文人以"饿死事小，失节事大"为气节，妇女备受"三从四德"的束缚，更以改嫁、再婚为"失节"。因此，妇女从一高寿为贞寿，守节事姑为节孝，未婚殉夫叫贞节。这类的妇女都可以立坊旌表，但立坊的妇女有限，多数是由地方官送节孝匾，同

安孔庙还设节烈祠四时供祭。同安受朱子教化，所以地方志书说"同为礼仪之邦，节烈最多"，《同安县志》卷三十八收录明清时代的烈女节妇就有 1521 人，建造石坊 25 座，现存 8 座都是节孝坊，除铺前明代蔡宗德妾杨氏节孝坊外，其余都是清代树立的节孝坊。蔡宗德是明代金门人，是光禄寺少卿蔡献臣的祖父，乡贤王道显的外祖父，明嘉靖十年（1531）中举人。他为人宽大仁厚，在广州、台州任职时，曾经放走并救活一些被倭寇掳掠的福建人，后来调任广西梧州府通判（正六品官员），不久在京逝世。他的妾室杨氏是金门杨礼室之女，少通经史，18 岁嫁蔡宗德，23 岁守寡，因自己没有子嗣，先后三次自缢殉节，但都被正室洪氏（洪敏孙女）救活，只好守节协助洪氏抚养洪氏所生四子一女成人。明万历十二年（1584）杨氏逝世，享年 61 岁。蔡献臣上疏为庶祖母旌表，柯凤翔、陈荣弼等乡贤名宦也参与推荐，院、道、府、县各级也都勘结明白、但因是侧室身份未准。明万历三十二年（1604），蔡献臣再呈《祖妾孤贞难泯微臣遵例直陈乞赐旌表以裨风化疏》，其中说到"妻之事夫，犹臣之事君。臣之尽忠，既无分于大小；妻之立节，又何间于嫡庶"，结果获准，更例为其庶祖母杨氏旌表。明万历三十八年（1610），地方官为她在铺前漳（州）泉（州）驿道修建这座石牌坊。石坊为两柱单间，规模比其他节孝坊小，可见还是有"嫡庶之分"，但毕竟开启了封建时代为媵妾树坊的先例。其他现存的节孝坊都是清代的建筑。汀溪五峰，新店澳头，五显第一桥头，洪塘石浔以及城区渡船头、溪边街、祥露街等地都有这类的石牌坊，这些石坊的构筑基本相同，明间宽都在 2.5 米左右，次间宽也是一米左右，立柱前后都有达官士绅或亲朋至友撰写的楹联，大多是颂扬节妇"守节完贞""玉洁冰清"，孝敬公婆，抚孤成人之类的颂词。花板上的人物浮雕，也多取材于忠孝节义故事内容，整座石坊充斥了封建礼仪的说教。

五、墓道坊

封建社会等级森严，连死人墓葬也分等级。明清时期，一般正四品以上官员的墓葬，除主体坟丘外，还有墓碑、墓手、墓埕、墓池、石兽（包括翁仲、羊、虎、马）、石坊、望柱等，组成一群肃穆庄重的墓园，而且依照官员的级别，各个构件的尺寸也有所不同。同安和翔安境内现存明清时期的墓道坊有7座，加上洪朝选和林希元墓重修的墓道坊共有9座。这种墓道坊构造比较简单，一般也是四柱三间，但横梁上不起楼，称为冲天式石坊，多数立于墓前，但也有立于墓地一段距离的交通路口，如新店董水蔡贵易（蔡献臣父亲）和洪厝武进知县洪觐光的墓道坊就属这种情况。其他如美人山三省参政林一材父亲林潆川墓、过溪诰赠太仆刘静轩墓、井头江南提督林君陞墓的墓道坊都立于墓前。五显镇后烧村明代三郡知府陈健墓前的墓道坊，是目前规模较大、保护较好的一座墓道坊。这座石坊为四柱三间，总面宽6.64米，小额坊镌"嘉靖丙辰阳月吉旦立"，花板各嵌镌有"锡恩褒劝""厥绩益懋令誉孔昭""进阶大夫""出守三郡""司寇郎中""荣登甲科"等字匾，显示墓主一生获得的荣典爵位和官阶。明间大额枋上置庑殿式屋顶，墙柱间安置供牌状的"恩荣"匾，四根方形立柱前后各夹以半边葫芦状抱鼓石。这座墓道坊的形制与金门阳宅会山寺前陈祯（陈健父亲，诰赠刑部员外郎）的恩荣坊基本相同，也可能当时由同一工匠建造，从中可以看出金门与同安同一文化的脉络。

六、保护与利用

古代石牌坊是一个地区历史与人文的见证，当时立坊的意图和宗旨，虽然有许多历史局限性，但毕竟是劳动人民创造的物质财富，其中宣扬封建伦理、妇女守节等内容已经过时，但是尊老爱幼、勤俭持家、和睦邻里、孝敬老人这些中华民族的传统美德还是应该继承和弘扬。当今构建和谐社会，仍然需要大力传承优秀传统文化，因此这些幸存的石牌坊，作为历史文物仍有需要保护的必要。

目前同安现存的石牌坊，没有一个百分之百完整的牌坊，多数石坊上的"圣旨"牌和顶层脊中的葫芦都已遗失，而且面临着旧城改造被任意拆除的危险。根据国家文物保护法"保护为主、抢救第一、合理使用、加强管理"的工作方针，结合实际情况，我有如下几点意见。

（1）扩大保护对象。同安目前有绩光铜柱坊、岳伯坊、凤山钟秀坊已经列为文保单位。但还可以增加保护对象，比如五峰的贞寿坊，铺前街和五显桥头的节孝坊，完全可以列为文保单位，以增加保护牌坊的种类和内容。

（2）适当修修补补。已经公布为文保单位的石坊，遗失的构件不多，也不需要花费很多经费，可以按原样进行修修补补，让人参观有个完整的形象，增强艺术品位。

（3）集中安置牌坊。随着旧城区的改造拆迁，有的牌坊就地保护有一定的困难。可以在大轮山或梅山划出一段地皮，把那些非拆不可的石牌坊由拆迁单位按原物在指定地方重装安置，这样可以组成牌坊群，也就形成新的旅游景点。

（4）纳入旅游景点。保护是为了更好地利用，古代牌坊也是各个景区景点的文化内涵之一，有的还是侨台同胞寻根的标志，因此必须引起有关部门的重视。铺前、岳口、顶溪头四座石牌坊可以纳入九跃山历史文化区，旧城区的石牌坊可以与孔庙、芦山堂、朝元观连串纳入大轮山风景旅游区，汀溪五峰的两座牌坊可以与五峰土楼、汀溪窑址串在一起，可以丰富游客的观赏内容，有利于对这些牌坊的保护和管理。

同安文运的象征

——文笔塔

凤山石塔在同安县城之东里许的凤山之顶，凤山亦名九曜山（以星宿名为九曜，以形势"九顿九伏如龙之跃"名为九跃）。石塔为五层六角仿楼阁式实心建筑，通高14.25米。因是同安文庙案山的文笔，故称"文笔塔"；其第二层西面佛龛内有高浮雕魁星像（原件已失，今重新雕造），故也称魁星塔；凤山山脉过狭处有岭头崎，因而又名"岭头崎塔"，民国版《同安县志》记载：岭头崎塔"对大成殿及明伦堂中门，知县洪世俊造"。

洪世俊是安徽歙县人，明万历二十五年（1597）任同安知县。他与朱熹父亲朱松同乡，南宋绍兴二十三年（1153）朱熹莅任同安县主簿时，于县学建尊经阁、教思堂，兴贤育才，文风丕振。洪世俊感于同安"自苏丞相后，大魁鼎辅尚尔寥寥"，以为是文庙案山缺少"状元笔"，于是"度基建塔，捐俸为邑人倡"，同安士绅也相率效力，共襄盛举。据记载，石塔于明万历二十八年（1600）正月兴工，同年七月告竣。按照当时的人力、物力、技术，半年的时间建成这座"文峰参璧水，永为一柱擎天"的石塔，如果志书没有记错，这应该是当时的"同安速度"。

凤山石塔落成后，洪世俊在雄伟壮观的塔前，勉励学生读书要有坚实的基础、勇攀高峰的信心，要以高尚的德行和坚贞的节操为人做事。泉州田亭山人黄凤翔（1538—1614，隆庆二年榜眼，南京、北京礼部尚书）还为之撰写《新建石塔记》，颂扬这位"居官廉平，悬鱼驯雉"知县振兴同安文运的德政，百姓也为他建造了同安首座纪念循吏的生祠。

黄凤翔的这篇文章比较长，这里将其篇末的颂铭抄录如下。

文笔塔公园

> 地苞灵秀，乃辟黉序。晔煜层峦，震离夹辅。竖彼巍标，矗为天柱。云根巀嶭，霞彩吞吐。泮水凝辉，群峰若俯。仰之弥高，观者如堵。擎驾云霄，崔巍千古。谁其贻之，曰贤令公。单父宓之，中牟鲁恭。鸾凤呈瑞，青峨向风。爰协人力，以补天工。石不烦鞭，神若输佣。峥嵘玉立，灏气春融。山斗在望，百世龙兟。唯兹名邑，多贤自昔。陶铸方新，光华焉奕。复藉崇观，以寄永泽。冈奠巨鳌，星联奎璧。英杰朋奋，风教非邈。乘流系思，勒词纪绩。陵谷可移，今名无斁。

据记载，凤山石塔落成，同安终有"文笔"，于是人文蔚起科举蝉联。造塔当年乡试就有"登贤书者八人"。他们是：梁日昕（鸿渐尾人）、林宪卿（县城东市人）、陈沃心（店前人）、李懋观（兑山人）、陈世铨（金门阳翟人）、周尔发（前场人）、刘行义（金门刘澳人）、洪纤若（窗兜人）。翌年（即1601）会试，则有"许公獬捷南宫第一"。许獬是金门后浦人，曾在大轮山文公书院读书，民间有"天下第一势（有才华），许獬进士头"俚语，也就是他参加全国京城会试，得了会试第一名（即会元），殿试时又得了二甲头名（即传胪），称"双冠南宫"，金门浯江书院有其"会元传胪"匾额。

自此，凤山石塔成了同安文运的标志，也衍化为同安县城的地标及双溪（东溪、西溪）航运的航标。清代康熙年间，以其旭日东升，塔影映于东溪水面之景观而被列为"轮山八景"之一，即"东溪塔影"。于是文人学士，多有吟咏石塔诗作。如徐辉（蓝水人）"尖抽凌汉塔，溪影倒文峰"、陈薰"堞外峰抽凌汉塔，城头亭对隔溪楼"、叶廷梅（铺前人）"楼台初日云中塔，城郭秋风灞上亭"、童肯堂（后城人）"地接凤山瞻秀气，波含雁塔咽清涓"、谢清丑"浪击铜鱼城楼危，潮回秀塔海燕归"、汪西之（城内人）"极浦波光摇石塔，悬崖月色冷钟楼"等，都为文笔塔增添了绚丽的色彩。

历史文化是城市的灵魂，要像爱惜自己的生命一样保护好城市历史文化遗产。同安区委、区政府重视历史文化遗产的保护工作，历经一年建成了占地8万多平方米的文笔塔公园，这是同安人民一桩千秋永铭的善事。以文笔塔为核心的铺前、岳口范围内，可以说是厦门地区文物古迹遗存密度最高且无断代的历史文化区。如隋末莆田黄氏女修行始建的天兴寺，唐代薛令之创建的东岳行宫，宋代修建的闽台"佛岭"叶氏发祥地郡马府，元代叶郡马（益）偕赵环娘夫妇合葬墓，明代彰显金门凤山（西洪）国子监助教洪敏的"凤山钟秀"石碑坊，纪念兵民抗击日本倭寇事迹的《邑父母谭公功德碑》，纪念抗击红夷（荷兰殖民者）事迹的《邑侯李公生祠碑记》，光禄寺少卿蔡献臣（金门平林人）的墓葬，甘露亭旁的"宋熙宁三舍人丞相正简苏公故里"碑以及自宋代以后形成的漳（州）泉（州）古驿道等。这些历史久、价值高的珍贵文物，点缀着文笔塔公园，显示着同安千年古城"正简流风，紫阳过化，文教昌明，海滨邹鲁"深厚的文化底蕴，碧岳社区铺前村也被列入福建省"千年古村落"。

朱熹燕处高士轩

南宋建炎四年（1130）农历九月十五日，朱熹（1130—1200）诞生于南剑州（今南平）尤溪县城青印溪南郑氏馆舍中。相传出生时，馆舍前后山同时起火，其父朱松认为是"喜火"，遂以此二字组成上下结构的"熹"字为名。

南宋绍兴十八年（1148）春正月，19岁的朱熹与他的老师刘勉之长女刘清四（1133—1176）完婚，二月参加临安省试中举，四月参加殿试中式王佐榜第五甲第九十名进士，绍兴二十一年（1151）春被授左迪功郎（文散官最低一级，即第37阶，俸禄12贯）泉州府同安县主簿[1]，但他直到绍兴二十三年（1153年）七月才到同安就任。

朱熹乍到同安，县城"银城"已经创筑五年，他就住在县署之右的主簿廨（主簿办公室）。同安县署草创于五代天成四年（929），原为大同场场部，宋大中祥符五年（1012）邑令宋若水重建，形成规模，主簿廨应是宋时拓建的配套设施。时过140年，朱熹莅同簿事，见主簿廨"皆老屋支柱，殆不可居"，还好西北隅有一轩"亢爽可喜"，于是朱熹"取无人不自得之

---

[1] 协助县令陈元雱管理簿书赋税、教育等事务，相当于现在的县府办公室主任。

义"命名为高士轩。从此朱熹在此燕居。绍兴二十三年（1153）七月，长子朱塾（1153—1191）出生于五夫（崇安）。翌年七月，次子朱埜（1154—1210）出生于同安主簿馆舍。按以出生地为籍贯的俗例，朱埜（育四子：钜、铨、锋、铚）也可以算是同安人。朱熹在同安供职，其家眷（夫人刘氏及长子、次子等）就住在高士轩。高士轩，"其埕以砖围界作砚形，开砚边之井名水碛井。其轩前后两进，中旷大，宅内凿一池，桥跨其上，梧桐杨柳，疏密相间"[1]。这是当年高士轩大略的轮廓。

朱熹在同安3年，至绍兴二十六年（1156）秋任满，但代者未至[2]，同年冬"奉檄走旁郡"[3]，朱熹"因得并载其老幼，身送之东归（崇安）"。翌年春，又返回同安，因不视簿事，便搬出高士轩，暂住县治之北名医陈良杰馆舍号曰"畏垒庵"，过着"端居托穷巷，赢食守微官"的闲居生活。但"代予者卒不至，法当自免归"，故于绍兴二十七年（1157）十月离开同安。窘于生计，越年十二月获准到潭州（长沙）南岳庙当祠官（管理祠庙，俸禄17贯）。朱熹在同安待了4年又4个月（即1153年7月至1157年10月），志称"在同五载"。同安不仅是朱熹首仕之区，也是一生从政时间最长的地方（他一生从政7年又6个月）。更重要的是，同安是他"逃禅归儒"之地。明代理学名宦林希元增订《大同集》卷一记载，朱熹赋有《之德化宿剧头铺夜闻杜宇》一诗：

> 王事贤劳只自嗤，
> 一定今年五年期。
> 如何独宿荒山夜，
> 更拥寒衾听子规。

漳州学者高寄认为"杜鹃夜悟"是促成他思想裂变的机缘，也由此告

---

[1] 吴锡璜. 同安县志（民国版）[M]. 北京：方志出版社，2007：1168.
[2] 莆田人方士端接其任，朱熹为之卜居马巷万家春。
[3] 奉泉州府令到府属各地调查先贤事迹。

别儒释徘徊阶段，正式由佛归儒。《朱子文化大典》记叙，"绍兴二十八年（1158）春正月，朱熹回到五夫。同月，徒步至延平拜见李侗，'尽弃所学而师事焉'，正式拜李侗为师。"同安的施政实践，让他"乃知向日从事于释氏之说皆非"，因此离开同安才三个月便急急忙忙去拜李侗为师。所以说，同安是朱子学发祥地，而高士轩也正是培育朱子学的摇篮。

宋代的高士轩，依据朱熹《高士轩诗》中"官署夜方寂，幽林生月初。闲居秋意远，花香寒露濡"的描述，环境十分幽雅。朱熹自作并镌之壁上的《高士轩记》，着重阐释"高士"的含义，"主县簿者虽甚卑，果不足以害其高；而此轩虽陋，高士抑或有时而来也"，寓有自励自谦之意。高士轩历经兴废，"栋宇重新者不可胜纪"。明天顺五年（1461），同安县丞刘珣器（永新人）"又因其废而兴之"，其规模是"列屋数楹，以间计者二十有二，刻记于壁，窗户疏爽，草木嘉卉，有光旧观"[1]。明末清初，同安为"三日归清，三日归明"的拉锯战战场。清顺治间，"署廨毁于寇"。康熙五十一年（1712），知县朱奇珍（长沙人）见高士轩"岁久颓废"，制度无存，便"按以图牒遗址在焉，爰捐俸庀材复轩之旧观"。重建的高士轩，"作轩三楹，颜以高士，塑像而释奠焉"，朱氏自撰《重建高士轩记》，泉州知府刘侃、进士叶心朝（莲花后埔村人，榆社知县）、庠生陈孟功、刘兰（东桥人）分别作记，颂扬其"使同之高士轩与韩江[2]之名并垂不朽"，"后人入是轩而如见夫子"的德政。雍正九年（1731）知县蒋廷重（贵筑举人）重修，撰记镌碑称"开闽学之源者，为文公朱夫子"。乾隆八年（1743）知县李芬将逼近犴狴（监狱）的高士轩"移于西北隅之故地，葺而新之，加以庙门，周以城垣"。李芬撰《重修高士轩碑记》，并将朱熹《高士轩记》全文敬录碑中。现在康熙、雍正、乾隆三朝的记事碑刻仍存，成为研究清代官方"志朱子之志，学朱子之学，睹斯轩而心

---

[1] 出自永丰人罗伦的《重修高士轩记》。
[2] 指唐代文学家韩愈。

向往者乎"[1]的实物资料。自乾隆后，就没有见到修葺高士轩的资料，1928年林向荣测绘的同安县公署平面全图中高士轩的方位和建筑物，应该是清代原有的规制。20世纪70年代，同安县人民政府于高士轩原址建成食堂，留下砌在墙壁下方三碣清代石碑及一支刻有"士饶真乐每随风月婆娑"联语的方形石柱供人凭吊。2015年县衙旧址改造工程，原建于高士轩基址上的政府食堂转身为朱子书院，朱熹在古同安的遗迹将在这里得到浓缩和展示，延续了朱子在同安的文脉。

高士轩是朱熹在同安孕育朱子学的温床。朱熹燕居是轩，走遍同安的山区海岛。他登上鸿渐山，发现浯洲（金门）的风水由鸿渐发轫。他登眺香山并留下"真隐处"墨宝。率同僚奠祭北辰山[2]，上莲花山"筑精舍其上，大书'太华岩'三字镌于石"[3]，游文圃山过鹤浦（高浦）时为石氏修改祠堂，渡海到嘉禾屿（今厦门市区）为唐代文士陈黯编校《裨正书》，还到浯洲（金门）"采风岛上，以礼导民"。这位勤政爱民的小官，在宋代同安那种"民俗强悍，民风不淳"，甚至连苏家族人也不知道宰相苏颂何许人的环境中，朱熹"抓铁有痕"，一步一个脚印，以儒家伦理改造社风民俗，形成了"格物致知"的思维方式，在同安完成了朱子学的奠基工程。

2016年5月21日，厦门（同安）举办了首届国际朱子文化节暨全球首座实质性运行的朱子书院开院典礼，该院也成了国际朱子学研究的文化窗口。同安朱子书院先后与厦门大学国学研究院、集美大学诚毅学院、华侨大学闽学文化研究中心、山东航空公司空中孔子学堂等单位建立了教学研究、社会实践（培训）基地。厦门大学原校长朱崇实（朱熹第二十八代孙）、台湾知名学者朱高正（朱熹第二十六代孙）、清华大学国学院院长陈来、海峡两岸朱子文化促进会理事长朱茂男、韩国成钧馆大学教授崔英辰、日本墨澍

---

[1] 出自刘兰的《高士轩记》。
[2] 今为国家AAAA级旅游景区。
[3] 出自叶心朝的《重建高士轩记》。

社会长吉泽大淳、德国特里尔大学教授苏费·翔、北京大学道教研究中心主任陈鼓应、中国孔子基金会理事长王大千以及参加鼓浪屿诗歌节诗人等一大批中外名流高士，都来这里追寻这位被誉为"北孔南朱"文化巨人的足迹，古同安、今厦门借此提高了打造朱子文化品牌的效应。

由高士轩原址改建的朱子书院

同安的古匾额

匾额，依《辞源》《辞海》的释义是：以大字题额，挂在门顶或墙上的题字横牌。匾额最早的形式叫榜书，后来称匾额、扁牍、牌额等，简称为匾。匾额由正文和款识组成，正文言简意赅，寓意深长，书法讲究。依其形式可分为直额和横额，依其功能有御赐匾、堂号匾、颂德匾、科举匾、答谢匾等，其制作材料多为木雕、石雕、泥塑。它是中华传统文化一种独特的文化艺术形式，也是闽南文化重要的组成部分。

中国最早的匾额据说是汉高祖六年（前201）萧何题写的"苍龙"和"白虎"两块匾额。同安匾额始于何时，目前没有查到最早的记录。但可以想象的是，同安有隋代始建的黄佛寺（天兴寺）、梵天寺、梅山寺，唐代创建的泗洲明觉院、珩山圣果院、西山白云岩（陈黯始建）、夕阳山真寂寺、大帽山甘露寺、东宅拱莲寺、东岳行宫（薛令之创建）等寺宇。这些寺庙的建筑装饰，应该会有匾额，但志书无载，也未见实物。到了宋代，特别是朱熹首仕同安，我们从地方文献中可以看到一些匾额记载，如朱熹把同安旧县衙（公元929年创建，原为大同场场部）的佑贤堂改为"牧爱堂"，并题"视民如伤"匾，还为小盈岭"同民安"石坊题名、为郭山（汾阳王郭子仪孙郭镕开科）郭氏家庙题写"木本水源"匾，"旁加朱子戳。字体雄迈，迥异常法"[1]。田洋东庄山原有明代"在镜亭","匾额系董其昌手写"[2]。西门外西亭庙"灞上禅堂"匾,据载"相传为保生大帝乩书,字甚苍老"。清代记载的牌匾多是地方官为孝子节妇褒奖的匾额。如康熙年间同安知县朱奇珍题赠安仁里王三乐的"内行无惭"匾、城内高奇聪的"孝友仪型"匾、岳口曾克宣妻叶氏的"三节同芳"匾。知县刘兴元为高奇聪题赠的"母寿子孝"匾。王仁勘等人为澳头蒋寿昌妻施粉娘题赠的"贞筠垂荫"匾、"松心柏操"匾、"松筠贞寿"匾、"安贞永寿"匾,教谕陈国铨为岳口曾捷卿妻陈引娘题赠的"双节并光"匾,还有登瀛月台汪由敦所题的"瑞芝堂"匾,民初黎元洪为城内吴景崧妻林氏题写的"节励松筠"匾、吴粪才妻郑氏的"志洁行芳"匾、铜鱼馆胡友梅次女的"三贞嗣响"匾等。地方志书记载官员、文人题写的匾额不止这些,但现在几乎看不到一件原物。

同安的古匾额,有的是年代久远,自然损毁,但绝大多数是焚毁于"文化大革命"。原同安县(含今天的翔安区及1957年前属同安县管辖的后溪、灌口、东孚等地)幸存1949年前的古匾额有120多块,大多为宗祠的科举匾、寺庙的叩谢匾、名人邸宅的颂德匾。

那么,这些幸存的古匾额有哪些历史价值和现实意义呢?

一、传播历史文化的载体

古匾额是封建社会的产物,难免带有时代的局限性,但依然是传播中华历史文化,尤其是儒家文化的载体。无论是跨街牌坊的石匾,还是悬挂祠堂祖厅的木匾,都能在公共场所起到引导人们向善向上的教化作用。人们看到小盈岭"同民安"坊匾,可以理解朱熹"视民如伤"的情怀,看到顶溪头"绩光铜柱"坊匾(背面镌"思永岘碑"),可以领略施琅当年统一台湾

---

[1] 吴锡璜. 同安县志(民国版)[M]. 北京:方志出版社,2007:162.
[2] 张瑞图与董其昌系明代大书法家,人称"南张北董"。

的气魄和谋略,看到丙洲陈氏家庙"提督忠臣"匾,能不为陈化成英勇杀敌、为国捐躯的壮举而肃然起敬?看到龙虎宫"碧水钟灵"匾,又似乎可以见到二百多年前双溪口碧波荡漾的风光。而那些琳琅满目的"举人""文魁""武魁""选魁""进士""会元"等匾额,对于今天的莘莘学子,难道就没有见贤思齐、勇攀高峰的动力?即使是那些褒扬孝子节妇的"孝著乡邦""孝悌敦睦""节孝流芳"等匾额,抑或是表彰助人为乐,积德行善"乡里老大"的"齿德兼优""乡党仪型""热心公益"等匾额,对于今天培植社会主义核心价值观、构建和谐社会、建设美丽乡村都有积极的借鉴意义。

二、补史、正史作用

历史学家范文澜说文物有补史、正史的作用。例如,东孚凤山"长安楼"石匾,可以充实明代乡民抗倭的史料。深青元代"驿楼古地"石匾,则是漳(州)泉(州)驿道古代交通的实物见证。地方志书对匾额的记载,往往会有缺漏或不全,而现存的文物是最好的补充。我这次整理了一些科举匾,其主人身份志书上没有记录。如在清代,康熙五十三年(1714)新民下边里贡生张天麟、乾隆四十三年(1778)五显寨阳贡生叶朝魁、乾隆五十五年(1790)莲花溪坪岁贡杨大谟、嘉庆五年(1800)五显寨阳恩贡生叶玉堂、道光七年(1827)贡生叶在田、道光十七年(1837)汀溪古林副贡倪端、光绪二年(1876)东孚鼎美举人胡廉程、光绪五年(1879)莲花云洋桐湖明经贡生郭成均等。这些遗漏的科举人物,同样可以为古同安的文明史增光添彩,也可以为各地修编族谱补充新资料。

三、两岸"文缘"的见证

闽台两岸的地缘、血缘、文缘、神缘、物缘关系十分密切,其中"文缘"的关系更加特殊。清康熙二十二年（1683）台湾归清版图后，设一府三县。由于当时台湾文化比较滞后，许多同安学子（括今天的金门县、厦门市各区及漳州龙海角美镇等地）东渡台湾求学，考取"秀才"资格后回原籍参加乡试、会试。

有几方古匾额，就反映了同安与台湾这段教育史实。例如，洪塘下宅苏克缵的"选魁"匾，是由诸罗县学中康熙五十一年（1712）贡生、西门月眉池童浚德的"文魁"匾，是由彰化中乾隆五十三年（1788）第54名举人、汀溪古林倪端的"文魁"匾，是由台湾府副贡中式道光十七年（1837）举人、祥露顶陈霞林的"内史"匾，是由台湾学中咸丰五年（1855）举人加内阁中书。这些匾额中，还有台厦兵备陈璸为苏克缵所立的匾额，这又反映了历史上厦门与台湾同一区划的行政、军事关系。

乾隆皇帝御笔

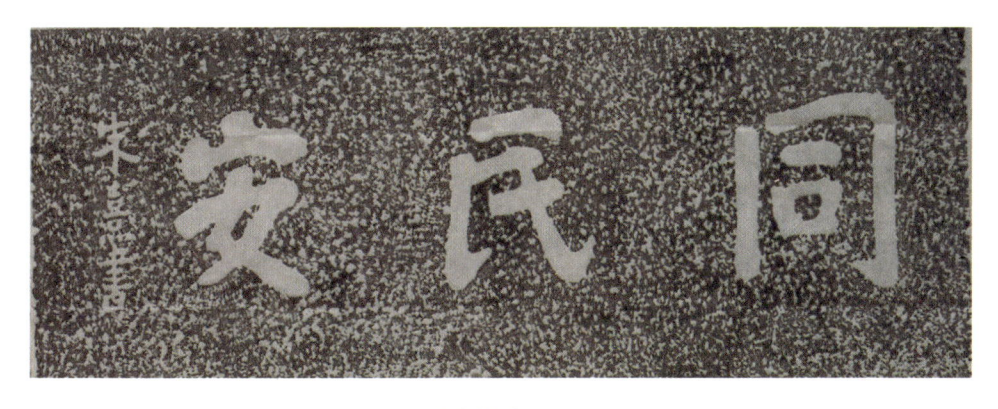

朱熹题的匾额

四、艺术欣赏价值

古代的匾额,无论是木匾还是石匾,一般都是用材上乘(楠木、辉缘岩等),雕工精湛。尤其是皇帝御赐的圣匾,如乾隆御笔"萱寿延祺"匾、同治皇帝御赐的"仁周海澨"匾,那蟠龙浮雕、纹饰都十分讲究。名人题写的牌匾,如朱熹题写的"安乐村"塔石匾、张瑞图题写的"妙建庵"木匾、李光地题写的"庶安楼"石匾、吴必达题写的"鸿钧再造"木匾、左宗棠题写的"谊安桑梓"木匾、黎元洪题写的"宣勤海外"木匾等,其书法雄健古朴,端重浑厚,苍劲有骨,具有相当的欣赏和保存价值,有的还成了海外侨胞、台湾同胞寻根认祖的标志。

同安现存的这些古匾额,也是祖宗遗留下来的文化遗产。凡是历史遗留的文化遗产,都是无法再生复制,毁掉一件就是一件。现在各地修葺得美轮美奂的祠堂、庙宇,都挂满了光彩夺目的牌匾,但大多是新匾,其中不乏是仿制品,尤其是科举匾,虽有一定的文化内涵,但其历史意义和历史价值,就不能与古匾额同条共贯。因此,继续发掘、保护历代遗留的古匾额,讲好匾额故事,也是弘扬中华优秀传统文化,保护和传承闽南文化的一项重要工作。

同安古代的清官

清末太监孙耀庭94岁时撰写了一副对联：国正天心顺，官清民自安。这也许是他一生目睹官场的感触，当官若能"清清白白做人，实实在在做事"，社会就能安定，百姓得以安居乐业。同安古代官员不少，民国版《同安县志》收录400多位文武乡贤名宦的传略，从地方教谕到中央宰相都有。这些官员秉承"文官不爱钱，武将不怕死"的理念，或风节廉能，或卫国干城，都为古同安的文明史写下了辉煌的篇章。他们典型的事迹，足以后人照镜子，正衣冠。下面以几位官员为例，从他们身上可以找出"古为今用"的正能量。

一、苏颂虽贵奉养如寒士

苏颂（1020—1101），字子容，谥正简，同安县城人。他一生从政56年，73岁时任宋哲宗丞相，是古同安官职最高的乡贤。他位居丞相，又首创世界最早的天文钟"水运仪象台"，还编写了惠及万民的《本草图经》药书。但他既无"灰色收入"，也无"科技奖金"，过着平常人的日常生活，"虽贵，奉养如寒士""妻子衣食常不给""赠给常苦不足"，退休后也没有建"宰相府",只是"筑第京口,仅蔽风雨"。他谢世时,来吊唁的人,"见其服用俭素,皆叹息而去"。(引文见曾肇《赠司空苏公墓志铭》)

二、林希元无家可居

明代理学名宦林希元(1481—1565),字茂贞,号次崖,同安垵山人。他出仕前在同安凤山设馆教书,其"啃木鸡腿"的故事迄今仍在坊间流传。他任官二十多年,"平生仕宦不言钱",身居两京寺丞,也曾文官挂武职,任广东按察司佥事分巡海北兼管珠池兵备道。他慷慨耿直,"凡事只论道理,不问利害",故仕途坎坷,归籍后竟无家可归,只好寄身后仓妻家,还以"斗室唯容妻子我,寸心不愧天地人"自嘲。他"归家田不数亩,常时鸡不妄杀",虽在岳口天兴寺购得一地,也是"此称彼贷,东涂西抹,历二纪(24年)余而不能燕其落成"[1],其坑内的墓地,是他生前自择,但卒后封莹则是诸门生所共成。

岭头崎苏颂故里碑

三、蔡贵易居家不畜媵妾

蔡贵易(1538—1597)字尔通,号肖兼,明代金门平林人,官至浙江按察使。初任浙江崇德县令时,他对商人非常照顾,一些安徽商人筹集四百多两银子要慰劳他,被他严厉拒绝。这些商人便在崇德县建立一座"四

---

[1] 引自清林道坦《林希元生平轶事》手抄本。

知亭"，把他与东汉拒贿的清官杨震相媲美。因而御史苏浚书其堂曰"清白"，其子蔡献臣文集也以《清白堂稿》为名。他一生不善奉迎，生活节俭，"居家不蓄媵妾，不溷官府"，临终时囊橐萧然。

四、池浴德办案只需半升米

池浴德（1539—1617），字仕爵，号明洲，明代同安嘉禾里（今厦门市区）人，金门平林蔡献臣的岳父，官至太常寺少卿。嘉靖四十四年（1565）中进士后，他被派到浙江遂昌当知县。离家时父亲池扬在祖厅送他一副手书对联：世积俭勤，席祖荫，追思昔日；官期清白，戒儿曹，努力将来。

池浴德谨记父亲"俭勤""清白"的家训，摒绝"千里来做官，为了吃和穿"杂念，一心为民做主。为了减轻百姓负担，他办案从不收费，还告示百姓到县衙打官司，只要带上半升米解决来回的伙食就可结案，因此百姓称他"池半升"。他平常生活靠七石半米的薪俸安排日子，夫人傅氏18岁嫁给他后，把娘家陪嫁的一副金钏典当让他读书，他也发誓日后要为妻子买副金钏。可他当了知县后，仍然没有财力实现对妻子的承诺。妻子对他非常理解，也从不提金钏换银钏之事，而是和家中的婢女一起纺纱织布，依靠自己劳动所得补贴家用。

五、蔡守愚以"六不敢"自律

蔡守愚（1550—1621），字体言，号发吾，金门平林人，蔡贵易堂侄，官至云南布政使，卒赠通奉大夫（从二品）。

蔡守愚任云南布政司时，有溢余公银一千多两，属吏说："羡金（盈余的税款）归长官所有，向来是惯例，你不拿，后任怎么办？"但他仍然分文无取。他在蜀地任官14年，以"六不敢"自律，即"不敢受各属一果一菜，不敢取地方一粟一丝，未敢任喜怒而出人一罪，不敢听嘱托而臧否一人，不敢传舍（旅舍）官府，不敢秦越（疏远）军民"，因此川民称他为"蔡佛爷"，居家书斋匾以"宁澹"，见其"宁静致远，澹泊明志"操守。[1]

六、蔡复一夫妇拒贿

清官的背后往往有位"妻贤夫祸少"的内助，而贪官的背后往往有贪婪的女人。蔡复一偕夫人李氏，堪称明代"拒贿模范夫妻"。

蔡复一（1576—1625），字敬夫，号元履，谥清宪，金门蔡厝蔡氏21世。官至总督贵州、云南、湖南、湖北、广西兼巡抚贵州，"赐上方剑，便宜从事，节制五省"[2]。但他做人低调，"澹泊类寒士"，回乡省亲竟是"囊中如洗"。明天启二年（1622），以右副都御使抚治湖北郧阳，夫人李氏随任。一次宾馆宴客，华阳王朱崇一（明太祖朱元璋孙朱悦华九世孙）派人送来一坛美酒，"夫人见封口甚固，疑有异，发出白公（指复一），当厅事启示，则金皿也。公既怒却之，回内署甚悦，是能与我共励清操。"[3]。蔡复一夫妇共同拒收素有交情华阳王行贿的金器，事迹感人，小盈岭大房山蔡复一墓道坊明间楹联"正己实心担国事，却金淑德励清操"正是这对伉俪清廉风范的写照。

七、陈化成是名副其实的"廉将"

陈化成（1776—1842），字业章，号莲峰，谥忠愍，同安丙洲陈氏十五世。他16岁随伯母蔡氏到台湾头前庄读书习武，22岁回乡应征加入水师，因功历任外委、金门右营把总、澎湖副将、金门总兵、台湾总兵、福建水师提督等职，道光十九年十二月二十四日调任江南提督。1842年6月16日坚

---

[1] 参考蔡是民撰著《琼林风华》。
[2] 吴锡璜．同安县志（民国版）[M]．北京：方志出版社，2007：824．
[3] 引自康熙三十年的《明累封夫人清宪蔡先生原配慈节李氏墓志》。

守吴淞西炮台与英军浴血奋战时壮烈牺牲,是位"惊天地,泣鬼神"的民族英雄。陈化成为官清廉,有"廉将"之誉。任福建水师提督驻厦门时,他在黄厝保草埔巷建造了一间简陋的住宅,面积仅100多平方米,砖木平屋建筑,门窗全无雕饰。身居提督,他与士兵同甘苦,雪花钻入他的军帐,冷得无法入睡,总督裕谦要为他换新帐,他以"士兵住破帐,我怎能独居新帐"为由拒绝。65岁生日时,部下特制金字锦旗为他祝寿,也被他拒绝并下令撕毁。故当地有民谣曰"官兵都吸民膏髓,陈公但饮吴淞水"。宋太祖赵匡胤说:"一个武将贪起来,十个文官都赶不上。"陈化成这样一位一品武官,如此廉政,能不让人瞠目以对?

同安古代清官不胜枚举。唐代薛令之(长溪人,徙嘉禾里)为左补阙兼太子侍读,家贫又清廉,肃宗皇帝"敕名其乡曰'廉村',水曰'廉溪'"。蒋孟育(金门人)为吏部左侍郎,一生"操守廉洁,始终如一"。刘存德(东桥人,蔡复一夫人李氏外祖父)授行人时,奉令持节册祭藩府益王,新王赠二百两银酬谢,但他"一无所受"。陈道基(阪尾人)官刑部尚书,但"家居杜门寡接,人弗敢以私干""历官不携家室,不置妾媵"。李春芳(驿路人,蔡复一夫人祖父)任刑部主事时,"有怀金至者,正色拒之"。池显京(浴德子)任过和州、湖州、怀庆地方官,他肥地不捞油,"三任皆腴地,而袖月载风以归"。古同安唯一的武探花叶时茂(瑶江人)任广西新太副将,"居官清廉,兵民悦服",就连太监也是清监。明代"沙尤寇"时,西林柳智被掳入京,清身为监,身历四朝,授玉牌金紫并管理内府(贮藏银两和财务)戊字库,是有权有钱的大太监,但他"薄于奢华,厚于宗祖,远于荤酒"[1]。

许多官员在职不贪,致仕(退休)时也没有趁机捞一把,而是如明代于谦所说,"清风两袖朝天去,免得阎罗话短长"。许廷用(金门人)任南京户部主事,"居官清白,归囊如洗"。林凤仪(鼎尾人)任青州知府,"方

---

[1] 引自弘治十五年的《重修柳氏先茔墓表》。

辞抵家，仅图书数箧，曰'吾以清白遗子孙'"。古代缺医少药，不少官员英年早逝，卒时家徒四壁，丧事简陋。周源（马銮人）任兵部武选司郎中，"奉身清苦"，卒后棺木无地安葬。林啓（县城东市人）任南京国子监丞，49岁卒于官，"囊无一金，六馆诸生争致襚（向死者赠送衣被）"。王三接（西湖塘人，徙居金门何厝王道显叔父）任韶州知府，32岁卒于官，"槥（棺材）归囊橐萧然，无锱铢之遗"。张继桂（金门人）任松阳知县，卒于任上，"归槥后家中萧然，妻孥织作自赡"……

中国百姓历来爱憎分明，憎恨贪官、爱戴清官。他们采取许多形式来颂扬、缅怀清官的德政，使之流芳千古，增光邑乘。例如，在他们任职的地方，为清官建祠立牌，以垂永久。广西参政林一材（潘涂人）、永安县令陈荣祖（陈健孙）、浙江提学蔡献臣、昆山县令苏寅宾、萧山县令陈如松、广西副使张朝纲（以上五人均金门人）等，当地百姓怀念他们的政声，都为他们建立生祠，世代膜拜。宋代邕州知州苏缄（丞相苏颂堂叔）、明代四川按察副使洪朝选（柏埔人）、清代江南提督陈化成，还被当地百姓奉为保境安民的"城隍神"。深受百姓拥戴的官员，当他们离任时，扳辕不忍离，留下许多佳话。灵璧知县张日益（金门人）调任时，"老幼泣送之，为立去思碑"。池浴德秩满荣升，万民曳舟哭留，后建"曳舟亭"志慕。新安县令陈谷（陈健曾孙）离任时，"行李萧然，父老攀号遮道，车不得前"。湖北来凤知县林翼池（塔头人），"以母老乞归，百姓攀辕祖饯，累月不得行"……这些场景，与某些贪官离任时，百姓烧纸钱欢送，形成了强烈的对比。有些奉公廉洁的官员，百姓还给他们起了雅号，从一个侧面肯定了他们关爱民生的政绩。南京右副都御使傅镇（嘉禾屿人）为官廉明强悍，被称"傅真金"或"傅虎"。张青江尚在任上，"以母年老归养，囊橐萧条，世号'清白吏'"。卢若腾（金门人）到浙江为官，遗风留泽，浙人尊为"卢菩萨"。刘先登（社坛人）有政声，被称"刘佛子"。百姓的口碑，不亚于泐诸珉石的丰碑。

俗话说，一方水土养一方人。古同安的清官，有其生长的环境和土壤。民国版《同安县志》卷二十八里称"邑自明清而后，武臣多忠勇之士，文臣多风节之士，盖其习尚与教化所酝酿而深者也"。同安是朱熹首仕之区，"朱子学"发祥之地。儒家崇尚气节，知识分子以"修身齐家治国平天下"为宗旨，视富贵如浮云、金钱为粪土。当官以"四维"（礼、义、廉、耻）为立身之本，坚守"饿死事小，失节事大"的信条，即当官不能做"厚面皮"的贪官。同安民间有句讽刺不知羞耻的人的俚语叫"面皮厚过西桥石"[1]，明代林希元就写过一首《面皮歌》。歌中采用对比的手法，说当面皮厚的官，"归来金银满箱箧，腴田美宅任意置"；而当面皮薄的官，则是"官中不曾持一文，归来称贷无所获"。两相比较，天渊之别，但他宁做"面皮太薄人"，是"只为面皮生定不可易，欲作令人复羞死。不如且留一个名，好与后人上青史"[2]。可见古代清官，懂得廉耻，顾及名声。而贪官在于私欲膨胀，无所顾忌。但私欲是"无底深坑"，民间有首歌谣唱道：汉武成帝欲作仙，彭祖烧香祝寿延。世间若得人心愿，山做黄金海做田。同安历史上这些清官，虽然远逝我们很久，时代也发生了巨大变化，但他们勤政廉洁的典型事迹，对于今天反腐倡廉仍有"以人为镜，可以明是非"的警戒作用。

---

[1] 西桥也叫西安桥，宋元祐年间邑人许宜及僧宗定修建，桥面石板厚度为0.6米。
[2] 吴锡璜. 同安县志（民国版）[M]. 北京：方志出版社，2007：1160.

政声人去后
——封建社会褒扬清官的方式

封建社会，在"修身齐家治国平天下"儒家思想主导下，许多官员勤政爱民，廉洁奉公。他们当中，有"虽贵，奉养如寒士"的高官，如丞相苏颂；也有"斗室唯容妻子我，寸心不愧天地人"的一般官员，如"理学名宦"林希元。国难当头，有的甚至"捐躯赴国难、视死忽如归"（三国魏曹植），如苏缄、陈化成等英烈。对于有功于国、有劳于民的官员，官方和民间采取多种纪念方式。通过彰扬他们的政绩，让人见贤思齐，不管离任或谢世，都能延续他们的懿行激励后人。下面仅以同安籍官员为例，介绍封建社会褒扬有政绩官员的几种方式。

一、皇帝赐谥

封建社会，官员死后朝廷按其生前事迹给予不同的评价和名誉，经皇帝同意赐谥，这是一种盖棺定论式的权威评语，也是官员卒后获得的最高荣誉。例如，汉代许滢将军于元鼎四年（前113）领兵平定南越之乱，驻师营城，首开草昧，获谥武靖。北宋苏缄（苏颂堂叔）在抗越战斗中全家36口殉难获谥忠勇。丞相苏颂以其"一生清正，心素如简"获谥正简。明代文臣多风节，有明一代，古同安有四位"皆浯产"（即金门籍）的官员获谥。他们是：五省经略蔡复一谥清宪，南京吏部侍郎蒋孟育谥文介，探花宰相林釬谥文穆，大同巡抚张廷拱谥襄靖。清代武将多忠义，道光皇帝谕旨"同安为武功最盛之区"，故同安武臣获谥最多。江南提督陈化成在吴淞口抗英殉国获谥忠愍，浙江提督李长庚在剿灭东南沿海武装集团首领蔡牵战斗中殉难获谥忠毅并封三等壮烈伯，邱良功随李长庚追剿蔡牵之功获谥刚勇并封三等男爵，其子邱联恩（河南南阳镇总兵）于平寇中遇害，获谥武烈，是为父子双谥之门。胡贵（嘉禾里人）于广东提督任上平寇有功得谥勤悫，其子胡振声（广东龙门副将）于剿灭蔡牵战斗中殉难获谥武壮。浙江提督吴陞谥恪勤，江南提督林君陞（井头人）谥温僖，广东提督黄有才（石浔人）谥昭僖，福山镇总兵陈胜元（殿前人）谥忠勇，明季同安知县叶翼云（嘉禾里人）陷城死难谥烈愍。周起源是海澄三都后井人，但今属厦门海沧衙里，他却是一位得到朝廷两次赐谥的名宦（即忠愍、忠惠两个谥号）。

二、立祠生祀

在封建社会，有功绩的官员一般是卒后由官方或民间建祠奉祀。如广西南宁建庙奉苏缄为城隍神，陈化成（丙洲人）被上海百姓在城隍庙奉为城隍爷，朝廷赐殉难处及原籍地各造专祠奉祀（今厦门公园西路有陈化成祠）。李长庚（侯滨人）殉难后，朝廷"著于伊原籍同安县地方官，为建立祠宇，春秋祭祀"[1]。也有许多官员，卒后由当地百姓或他们的宗族建庙奉为神明（王爷），这就是古人所说"若是生而有功于民者，死则民思而祀之，示不忘也"。如乌涂福亨宫祀湖广御史林一柱（走马人），祥露顶莲鸿宫祀吴江知县陈文瑞（集美人），芸溪莲溪宫祀福建陆路提督蔡攀龙（金门人）等。

---

[1] 祠在同安县城三秀路，1948年改建为县参议会址。

有不少官员，由于他们在职时为官一任造福一方，为老百姓办实事、办好事，百姓感念他们的恩泽，在世时就为他们立祠崇拜。这种事例地方志书多有记载。如：明代林希元（垵山人）被谪钦州知州时，设立屯田，增修营堡，民赖其安，"钦人建祠生祀之"。王佐（大嶝人）知睢州时，值河决，竭力捍御，"睢人建回龙庙河滨生祀之"。林丛槐（东市人），授饶平令，抗倭保民，"邑人立石纪念，建生祠祀之"。林一材（潘涂人）任山西参政时，为百姓办实事，引马泡泉入学宫，"汾人建生祠祀焉"。陈荣祖（金门阳翟人，陈健孙），授永安县令，立社学，教民始种麻豆芋姜，闾阎利赖，"民立祠刻石像生祀焉"。蔡献臣（金门平林人）任浙江提学时，识拔人才，不附权贵，"浙人士为立生祠"。陈如松（金门陈坑人）任萧山县令，禁溺女婴，教民食"田怪"（鲎），"民立生祠以祀"。张朝纲（金门青屿人），任广西副使兵备苍梧时，募集义勇，平定獠寇，民得以安，开启了苍梧为官员立祠以祀的先例。刘廷宪（金门人），署沙县教谕时，新文庙，勤月课，"诸生为建生祠于学宫之右"。陈鹏南（登瀛人，台湾岁贡），任连江训导，疏浚河道，捐修文庙，煮粥赈饥，"连人伐石记功建生祠祀"……

三、树碑建亭

这种以文勒石的石质文物，更能"以垂永久"，所以为有政绩的官员树碑、建亭、造坊，更能在公众处显眼，永久表彰他们的业绩。清代康熙年间领兵巡视"三沙"（即南海西沙、南沙、中沙群岛）的吴陞（同安城内人）及江南提督林君陞，他们钦赐祭葬带龟趺的墓碑，都镌有由皇帝颁谕满汉文字对照的御制祭文，这是一种高规格的碑记。

其他官员的功德碑、亭、坊如：张日益（金门青屿人），任灵璧知县时，为民兴利除弊，离任时百姓"老幼泣送之，为立去思碑"。蔡献臣致仕后，捐资重筑海丰埭（今集美后溪）一千一百八十八丈，何乔远为之撰《蔡虚台先生筑海丰朱埭堤岸功德碑颂》。蒋芳镛（澳头人）为民请命，减轻百姓负担，邑人为之立《皇明蒋公均饷功德碑》。蔡贵易（金门平林人）补崇德知县，迁南京户部陕西司主事，徽人商崇德者，感其不扰，醵四百金为献，贵易峻却之，"诸商归而立四知亭"。池浴德（嘉禾里人），擢南京吏部考功主事，离任时，遂昌万人曳舟挽留，盖石亭于西门山水浒曰"曳舟亭"，并镌联曰"江水比恩犹有底，溪云护石更无心"。对于关心民瘼的外来"父母官"，同安百姓也是为之歌功颂德，泐石铭感。明

丙洲民族英雄陈化成石雕像

嘉靖年间，知县谭维鼎率领兵民抗击倭寇，同安 203 位官员为之立《邑父母谭公功德碑》铭恩。万历年间，同安又有 270 位官绅联名在岳口立《邑侯李公生祠碑记》，颂扬知县李灿然率民抗击"红夷"（荷兰侵略者）的功绩。清代乾隆年间，知县唐孝本，为防西溪水患，亲自与百姓沿溪两岸修堤一千三百余丈，邑民为之立"唐公堤"碑。明代同安县令张逊，洁己爱民，刑清政举，离任时父老赍金数斤为贶，不受，"邑人为立却金亭于榕溪之上"。对于政绩显著的官员，有司奉诏为之建造牌坊，如为朱熹仕同"士思其教，民思其惠"的朱子旧治坊、太常寺少卿林棐（店里人）的名卿坊、东莞知县许巨川（县城人）的福星坊、奉义讨贼被害叶秉乾（罗溪人）的忠义坊、广东副使刘存德（东桥人）的三吴持斧两越扬旌坊、刑部左侍郎洪朝选（洪厝人）的御史中丞坊、理学名宦林希元的文宗廷尉坊、三郡知府陈健（金门阳翟人）的岳伯坊、吏部左侍郎蒋孟育（金门浦边人）的三世宰贰坊（牌坊在今漳州芗城区香港路双门顶）……

"政声人去后，民意闲谈时"，这是朴实的老百姓评价封建社会官员

的俚语。黎民百姓爱憎分明，对贪官、清官情感截然不同。贪官离任，有的撒纸钱"欢送"，有的写"早去一天天有眼，再留此地地无皮"对联"庆贺"。清官清清白白做人、实实在在做事，不管他们离职还是离世，百姓总是感恩戴德，因而也就有了这些缅怀他们政绩的纪念载体。

井头林君陞御制碑亭

吴陞：中国宣示南海主权的代表人物

南海诸岛历来就是中国的领土。19世纪30年代法国人入侵南沙九小岛，发现各岛上只有华人居住，南钥岛上还有中国人留下的茅屋、水井、神庙等遗迹，足见中国人很早就在南海诸岛上生息。二战结束，日本无条件投降。1946年11月至12月间，国民党政府派林遵率领船队登上南海诸岛，完成了西沙群岛、南沙群岛及其海域的收复和进驻任务。这说明不管古代还是近代，南海主权属于中国的史实无可争辩。

根据地方志书的记载，中国很早就有派员到南海巡视的惯例。清代康熙年间，吴陞就亲自巡视过"三沙"（即西沙、南沙、中沙群岛），因而被誉为中国宣示南海主权的代表人物。

据清乾隆二十八年（1763）出版的《泉州府志》记载，吴陞于康熙四十九至五十一年间（1710—1712）任广东副将（从二品），调琼州府时，"自琼崖历铜鼓，经七州洋、四更沙，周遭三千里，躬自巡视，地方宁谧，升定海总兵官。"清代康熙年间，西沙、南沙群岛属于广东省琼州府万州（今海南岛万宁、陵水县境内），七州（洲）洋是西沙群岛一带的海域，四更沙角是海南岛西岸的海角。这三千里（只是个约数）范围内的岛屿，都住有中国人，吴陞亲自巡视，使得地方平静，百姓安居，吴陞也因功升为正二品的总兵官。

　　吴陛何许人也？他的籍贯比较特殊，但也可以说是厦（门）漳（州）泉（州）三地共同拥有的一位杰出乡贤。乾隆版《泉州府志》写明"吴陛，字源泽，同安人，本姓黄"；嘉庆版和民国版的《同安县志》都记载"吴陛，本姓黄，城内人"；《海澄县志》则记"黄陛，字源泽，三都人"，这到底是怎么回事？据清宣统元年（1909）《洑溪黄氏族谱》记载，吴陛出生于永春洑溪田中（今达埔镇新溪村），父亲黄瑞庄于康熙五年（1666）举家徙居江西弋阳县。黄瑞庄先娶两妻均无生育，后纳侧室姚氏生育两子，即英珊和英瑛，次子英瑛即黄陛（字泽超，号泽源），1652年农历八月二十七日出生，18岁时父亲去世，生母姚氏因"妾"的身份受到家族排挤，于是携黄陛到同安投奔黄陛姨妈家。姨妈家姓吴，且待黄陛如亲生，遂改为吴姓。这和《海澄县志》记吴陛"幼失怙，恃养于母姨，冒吴姓"基本相符。《泉州府志》只说吴陛是"同安人"，这和《清史稿》说辜鸿铭是"福建同安人"一样，都比较笼统。因为辛亥革命以前同安县的行政区域包括今天的金门县、厦门各区（海沧区新阳、嵩屿、海沧三个街道及翔安区莲河、霞浯两个社区除外）以及漳州龙海区角美镇；《同安县志》说他是"城内人"。同安县城可称"城内"，清代一些举人如陈光章、汪士杰、林炳昌、周冕、周江达等，都记载他们是"城内人"。但同安县仁德里后溪头保也有个乡村叫"城内"[1]，因此吴陛是居住同安县城城内还是后溪城内值得探讨。而今天厦门市海沧区的鳌冠（旧称吴冠、吾贯，原属海澄三都）又有吴陛的旧居，而且还挂着康熙五十五年（1716）三月初六康熙御笔"宽惠赴桓"的楷书木匾（长1.8米，高2.84米），这又是一道待解的谜题。

　　吴陛由姨母抚养成人，他也"事姨如所生"，后来入伍从戎，为水师总旗御贼于果塘授千总，先后从征金门、厦门、铜山。清康熙二十二年（1683）他随施琅底定澎湖、台湾，因功授陕西游击，又擢广东副将，驻琼

---

[1] 康熙元年同安总兵施琅建石城而名，今属集美后溪镇。

州府时带兵巡视"三沙";清康熙六十年(1721)任福建陆路提督驻镇泉州,康熙皇帝赞他是"天下第一好提督";雍正四年(1726)加太子少傅致仕。去世前上奏请求恢复黄姓,朝廷准其所请,"覃恩赠三代皆归于吴,遗本始请复黄姓"[1]。雍正六年(1728)农历八月初八日吴陞卒于任上,朝廷加赠太子太保,赐谥恪勤,雍正皇帝赐御制诗章:"镇静推元老,韬钤尽壮猷。偏裨遵节制,疆宇藉绸缪。清直军民服,严明将异优。抚绥兼训练,磐石巩神州。"两朝隆遇,尤为异数。长孙永福承荫姓吴,次房孙溥之、溇之复黄姓分别为奉天府、顺天府治中。

吴(黄)陞墓御制祭文碑亭(1983年)

吴(黄)升墓在同安县长兴里庄上乡(今属五显镇四林村委会)右边郭婆墓后,钦赐祭葬,坐东向西,墓左有御制祭文碑亭(俗称太子亭),碑镌满汉文字,褒彰吴陞一生功绩:

> 朕惟勤劳阃外允资师武之才,绥靖海隅式重封疆之寄,生旌旐之,是贵殁而纶绰之。攸颁所以昭国恩,励臣职也。尔黄陞持躬谨恪,矢心洁清,效力戎行,迁官边棫,遂佐粤中之镇,旋移浙水之旌,控驭闽疆,统防陆路,自昔受知。

---

[1] 引自《海澄县志》。

皇考既重寄之屡膺，朕因眷念旧臣复官衔之，特晋遽引年而致仕，许食禄以终身。恩数加隆，奄忽告良深。轸侧用考葬章，晋宫保以赠官，嘉名而赐谥，爰颁祭奠，以备哀荣。於戏！闽海流芳，马鬣壮秋楸之色；墓碑增彩，龙章腾节钺之光，誌尔荣名，昭兹来许。

石碑亭龟趺

"太子亭"中石碑大约是20世纪60年代被砸，现尚存下半截，后来三根（一横两竖）蟠龙石梁（柱）被盗，石亭坍塌，龟趺被埋。2016年12月12日出土龟趺及碑亭部分构件。现在墓葬规制基本完好，占地面积约一千平方米，墓岸、墓围、墓埕、墓道坊、蹲狮望柱等，虽有残缺，但基本完好。这是目前厦门地区发现规模大、规格高、保存好的清代名人墓葬，具有相当的历史、艺术、科学价值和纪念意义。

晋江商人与儒学文化

晋江人历来有着"敢为人先"（用鲁迅的话叫"敢吃螃蟹"）的创业精神。改革开放初期，同安县召开全县干部会议，时任县委书记的蔡景祥在大会上公开号召全体干部"远学广东，近学晋江"（用闽南话）。改革开放三十年来，原来就是"十户人家九户侨"的晋江，商业发展的速度更是"忽如一夜春风来，千树万树梨花开"。许多农民，从改革潮流中悟出"锄头挖到死，不值做生理""车轮滚滚，纸字（钞票）归大捆"之道，纷纷加入商业大军。石狮市竟是"有街无处不经商，铺天盖地万式装"，成了万人购物的"小香港"，"晋江模式"也成了许多地方发展经济的看板。

晋江商人这种勇于冒险开拓的生平气质，是由它的自然条件和人文环境而造成的。

有道是"一方水土养一方人"。晋江濒临大海，有一百多千米长的海岸线。从深沪发现的庵山沙丘遗址和牡蛎礁考究，这里也曾是古闽越人生活过的地方。而古闽越人那种"以船为车，以楫为马，往若飘风，去则难从"的生活习性和强悍敢拼的文化品性肯定会给晋江人遗传历史基因。长期居住海边的晋江人，"明知风浪险，偏向浪尖行"，也正如歌仙刘三姐所唱"不怕滩险浪又多"。正因为有这种一览无余的宽阔视野和惊涛骇浪的生活历练，所以才有晋江人这种拿得起、放得下、"输赢笑笑"的豪爽个性和"爱拼才会赢"的"晋江精神"。晋江商业的发达，必然带来人口的压力，因而"人多地少"的生活环境又派生出"每岁造舟通异域"出外谋生的商业活动。相比之下，如果安于"笑人穷，怨人富，饲大猪，起新厝，生孝生（儿子），娶媳妇"的自足心态，这种开拓进取的精神就会受到局限。随着全球化的商业竞争，号称"海内外300万晋江人"为何能在"商场如战场"中立于不败之地，我想这与晋江这方水土的哺养密不可分。

作为商人，不管是个人还是群体，若没有文化、缺乏修养，必定会制约商业的发展甚至走向衰亡。古人讲"商儒结合"，现在讲"企业文化"。讲到儒学文化，必然会讲到孔子和朱子（史称"北孔南朱"），而朱熹的儒学思想和文化对晋江商人有着更加直接和广泛的影响。

孔子是古代儒学的创始人，而朱熹是复兴儒学和行动儒学最伟大的思想家。这两位圣人代表中国古文化的两座高山，正如已故复旦大学副校长蔡尚思（泉州德化人）所说："东周出孔子，南宋有朱熹。中国古文化，泰山与武夷。"康熙皇帝则称赞朱熹是"集大成而绪千百年绝传之学，开愚蒙而立亿万世一定之规"，足见朱熹继承、创新的"新儒家"（或称"朱子学"）对世人影响之深远。

朱熹（1130—1200）生于福建尤溪，19岁中进士，22岁授官泉州府同安县主簿，南宋绍兴二十三年（1153）七月莅任，在同安待了四年又四个月，他一生最大的转折点就是在同安完成了"逃禅归儒"的思想转变。所以同安成了"朱子学"的发祥地。他在同安任上，创办儒学，访求名儒，兴文讲学，实施仁政，以同安为"试验田"，验证了儒家思想治国安邦的重要性。

朱熹与晋江有密切的人缘、文缘关系，志称"二朱过化"。名儒柯国材（1116—1176）原居泉州水沟巷，南宋绍兴元年（1131）随父亲柯元曾徙居晋江安海，读书于"鳌头精舍"（后改为石井书院），翌年朱熹的父亲朱松任石井镇（今晋江安海）镇监并在书院讲学，朱熹也在书院就读并成为

安海五里桥（安平桥，王耀立　摄）

柯国材的学弟。秦桧当权时，柯国材自晋江隐居同安后柯社（今为厦门海沧区东孚街道），朱熹到同安任职时马上聘他为直学。柯国材的孙子柯勉学原随父亲柯绩宗居安平，后移居晋江鳌岱边村，是为南塘柯氏开基祖"塘边叟"（菲律宾国父扶西·黎刹为其二十三世孙）。由此可知，朱熹小时候就在安海读书，熟谙晋江风土人情，后来在同安供职，晋江与同安比邻，又同属泉州府辖地。特别是三年秩满，因代者未至，他"奉檄走旁郡"[1]，更有机会到晋江故地重游并亲自讲学。乾隆二十八年（1763）树立的《二朱先生祠碑记》载"文公[2]簿同时，年方弱冠仍过石井，访父时事，与耆俊士论经说义"，因而晋江安海"其诗书弦诵，材贤文扬，几与郡城。洎至帆海之艨艟……贷贿丛集，生齿繁伙，他镇城跂而窥焉"[3]，从中已经可以看出儒学文化与商业经济之间相辅相成的关系。南宋嘉定四年（1211）朱熹之子朱在在泉州府通判任上，知州邹应龙应士民之请，命他在安海镇主持修建石井书院，其规模相当于州县学宫之规制，并绘朱松、朱熹父子画像奉祀于尊德堂。所以说朱氏一门三代对晋江情有独钟，晋江也到处洋溢着浓厚的儒学文化气息。根据周仪扬先生《深沪记忆》一书记述，宋代晋江县有务本、仁

---

[1] 即奉泉州府派遣到所属县地搜罗先贤史迹。
[2] 朱熹卒后赐谥"文"，故世称"朱文公"。
[3] 引自明代黄凤翔的《泉州府督粮驻镇安平题名记》。

孝、劝善、弦歌、聚仁、和风、兴贤等里名。据载，淳熙四年（1177）朱熹到晋江东石，见那里民风淳朴，邻里和睦，便称"此地仁爱和平之境域"，并雅其名为"仁和里"。深厚的儒学文化底蕴正是晋江商人发展经济的软实力。

古人云："商无儒则野，儒无商则饥。"宋代诗人刘克庄（莆田人）赋诗道："闽人务本亦知读书，若不耕樵必业儒。唯有刺桐南廓外，朝为原宪暮陶朱。"[1] 可见"刺桐（泉州）南廓外"的晋江早有亦儒亦商的活动。

当今国内外的企业家，无不从中国传统文化，尤其是儒家文化中受益而深感文化是企业的灵魂。美国巴比伦成功学院创办人史蒂夫认为中国"己所不欲勿施于人"的儒家文化是办事业做生意的"黄金法则"、人类行为的伟大法则。日本商人一手拿算盘，一手拿"黄金法则"《论语》，他们认为算盘讲效益，《论语》调节人际关系，因而能在商海中一帆风顺。新加坡是个华侨华人人口居多的商业国家，其中晋江侨商占有很大的比重。当地政府善于借用"东方文明"向国民灌输诸如勤劳、节俭、和谐、忠诚等儒家传统价值观和道德观。2000年11月，安溪人唐裕任会长，翌年举办"儒学与新世纪的人类社会"国际学术会议。新加坡前总统王鼎昌（同安珩山人）的座右铭是：心正而后身修，身修而后家齐，家齐而后国治，国治而后天下平。这也是朱熹倡导的"修身齐家治国平天下"的儒家理念。新加坡内阁资政李光耀更是坦言："从治理新加坡的经验看，我深信，要不是新加坡大部分人民受过儒家思想的熏陶，我们是无法成为亚洲四小龙之一的。"[2] 这是作为领导人实施"以儒治国"的肺腑之言。作为个体的商人，又何尝不是如此！台塑大王王永庆（安溪人）一生信奉"做人不能讲假话"，因为孔夫子教人"言必信，行必果"，朱熹更是将"信"纳入"五常"（即仁、义、礼、智、信）作为伦理的核心。菲律宾首富陈永栽感悟儒学文化的奥妙，用专机

---

[1] 原宪为孔子学生，这里泛指读书人；陶朱指范蠡这里泛指商人
[2] 见《人民政协报》2007年8月10日第二版。

送 747 名华侨学生到厦门学习中文，把传承中华优秀传统文化的重任交给这些年轻人，而这批学生中，恰恰多数是晋江华侨华人的子弟。旅居异国他乡的晋江人，还将家乡的儒学文化带到居住国，渗透到日常生活的各个领域，通过报刊、宗亲会同乡会、祠庙祭祀、岁时俗节等载体，弘扬和薪传儒家文化，这也是他们在海外立足经商的长远目光。

总而言之，晋江人凭借特殊的地理位置和自然环境，铸造了敢拼敢赢的海洋性格；又由于有厚重的儒学文化资源，无论是在地或外出的商人，秉持"己所不欲，勿施于人""种瓜得瓜，种豆得豆""和气生财""与人为善"等先儒教人如何做人的道理，在如海上风云变幻莫测的商海中稳坐钓鱼船；又以"达则兼济天下"的胸襟对"摇篮血迹"给予无私的回馈。千年积淀的儒学文化，不仅是中国人民建设小康社会的精神武器，也是海外华侨拼搏发展的精神支柱。

同安涉侨文物的保护与利用

同安的涉侨文物，是指同安百姓明清以后"以生计困难，冒险出洋，启荒远之区"[1]，获利后在家乡遗留具有历史、艺术、科学价值和纪念意义的古建筑、遗址、墓葬等不可移动的实物。

辛亥革命之前大同安（或称古同安）的行政区域包括今天的金门县、厦门各区（海沧区的海沧、嵩屿、新阳三个街道及翔安区的莲河、霞浯两个社区除外）及漳州龙海区的角美镇等地。元末明初，同安"因人民稠密，寸土如寸金之贵"，许多贫苦农、渔民"无奈买卖造船，经商于外国，营求微利，庶一家朝夕之欢"[2]。同安人冒着"十去六亡三在一回头"的风险，在异国他乡筚路蓝缕，胼手胝足，但不是每人的工作都能"顺风顺水"。这些出国华侨"得归者百无一二焉。其贸易获得归者，千无二三焉"[3]。而那些能够"足游千里外，腰缠万贯来"的海外游子，便在家乡置地构屋，捐助各种公益事业，从而留下了许多具有历史意义，又有现代价值的涉侨文化遗产。

---

[1]吴锡璜. 同安县志（民国版）[M]. 北京：方志出版社，2007：1028.
[2]明嘉靖二十三年（1544年）同安李章上书朝鲜政院。
[3]引自清代林豪的《金门旧志》。

一、营造豪宅

那些在海外"趁有吃"的华侨,手头有所粒积,过着"穿皮鞋,挂墨镜;坐汽车,看电影;喝牛奶,配馅饼;娶番婆,生番子"的舒适生活。但他们也不忘初心,始终惦念"摇篮血迹",于是衣锦还乡,光宗耀祖,在家乡建起了美轮美奂的"华侨厝"。

例如:祥平街道下魏新加坡侨商、荣获孙中山题写"海外侨邨"竖匾的陈喜亭故居;五显布塘村安南(越南)华侨陈番灿修建两落双边护和前埕一列倒照屋组成的红砖大厝;莲花云埔上田洋华侨陈玉明(又名启景)因娶泰国公主"玲龙"而建的两落双边护厝的"驸马楼";五显辽野清代黄海量在东南亚经营粮制品起家修建的两列红砖大厝……

云埔驸马楼(曾清根 摄)

这些有着闽南建筑特色的红砖大厝,是当时乡村的豪宅。它们多数为两进双边护厝、中为天井及两旁榉头砖木石混合建筑,用材上乘,工艺精湛。凹寿门廊,"泉州白"墙裙,夔龙纹柜台脚,清水烟灸砖墙,穿斗式梁架,浮雕人物花卉柱础,蟹甲木雕灯梁,泥塑活现水车堵,两坡板瓦硬山顶燕尾脊。这些建筑蕴含许多闽南文化元素,是闽南文化"大有文章可做"的生动素材。

海外侨胞身居异域,他们接触、熟悉其他国家的文化艺术,所以在家乡建屋时,也引进了一些国外材料,如英国、日本等地的花纹瓷砖,同时也采用了一些外来的装修技艺，成为中西合璧的"番仔楼"。

例如：马巷陈新柬埔寨华侨林茂岭修建"同"字型布局城堡式的番仔楼（即云嵩楼）；新店东园新加坡华侨张煌爱、吴成花夫妇修建被誉为"同安最漂亮纯正的欧式别墅"；阳翟西亭"有陈才富，也无陈才厝"陈锡英（又名英才）修建的宗祠就有番人献宝的浮雕抱鼓石。这些都是历史上中外文化交流的见证。

有些早年出国的华侨，他们没有回来修建"豪宅"，但原来的老房子（故居）还在，也应当视作涉侨文物古迹，如原属同安县鸿渐尾村菲律宾前总统阿基诺夫人曾祖父许尚志（许玉寰）的故居、阳翟荔枝宅缅甸华侨陈仲赫[1]的故居、大同街道后炉社区新加坡"国医名家"吴瑞甫的故居及归国华侨柯朝阳修建的"柯陶小筑"等。

二、捐助公益

海外侨胞，事业有成，不忘回馈桑梓。首仕同安的理学大儒朱熹提出"读书起家之本"，同安自古就是海滨邹鲁地，文教昌明乡。许多早期华侨小时饱受"青暝"（文盲）之苦，因而体会到"知识改变命运"的重要性，所以对捐资助学乐此不疲，为同安教育事业留下了光辉的篇章。同安集美"华侨旗帜"陈嘉庚倾资办学的事迹已是家喻户晓，妇孺皆知。而其他为家乡教育事业奉献良多的华侨也比比皆是。如莲花澳溪新加坡侨领陈延谦创办的止园小学和丰隆集团郭芳枫捐建的澳溪中学，内厝顶沙溪华侨杨宽裕创办的宽裕学校，马巷井头新加坡华侨林金殿创办的九牧学校，洪塘龙西新加坡华侨纪甲城捐建的洪塘中学教学楼，菲律宾华侨陈国祺偕夫人胡彩英捐建的丙洲国祺中学，新加坡华侨李吉成夫人洪碧云及子女捐建的同安第一中学苏颂科学馆……

---

[1] 同安同盟会仰光分会主盟人之一。

1956年新加坡华侨叶怡煎兄弟为纪念祖父叶国栋、父亲叶佐修建的栋佐桥（1983年岩立 摄）

修桥造路也是一种利民的公益事业。早时乡村交通简陋，华侨出资造桥、解决乡民跋涉之苦。如莲花云洋新加坡、马来西亚华侨杨基贤、杨基营兄弟捐建的"云标桥"，新加坡华侨陈延谦在家乡捐资开拓澳溪至云埔的公路，还修建了"延谦桥"。莲花窑市瓦窑新加坡华侨叶怡煎兄弟为纪念祖父叶国栋、父亲叶佐修建的"栋佐桥"。还有，由归国华侨柯朝阳、林茂岭、王杏林、徐迅速、苏明太等人捐建的银城影剧院（今作同安历史陈列馆）、由海外侨胞捐建的南门路两幢楼房（今为同安侨联会所）、新圩新加坡华侨黄玉带捐建的古宅华侨医院等，这些公益事业同样凝结着华侨、归侨同胞的心血。

另外，一些华侨落叶归根的墓葬，已经成为海外裔孙寻亲认祖的标志。如内厝田中央柯朝阳的墓葬、马巷西炉马来西亚丹斯里拿督黄琢齐父亲黄廷元的墓葬（1993年列为同安县文物保护单位）、马巷郑坂山顶头越南华侨陈允济的墓葬（墓碑用中英文刻字）等。这些相当规模的墓葬，也是涉侨文物，至于集美陈嘉庚墓（即鳌园），则已被列为全国重点文物保护单位。

早期出国的华侨，为慰藉"坐船跑马三分命"的心灵，把家乡的神祇或怀抱金身，或佩带香符到落籍地供奉，形成聚落后有的修庙，定期或不定期回祖籍地参加进香活动。如马来西亚马六甲太平区奉祀三忠王的三忠宫祖庙是同安洪塘三忠庙、马来西亚槟城峇都眼东莲清宫奉祀莲山大人的祖庙是莲花后埔村莲山宫、槟城佬叶园凤山宫奉祀凤山大王的祖庙是莲花庙山青龙宫、槟榔屿"姓陈桥"（丙洲移民）昭应殿奉祀开漳圣王祖庙是同安丙洲昭应庙、印尼峇眼亚比永福宫奉祀纪府王爷祖庙是洪塘大乡六位尊王大祖宫"金宝殿"等。

以上这些与华侨有着密切关系的民居、学校、桥梁、墓葬、宫庙等不可移动的物质文化，虽是挂一漏万，但它们历经沧桑幸存至今，实属不易，成为今天研究华侨历史、华侨文化珍贵的实物，也是联结海外华侨华人感情的纽带。

如今随着旧村改造，这些涉侨文物古迹也面临着消失的窘境。因此如何保护这些文物古迹刻不容缓，时不我待。习近平总书记指出，文物和文化遗产"是不可再生、不可替代的中华优秀文明资源"。因此，应通过各种媒体大力宣传这些文物古迹的历史意义及其蕴含的爱国、爱乡、诚信、向善的文化内涵，"教育引导人们不忘近代我国经历的屈辱史和老一辈侨胞艰难的创业史"。在华侨分布比较密集的村落，可以组织人员摸清家底，建档登录，有的可以申报文物保护单位，有的可以列为未定级不可移动文物。对于非拆迁不可的重要文物，湖里仑后华侨王清祥两层砖混结构的"番仔楼"整体旋转平移75米是就地保护的最佳办法。

其次，应该把这些涉侨文物古迹纳入乡村振兴规划充分利用。许多华侨老房子，经过"修旧如旧"的维修，可以办成乡村书院、侨史馆，举办青少年研学活动，传承中华优秀传统文化，讲好华侨故事。也可以办成新时代文明实践所（站），举办科普讲座、侨批展示、书画培训、"非遗"传承等各项活动，促进乡风文明，社会和谐，让涉侨文物在保护中利用，在利用中保护，这对于保存古城历史，留住海外乡愁，则善莫大焉！

有哲人说：故乡是带不走的东西。所以多少人梦中都要回来寻根儿、寻魂儿。因此，"把根留住"应该成为社会共同的担当。

壬寅年荔月于铜鱼城

闽台文缘

从"同安"的冠籍村名看同台缘

从《台湾省地名词典》中，可以发现台湾有不少以"同安"冠籍的村名。如台北县大同区、大同街、鹭洲乡的大同村以及高雄县田头乡的大同村等。"大同"是同安的古地名。唐贞元十九年（803）划南安县西南四乡（即永丰、明盛、绥德、武德）置"大同场"，这也是五代后唐长兴四年（933）同安县治的前身。宋代朱熹首仕同安主簿时著有《大同集》（《同安县志》的前身），民国时期同安县城设大同镇（今为大同街道），因而代表古同安的"大同"地名被渡台的同安乡亲沿用。

还有不少直接以"同安"冠籍的村名。如台北县的同安村、同安寮，台中县南屯区和乌日乡的同安厝、大甲镇的同安里，云林县东势乡和高雄县弥陀乡的同安厝，彰化县芬园乡和台南县佳里镇的同安寮、永靖乡的同安宅等。这些冠以"同安"的厝、寮、宅、里，明显就是同安移民"身在他乡即故乡"的聚落标记。为了增强宗亲乡亲的凝聚力，有些同宗同族的移民，干脆以原乡的姓氏为村名，形成两岸的同姓村名。如台北县与同安新店的彭厝，台中县与同安十三都的洪厝（彭厝、洪厝今属翔安区），台南县与同安洪塘的苏厝，台中县与同安汀溪的邱厝，云林县与同安西柯的吕厝等。这些冠姓村名，明显带有浓厚的血缘关系。

同安渡台的先民，到台湾"插竹为社，斩茅为屋"，为开发台湾、建设宝岛，付出了几十代人的心血。这里需要了解一下"古同安"的历史含义。同安县自公元933年实施县治，其政区的范围包括今天的金门县、厦门市各区（海沧部分）及漳州龙海区的角美镇，元代隶属同安县的澎湖巡检司还兼管台湾的民政（志称"台湾"之建置于是始）。因此，今天居住台湾的同安乡亲是指古同安而言，同安也就成为台胞主要的祖籍地。据漳州学者林嘉书先生不完全统计，明清时期同安有68个姓氏，1000多个迁台祖到台湾。其中迁台祖陈氏98个、李氏49个、林氏34个、蔡氏32个、王氏28个、杜氏26个、洪氏和张氏各20个……1926年日本驻台总督官房调查课还调查出一组数字即当年台湾在籍汉人有3751600人，其中同安籍有553100人，占全台人口14.7%，即是当时台湾人口的七分之一。同安籍的人口遍布台湾全岛及澎湖列岛（澎湖同安籍居民66.7%），其中以台南、台中、台北人口最多，台北鹭洲乡同安籍的人口竟占97.5%。今天台湾2300多万人口中，有250多万台胞祖籍就在古同安。

为什么台湾会有这么多的同安乡亲呢？原因很多，略说一二。

金门同安同名村

一、历史上重大事件促使同安人迁台

封建时代，朝代更迭，社会动荡，都是"兴，百姓苦；亡，百姓苦"，人民群众流离失所，只好背井离乡，择地安家。

1. 倭寇作乱

明朝嘉靖年间，日本倭寇作乱，沿海居民惨遭蹂躏。据《金门志》记载，嘉靖三十九年（1560）三月，倭寇掠浯洲（金门），"始终凡五十日，村社为墟"，当时的"理学名宦"林希元有"杀戮同鸡犬，川原污血腥"描写倭寇施行"三光政策"的诗句。在这种情况下，沿海居民，尤其是同安县属的金门百姓，被逼逃往台岛谋生。明季万历年间，红夷（荷兰殖民者）骚扰同安沿海居民[1]，也有一些同安和中左所（今厦门市区）的居民被逼迁居台湾。

2. 郑成功驱荷复台

隆武二年（1646）8月，郑成功在烈屿（小金门）吴山（今城仔顶）树旗抗清，拥据金厦两岛，与清军展开三十年的"拉锯战"。1661年3月23日，郑成功率师东征收复台湾。郑成功许多部将和士兵都是同安人，他们随郑渡台，成为开发台湾的先贤。如郑成功的"卧龙诸葛"陈永华[2]，是郑成功收复台湾的军师，后来又辅助郑经治理台湾，引进许多同安的能工巧匠到台湾晒盐、制糖、织布、烧瓦、教书，还在台南创建"全台首学"（孔庙），故连横在《台湾通史》赞他"台人至今犹受其赐泽深哉"。又如同安县城铜鱼馆林圯，是郑成功参军，随郑成功收复台湾后，率部将开发斗六门、水线连，被土番杀后葬林圯埔，清光绪十四年（1888）于林圯埔建县治，县名"云林"以志圯功，林圯是开发云林县的首位同安先贤。据载，郑成功收复台湾时，带去将士眷属两批计3.8万人，同安有20多个姓氏的将校幕僚近百人率其家眷、部卒随渡，如台湾高雄路竹乡的王氏家族，他们的开基祖王文医是当年随郑成功"忠贞军"到台湾的白礁人。明永历年间，同安鼎尾乡林孝德随郑成功入台，携带玄天上帝香火，在台南湾里村落籍地建宫

---

[1] 同安岳口有纪念知县谭维鼎抗倭寇和李灿然抗红夷两碣高大碑记。
[2] 同安灌口人，其父陈鼎是同安教谕，清兵陷城时自缢于明伦堂。

时，干脆以"同安宫"为宫名。

3. 清廷迁界

清政府为了防止内地人民对郑成功军队的支持和联系，采纳了郑成功叛将黄梧的"平海五策"，于顺治十八年（1661）勒令江南、浙江、福建、广东沿海居民分别内迁 30 里到 50 里，并尽烧沿海民居和船只，"寸板不许下水，粒货不许越疆"。越界者不论远近，均立斩，百姓失业流离，"死亡者以亿万计"。明季永历帝的兵部尚书卢若腾"天寒日又西，男妇相扶携。去去将安适，掩面道傍啼"的诗句，反映了同安沿海人民 20 年中遭受三次迁界，金门两次墟岛的惨景，至今同安马巷沈井（今属翔安区）祠堂尚有一碣"奉旨迁界"的石碑，这就是当年迁界的物证。清政府以暴刑保证迁界令的执行，结果金门及沿海的居民内迁，形成了金门与同安的一些同籍或同姓村名，如陡（斗）门、沙尾、东埔、蔡厝、何厝、彭厝等。但也有一些沿海居民（尤其是金门）被迫逃亡台湾，因为郑成功乘机"驰令各处，收沿海之残民移我东土，开辟草莱，相助耕种"。他们到台湾定居生活，生齿日繁，加入了"同安乡亲"的行列。

4. 施琅统台

施琅（1624—1696）虽是晋江衙口人，但他任过同安副将、总兵官，驻扎同安的时间有 7 年（即 1656—1662），有许多部将和士兵是同安人。清康熙二十二年（1683）六月十四日，施琅奉命率领水陆官兵 2 万多人，大小战船二百多艘，自铜山（今东山）出发，一举统一台湾。当年随施琅入台的同安人，不少人立下赫赫战功，有 50 多人受封，如灌口的陈昂、辽东的郭新、金门浦边的周全斌、蔡林的林朝凤、歧阳的林庄雄、城内的吴陞、澳头的蒋熺、石浔的吴楠等。其中有的是父子随征，如灌口的陈昂、陈伦炯父子；有的是兄弟同军，如炉前的魏大猷、魏天赐兄弟。他们受封游击、参将、副将、总兵、都督等职，有的镇守台湾、澎湖，繁衍生息，与祖籍地同安有着血浓于水的亲缘关系。

清代的蔡牵（1761—1809），是现在的同安区西柯镇新厝顶人，是东南沿海武装集团的首领。嘉庆十年（1805）他在台湾自称"镇海威武王"，刊用"正大光明"王印，在沪尾建立政权，威慑清政府，终被镇压。道光年间小刀会起义的领袖黄位（同安灌口上巷社人）、黄德美（同安锦宅人），他们在厦、漳、金（门）起事，延烧到台湾的淡水、鸡笼（基隆），但也被镇压。这些同安籍的反清领袖，当时也有许多破产的农民、渔民、船工、无业游民跟随起义，事败之后，害怕株连，不敢说是当年参与起事的同安人。但他们逃亡台湾繁衍的后裔，也仍然是今天同安乡亲的一部分。

二、地理条件和自然环境促使同安人迁台

同安三面负山，南襟大海，"山海居其十七，可耕之田无几耳，故常病旱干"[1]，加上风灾、水害、兵祸、匪乱、瘟疫等，迫使同安人"转贸四方"。清代"禁海"，许多同安人凭借86千米长海岸线，冒着"十去六死三留一回头"的风险，偷渡赴台，同安所属的曾厝垵、白石头、大担、料罗湾、刘五店、莲河、塘厝港均为偷渡码头。雍正十年和乾隆二十五年开放海禁，许多人羡慕"台湾钱淹脚目""台湾甘蔗大枞"，更是携眷带族迁往台湾。有些先到台湾落脚的乡亲，也纷纷回到同安"招工"。如同安浦边（今属金门县）王世杰（1661—1721）于康熙十九年（1680）渡台，在郑克塽（郑成功之孙）征讨台湾北路诸番之乱中，因护粮有功获"跑马定界"开垦竹堑，被授为"垦田令"。施琅统一台湾后，王世杰两度返乡带领乡亲及子侄孙一百多人前往竹堑开垦农地并建二十四社。他是开发台湾新竹市的首位功臣，连横赞其"功亦伟矣"！

当兵也是一种入台的途径。清代台湾多事，坊间有"三年一小反，五年一大乱"俚语，清兵源多为沿海习水善舟的百姓，因而同安习武成风。"统

---

[1] 出自明代光禄寺少卿蔡献臣所写的《同安县志》序。

计提督军务至二十余人，功烈之伟为全省冠"[1]，连道光皇帝也说"同安为武功最盛之区"，一个小小的金门岛，竟有"九里三提督，百步一总兵"的将才。无论是科举或行伍出身，不少人到台湾任职甚至留守，如林君陞（井头人）、蔡攀龙（金门琼林人）、陈化成（丙洲人）都任过台湾总兵。胡振声任过台湾守备，魏平（炉前人）、陈伦炯任过台湾南路参将，林捷辉（县城人）及二兄林穆如、母舅刘高山都在台湾供职。还有一些文职人员如开台进士郑用锡、台湾首位举人苏峨、金石宗师吕世宜、台湾地方史学家林豪等，他们也都是同安人。这些渡台先贤，为了战胜恶劣的生存环境，也带去了家乡的民间信仰和艺术。如随身带去白礁青礁保生大帝、同安南门土窟墘银同妈祖、马巷元威殿池府王爷、灌口凤山庙大使公、后溪霞海城隍爷、苏营皇渡庵飞天大圣等祖庙的香符或金身，作为渡海护身和落籍保境的守护神。为了纾解"日出而作，日入而息"单调的劳动生活，入台的先民还带去了同安车鼓弄、宋江阵、莲花褒歌等民间文艺，因而在浓浓的血缘关系中，又融入了神缘、文缘、俗缘诸多的家乡元素，增强了闽台"同祖同宗同根，同风同俗同文"的文化内涵。

　　两岸同名村、同姓村是渡台先民合力开发、建设台湾的产物，也是今天台湾同胞铭记乡愁的符号。不管台海风云有何变幻，这种两岸一家亲、打断骨头连着筋的亲情是永远不会割裂的。

---

[1] 吴锡璜. 同安县志（民国版）[M]. 北京：方志出版社，2007：873.

闽台祠堂楹联的社会功能

对联也叫楹联、楹帖、对子,是中国汉字一种独特的文学形式,五代蜀主孟昶书写于桃符"新年纳余庆,佳节号长春"的联语,据说是中国对联之始。多数对联都有对仗工整、平仄相反、意境和谐、言简意赅等特点。宫殿庙宇、楼阁戏台、酒肆茶亭、书斋客厅、厨房寝室甚至牛厩猪圈,都可书贴对联。

祠堂也叫宗祠、家庙,是中国封建社会血缘文化的产物。它是血缘氏族祭祀祖先和施行宗法的公共场所,也是当今海外侨胞、台湾同胞寻根谒祖的圣地。祠堂多建于族人聚居的乡村社里,而且多于开基祖宅地改建或拓建。如苏氏大宗祠堂由二世祖苏光诲大府第改建,后柯村柯氏宗祠由开基祖柯翰创筑的"一经堂"拓建。各地祠堂的楹联,或名人撰句,或方家书写,木雕石刻,草行楷隶,歌功颂德,琳琅满目。观其主要内容和社会功能,大概有这几种类型。

一、溯本求源　开基创业

一座祠堂,尤其是大宗祠堂,实际上是一部宗族开发史。福建多移民,秦汉时，有避乱、采药、炼丹、流放、亡命等中原汉人入闽。汉武帝时为平定闽粤之乱，于元鼎四年（前113）派左翊将军许滢（前170—前88）驻师营城（今同安县城小西门）。许滢有子15人，分镇闽地，繁衍成族。故同安许督祠很早就有一副楹联：许滢开疆二千载，朱熹过化八百年。从中看出古同安的开发史和文明史，也是习近平总书记"厦门还是著名的侨乡和闽南文化发源地"论述的历史佐证。三国时，孙权经略江南，组织五次汉人入闽。西晋永嘉之乱，衣冠八族入闽。唐初陈政、陈元光父子率58姓军队平定"蛮獠啸乱"。五代王潮、王审邽、王审知兄弟揭竿入闽，在北辰山发动"竹林兵变"，他们都带来了大批汉人。这些整宗整族迁徙而来的中原汉人，在闽地落籍，开基创业，生齿日繁。他们离开原来的故土，需要利用血缘关系和氏族宗法来适应环境生存和维系"木本水源"的思想感情，因而祠堂建筑应运而生，而祠堂的楹联则浓缩了氏族迁徙落籍，开科创业艰辛而又曲折的历程。

这类楹联俯首可拾。同安佛岭叶氏大宗祠：自光（州）固（始）而浙而赣居佛岭遂根深叶茂，由唐宋历元历明至国朝（清）愈积厚流光。五显后塘村颜氏家庙：由唐历宋历元历明历清簪缨世代，入闽而德（化）而永（春）而金（门）而同（安）瓜瓞云礽。

古同安今厦门与台湾的"根亲文化"十分密切。据不完全统计，明清时期古同安有68个姓氏一千多个宗支渡台，1926年日本驻台总督官房调查报告显示，当年每七个台湾人口中就有一个同安人。同安移民落籍宝岛，螽斯衍庆，修建祠堂，他们便把"乡愁"融入祠堂的楹联中。如台湾新竹苏氏"武功堂"的楹联：武著千秋源苦竹，功传万世念芦山[1]。台南下营红毛厝颜氏家庙（渡台祖系青礁颜恺二十二世孙颜世贤）楹联：从青礁发源祖德宗功在昔创垂昭百代，分茅港聚族子姓孙支于今俎豆耀千秋。元末明初，同安古庄卢氏十四世卢宗发徙居浯岛（金门）颜厝（今贤聚），其宗祠楹联是：

---

[1]"武功"为苏氏郡号，"苦竹"在永定，"芦山"即同安苏氏大宗祠"芦山堂"。

由卢岭而渡浯江风高于山泽长于水,从贤聚以追固始基承乎北派永乎南。同样,播迁海外侨胞的祠堂也有这种追根的楹联,马来西亚槟城胡氏家庙的楹联:安镇槟城长忆同安鼎美,定思木本常怀永定下洋(同安县积善里鼎美乡的胡姓由永定县下洋迁入)。

众所皆知,现在的金门县辛亥革命前属同安县翔风里17—20都,由于倭犯、迁界等历史原因,金门自元代就有家族内迁同安,故民间有"无金不成银""无金不成铜"俚语流传。这些内迁的"金门村",他们的祠堂的楹联也都烙下了"不忘祖地"的印记。这类楹联还往往镌刻在宗祠大门显眼处,还能起到"莫问主人便知姓"的导游作用。祥和街道阳翟村陈氏家庙:浯江派正长源流世泽,阳翟名依旧祖德宗功。新店东园张氏家庙:青屿流芳远,东园世泽长。五显后塘牛磨店颜氏家庙:浯江衍派承先泽,磨店分支裕后昆。小嶝前堡许氏家庙:珠浦发煌辉万代,小嶝蕃衍耀千年。马巷坪边蔡氏宗祠:根系琼林源彦俊,基奠坪边启后昆。西柯吕厝吕氏家庙:石井遗风流芳远,浯江望族世泽长。海沧莲塘别墅陈氏家庙:庙貌聿新圭海衣冠推鹊起,家声丕展沧江科第更蝉联(沧江讳健,金门阳翟人,居同安前宅)。新圩村尾刘氏宗祠:彭城衍派源流远,奎山(金门刘澳)分支世泽长。不胜枚举,这些楹联都嵌入祖籍地名,让后代子孙饮水思源、不忘根本。

二、宗功祖德　增光梓里

每个宗族大宗祠堂,都在大门两侧书写最能炫耀家族声誉的楹联。这类对联很多,内容不外是颂祖宗官爵品位。

姓朱的祠堂大书:两朝天子,一代圣人。"两朝天子"指后梁朱温和明朝朱元璋;"圣人"指宋代首仕同安主簿的理学家朱熹,他入朝为官仅46天,但在学术上名气大,史称"亚圣",自然也是朱姓的荣耀。西河林氏宗祠则写道:唐代兄弟九刺史,宋朝父子十知州。西河林氏为晋时八族入闽首姓,在闽台属大姓,有"陈林半天下""福建无林不开科"俚语流传。林氏入闽始祖林禄十六世孙林披（居莆田），唐时为太子詹事，生九子均官至州刺史；宋朝林韬（林披长兄）之九世孙林杞（居晋江）官光禄寺少卿，生九子均官至知州，故闽地林氏有唐九牧与宋九牧之分，林氏也以"九牧"为堂号。同安苏氏大宗祠芦山堂楹联：尚书御史翰林第，将相公侯科学家（苏光诲、苏绅、苏缄、苏颂等人的官阶）。

颂祖宗科举品学。科举是进入仕途的主要途径，"学而优则仕"，此之谓也。各地祠堂那些"进士""文魁""武魁"（武举人）等牌匾以及门前的旗杆石，都是彰扬族人科举成名的标志。我为亨泥（今潘涂）明代林一材祠堂撰写了一副楹联：兄进士弟解元兄弟亨泥荣耀，祖乡贤孙显宦祖孙梓里扬芬（进士林一材，其弟林一桢系武解元）。

颂祖宗懿言美行。在一些历史名人的身上，集中体现了中华民族优良的道德风范，诸如忠孝礼义、刚直廉正、文章气节等，祠堂的楹联自然也有这方面内容的墨迹。

"四知"杨氏祠堂有联：幕府辞金知有四，程门立雪尺深三。上联追述东汉"关西孔子"杨震夤夜辞金的典故；下联则是宋代建阳游酢、杨时同拜二程（颐、颢）为师，程门立雪，尊师重道的佳话。金门贤厝颜氏宗祠大门：有宋尚书府，大明孝子家。"尚书"指龙溪吏部尚书颜师鲁和永春工部尚书颜棫；"孝子"指金门颜应佑，他是新出版《三十六孝的故事》主人公之一，寻母二十六载，孝感动天。笔者为洪塘三忠村陈氏家庙撰写一联：大典一书万代光邑乘，同胞双节千秋耀门庭。"大典"指明代官山进士陈福山参与编纂《永乐大典》事，"同胞双节"指官山陈氏十九世允海、允时清初平寇殉难受祀"城爷祖"之事。大嶝田墘郑氏祠堂有一副颂扬"女祖"的楹联：三岁失父五岁亡母一弟之只影单形诚难顾复，十六辞婚七十垂老双鸠之寄巢孚化实兆休祥。楹联概述"姑婆祖"郑万娘的身世。郑氏自幼失怙，终身未婚，抚弟萧山成家立业，暮年见丝筐母鸠雏鸠相继飞去，预测来日，悬梁自缢，故当地有禁演"傀儡戏"习俗。郑氏贞德感人，族人祀为"姑婆祖"，春秋俎豆，打破"男尊女卑"清规戒律。

封建社会，能与皇家王族攀亲结戚，也是极为荣幸，值得大书特写。郭山村郭氏宗祠：唐室联姻驸马裔，罗阳启宇左仪祠。上联指汾阳王郭子仪第六子郭暧尚升平公主之事。佛岭叶氏宗祠：宋室郡马第，明朝宰相家。上联指佛岭叶氏八世祖叶益（1230—1313）于宋理宗年间得娶魏王赵匡美（947—984）十世孙女赵桓（环娘）为妻，创业垂统，积德累仁，其裔也以"郡马"为分堂号。下联则指郡马十一世孙叶向高（居福清）于万历三十五年为东阁大学士之事。

三、风水宝地　钟灵毓秀

北京大学教授于希贤认为"风水的本质是中国古代建筑选址、规划的一种经验性文化"。也就是说，通过人与自然的和谐，建立人与自然界良好关系而保证人类的幸福和安康。古人修建祠堂，重视"藏风得水""前有照，后有靠"。每个宗族的祠堂，都聘请堪舆家，选择最佳地形，构成一种理想的生活环境，借"风水宝地"，寄托"地灵人杰，族兴财旺"的心理愿望。马巷陈氏官山祠堂，佛岭叶氏大宗祠堂，相传由明初堪舆家张定边和黄妙应择地构筑。朱熹首仕同安县主簿时，游文圃山后受石洪庆之请，为高浦石氏祖祠改正。因此，各地祠堂的楹联，对祠堂的地势、坐向以及远近的风光胜景都极力渲染。内厝赵岗王氏家庙楹联：癸龙入首坐鸿（渐）山看笔架翰墨辈出，乾水聚堂汇辛流归丁位富庶绵延。内厝许氏祠堂的楹联，相传是朱熹游香山时，应进士许衍（1125—1193）之请而撰写：千峰起伏奔腾前狮（山）后马（山），九（溪）水回环映带右鹊（髻

同安许氏家庙大门楹联

山）左鸿（渐山）。金海街道彭厝彭氏家庙楹联：坐鸿渐朝太武扇石松高观地脉，东大嶝西天马嘉禾峰秀显官星。

写"风水"是为了衬"人杰"。不少楹联是一联写"地灵"，一联写"人杰"，景人相融。如马巷内官陈氏宗祠：官爵显唐明东宫良辅史阁明贤世代勋猷垂简册，山川钟毓秀莲花（山）为屏鸿渐（山）拱侍天然形势庄华堂。上联指唐代李隆基的老师、南陈二世太子太傅陈邕和明代参与编纂《永乐大典》的陈福山，下联指"官山"祠堂以莲花为后山，以鸿渐为前案，寓山川钟秀，人才辈出。

同安县城葫芦山被称县治的"脑山"，南院陈太傅祠坐落葫芦山麓又临县署[1]，因而地灵人杰，出了"华侨旗帜"陈嘉庚和民族英雄陈化成两位伟人。祠堂楹联写道：祠靠芦峰灵山哺就华侨帜，堂临县治宝地育成忠愍公。

四、传承家风　启智益人

习近平总书记在第一届全国文明家庭表彰大会上讲话指出：家风好，就能家道兴盛，和谐美满；家风差，难免殃及子孙，贻害社会。祠堂是族人崇祀祖先、缅怀先贤的圣地，也是弘扬、传承良好家风的场所。祖宗优良的道德和良好的家风需要后人发扬光大，以便"振家声""联世胄"。这类"以古励今"的楹联对于激励后人见贤思齐和努力进取有一定的积极意义。

同安阳翟辛亥革命同盟会会员、陈氏二十九世孙陈延香为祖祠撰写一联：父慈子孝兄友弟恭登此堂方无愧色，士读农耕工勤商俭履斯地便有春风。同安南院陈太傅祠楹联：待人宽是福，处世让为高。这是对朱熹《朱子家训》中容人之短，扬人之长内核的延伸。厦门陈公祠（陈化成祠堂）"廉洁看故宅，朴素观门庭"的楹联，让人一目了然看出这位"廉将"的门风。灌口三社东、西蔡祖龛楹联：骨肉宜相亲总本祖宗一气，士农各守分便是富

---

[1] 县署建于公元929年，坐向子午兼癸丁。

贵根基。这是告诫子孙安分守己，以和为贵的联语。同安松田陈氏"世大夫第"的楹联：尊贤不论辈分沧江家训，报国只存丹心浯江族规。这是告诉后人祖宗的家训、族规不可违背。

总而言之，闽台祠堂楹联内容丰富多彩，充满亲和、孝道、仁义、礼让、耕读、俭朴等儒家的伦理道德，对引导人们向上向善，构建和谐社会，联结台胞、侨胞认同感有积极的促进作用，是中华优秀传统文化的组成部分。传统的祠堂楹联也要与时俱进，随着新时代的前进步伐，创作出更多更好既有传统又有创新的新楹联。

祠堂文化的研学与传承
——第十二届海峡两岸（厦门）姓氏文化论坛发言提纲

祠堂蕴含中华传统文化的"富矿"，需要研究、学习和传承。

一、祠堂文化主要内涵

祠堂文化内容丰富，多彩多姿。

1. 姓氏文化

姓氏文化包括源流、分布、郡号、堂号、昭穆、家训、楹联、匾额、礼仪等物质和非物质文化。

2. 孝道文化

古人说"百善孝为先"，辛亥革命同盟会会员陈延香为阳翟陈氏家庙撰联"父慈子孝兄友弟恭登此堂方无愧色"。民间有"做人若不孝，死了唔免（不用）哭""活着一嘴水，恰赢（胜过）死后孝鸡腿""活着敬腊喉（嘴巴），恰赢死后孝棺材头"等俚语，都是教人行孝要注重"厚养薄葬"，还有劝孝民谣唱道"各人爸母要爱惜，囡儿细汉（年幼）艰苦腰（养）；整天捏屎甲捏尿，咱若不孝真不对"。孝道可谓是祠堂文化的核心。

3. 耕读文化

"福建自古就是耕读传家之地"。封建社会教人做人要做一等人，即忠臣孝子；做事要做两件事，即读书耕田。农耕文化含有勤劳、节约、保护自然等思想内容，因此习总书记说农耕文化"是中华文化重要组成部分，不仅不能丢，而且要不断发扬光大"。

4. 海洋文化

海洋文化也可称海丝文化或华侨文化。早期家族人员背井离乡，远渡重洋谋生，祠堂是他们寻根谒祖的重要标志。清代同治年间，同安洪厝11名洪氏族人开科印尼峇眼亚比，那里被称"小同安"，是"满街唐人字，一城同安腔"，家乡的祠堂便是联络海内外宗亲感情的纽带。

5. 慈善文化

乐善好施是每个姓氏族人的传统美德。清代康熙年间，金门许盛"捐资三千八百金，修邑文庙及明伦堂、乡贤祠"。后塘浯江颜氏二十世颜孔辅斥巨资重建西安桥、整修文庙、改建关帝庙。近代"莲塘别墅"陈炳猷从越南购买二十万斤大米救济灾民，现代陈嘉庚舍家办学更是家喻户晓之事了。

6. 廉政文化

廉洁奉公是每个姓氏族人为官的本分。芦山堂苏氏有"为官必廉"的家训，官山参与编纂《永乐大典》的陈福山把"绳其祖武为官定要清廉"警句刻在祠堂石柱上。民族英雄陈化成被士兵誉为"廉将"，祠堂有"廉洁看故宅，朴素观门庭"楹联颂其高风。

7. 家风文化

家庭是人生的第一所学校，家风是人生第一堂课程。"家风好，就能家道兴盛，和谐美满；家风差，难免殃及子孙，贻害社会。"俚语说"好竹出好笋，好家庭出好子孙"。赌博是"一更穷，二更富，三更起大厝，四更卖某（老婆）做大舅，五更捉去监狱跩（蹲）"。家中有人赌博、酗酒，必定全家"三顿无火熏，目屎（眼泪）作糜吞"。

8. 匾额文化

祠堂琳琅满目的牌匾，凝聚着族人的功名、品德，是让人见贤思齐的榜样。金门阳翟陈纲的"开同进士"匾、欧垅林釬的"探花宰相"匾、后浦许獬的"会元传胪"匾，东园张氏（金门青屿分支）明代张腆妻林氏护卫婆婆牺牲自我的"孝高唐乳"匾，山边忠义堂褒扬抗倭英雄李良钦（俞大猷的老师）的"名世干城"匾等，都有丰富深远的文化内涵。

9. 红色文化

各个祠堂都有以爱国主义为核心的文化内涵。郑成功驱荷复台，施琅统一台湾，丙洲陈化成抗英殉职，兑山李友邦在台湾组织"抗日义勇队"，彭厝彭德清在朝鲜长津湖战役中率兵打败美国王牌军"北极熊团"并夺取团旗……这些都是讲好红色故事的生动题材。

二、传承祠堂文化

祠堂文化也是中华传统文化的组成部分，广大民众尤其是青少年应研学、传承这些传统文化遗产，要从娃娃抓起，从学校抓起；让优秀传统文化进教材，进课堂，进头脑。

祠堂文化故事是中国故事的组成部分，因此要讲好祠堂文化故事，而且祠堂文化的故事特别多，适合学习、推广。芦山堂苏氏有元代因"粮祸"引起的"一夜奔九州，化姓许、连、周"的同宗故事。大嶝田墘郑氏有"姑婆祖"万娘舍己抚弟成人的故事。堂号如张氏"百忍"、杨氏"四知"、梁氏"梅镜"、洪氏"柏埔"、王氏"开闽第一"等都有生动有趣的故事。甚至某个特殊的建筑也有故事，如叶氏郡马府前进的太子亭，那是纪念宋度宗赵禥当太子时探其姑母环娘的建筑物。凡此种种，不胜枚举。

"佛岭"叶氏大宗祠的太子亭

1. 走出去听故事

学校组织学生夏令营参观祠堂,听"乡里老大"讲祠堂故事。如 2012 年 7 月厦门姓氏源流研究会组织公园小学学生到同安古庄参观卢氏家庙,听卢姓如何从汀溪卢岭迁到县城前卢、又分支金门颜厝的故事。到后塘参观颜氏家庙(金门颜厝分支)听元代颜应佑如何寻母 26 年的故事。2019 年 11 月厦门民立小学组织六年级学生到芦山堂听苏颂研制水运仪象台的故事。2021 年 9 月 18 日,台湾云林县请作家杨渡讲解颜思齐开台四百周年的故事。这些故事让学生增长姓氏文化知识,也受到有益的启迪。

2. 请上来编故事

中国不乏生动的故事,关键要有讲好故事的能力。民间故事比较原始,需要整理和提升。学校请"一肚子故事"的人或"非遗"传承人到学校来,由他们口述,老师帮忙整理,组织学生开展讲故事比赛,从中发现讲故事苗子。迄今举办十二届的海峡两岸青少年中华姓氏源流知识竞赛中的"姓氏小故事"演讲比赛便是成功的例子。

3. 利用各种仪式讲好祠堂文化故事

许多场合、仪式都可以讲祠堂文化故事，如春秋二祭、举办成人礼、颁发奖助金、挂"博士"匾、学术研讨会等。马来西亚把317个字的《朱子家训》刻在一方宽6米、高2.2米的石碑上，文字用中英文对照，还被作曲家配曲。武功苏氏有《苏武牧羊歌》，不少宗族也有"族歌"，这些都是弘扬祠堂文化的举措。

4. 编写祠堂文化乡土教材

乡土教材最能让传统文化进入青少年的头脑。青礁"开台王"颜思齐已于今年春季正式写入国家初中历史教科书。绘制连环画，以图文并茂的形式更容易普及祠堂文化，目前同安已有苏颂、朱熹、陈化成等历史名人的连环画或明信片。新圩有《东黄金柄》的连环画，马巷有《马巷家风故事》，翔安已出版27本《翔安红色记忆系列连环画》。这些乡土教材，发至学校、社区，既接地气，又便于资政育人。

5. 深入挖掘祠堂文化向上向善的正能量

向上向善的文化是一个国家、一个民族休戚与共、血脉相连的重要纽带。祠堂文化由于时代的局限，有一些内容和仪式与今天时代不能相适应，例如封建迷信、男尊女卑等，有的随着科技文化的进步逐渐消失，有的可以进行创造性转化、创新性的发展。例如编写族谱，男女可以同时入谱。祠堂落成奠安，现在难找"六公全"[1]的人"开祖厝门"，可以让慈善家或道德模范开门。总之，本着"剔除其封建性糟粕，吸取其民主性精华"原则，深入挖掘祠堂文化中蕴含的思想观念、人文精神、道德规范，结合时代要求继承创新，才能为建设美好家园提供更多的文化软实力。

2021年11月13日

---

[1] 即内公、外公、伯公、叔公、舅公、丈公。

水师提督施琅

施琅（1621—1696）初名郎，归清后始改为琅，字尊侯，号琢公，晋江衙口人。他早年是明总兵郑芝龙部下左先锋，清顺治三年（1646）随郑芝龙降清；不久又加入郑成功的抗清义旅，成为郑成功的重要部将；后因微嫌与郑成功发生矛盾，于顺治八年五月再次降清。顺治十三年（1656）他被授予同安副将，顺治十八年迁同安总兵官，康熙元年（1662）七月二十七日擢为首任福建水师提督，越年奉命将水师提督移驻海澄（所辖右路水师总兵仍驻同安）。他在同安任职七年（即1656—1662），瑶头大元殿、西桥尾施大厝、小西门施围、后溪城内城（今属集美区）、厦门南普陀等地有他的遗迹。后奉调入京任内大臣十多年。

清康熙二十二年（1683）六月十四日，施琅奉命率领水陆官兵2万多人，大小战船200多艘，自铜山（今东山）出发，在澎湖大败郑军，迫使郑克塽（郑成功孙子）投降，和平统一了台湾。当年中秋佳节，捷报传到京城，康熙皇帝即赐当日所穿龙袍御衣，并褒赐诗章，褒奖他"四海归一，边民无患"的功绩。翌年四月十四日，在台湾设立一府三县（即台湾府和台湾、诸罗、凤山三个县）隶属福建省。同时设立台厦兵备道，厦门和台湾同属一个行政单位达44年之久，《台湾府志》有这样的记述："台湾与厦门如鸟之两翼，土俗谓厦即台，台即厦。"至光绪十一年（1885）台湾建省，由福建总督管辖，故民间有"福建总督管两省"之谚。

同安三面负山，南襟大海，为"泉漳台三郡咽喉之地"。濒海人民"以海为田，以船为车，以楫为马"，曲折多变的海岸线，使沿海居民"习于水斗，便于用舟"。明代兵民抗倭、颜思齐开台、郑成功抗清驱荷，清代蔡牵（同安新厝顶人）起事、李长庚（马巷侯滨人）围剿蔡牵、陈化成（同安丙洲人）抗英等军事活动，都涌现出大批同安籍的士兵将领。所以道光皇帝称赞"同安为武功最盛之区"，一个小小的金门岛竟有"九里三都督，百步一总兵"的俚语，古同安也有了"清代水师提督摇篮"之誉。

"绩光铜柱"石牌坊（1985年）

在施琅统一台湾的军事行动中，许多同安籍的士兵和将领，因功受封，被《同安县志》《金门志》《马巷厅志》列入"武功""忠义"的人物就有五十多人。

陈昂：字英士，世居同安高浦，清初因"迁界"移居灌口。父兄相继殁，为照顾寡母，遂废书贾于海上，来往于东西洋，尽识风潮土俗地形险易。施琅征台时，因他熟悉海道，被闽浙总督姚启圣所识，应征随施琅取得澎湖胜战，并力劝施琅以德报怨，善待郑军俘虏。因功他先后升调苏州游击、碣石总兵，擢广东右翼副都统，后卒葬同安灌口苎溪，享年六十八岁。

临终时他交代儿子陈伦炯代呈请开海禁奏疏。陈伦炯承袭父荫,曾任台湾镇总兵,在父亲逝世后不久,持父遗疏晋见皇帝,终使康熙下诏开放海禁,沿海生民得以复苏。陈伦炯所著《海国闻见录》是清代同安人唯一被收入《四库全书》的著作。

郭新:字日民,同安县积善里寮东(今属龙海区角美镇)人。少有大志,被康亲王拔为右营守备,后被授以金门守备,在海坛、南日、金门、厦门等地立下军功。施琅东征时他任先锋,与郑军统帅刘国轩等战于澎湖,奋力攻击三十六屿,一时俱下,又乘风破浪入鹿耳门。1683 年农历八月十一日,施琅率舟师自澎湖赴台,兵不血刃,接管台湾。上表奏功,郭新列为第三,授左都督,子孙世袭。其妻姚氏二十守寡,立夫侄为嗣,八十有三而卒,进士许琰(金门人)撰诔赞其"志凛清霜,心齐白雪"节行。

周全斌:字邦宽,金门浦边人。有文武才略,曾为刀笔吏于漳州,后从郑成功入海。康熙元年,清军破金厦两岛,周全斌审时度势,遣子入质福州,率众从镇海卫[1]归顺朝廷,被册封为"承恩伯"。康熙四年施琅统帅征台,总督李率泰推荐全斌作为副手。至清水沟因遭飓风引还,召回北京后,屯垦外郡,有从征罗刹之劳(即 1685 年的雅克萨对俄反击战)。

林朝凤:字茂山,同安蔡林人。年轻时他随姑丈往京,以制丹药驰名;施琅领旨征台时他被聘请为军医官。军士被伤者,起弹丸敷膏药,治愈无数,论功须加职衔,他以亲老力辞。他随行医厦岛,退隐家乡,芒履衲衣,为民治病,年七十余而卒。

林庄雄:同安积善里歧阳人。康熙十九年随父攻克金厦二岛,署副将。二十二年六月二十二日随施琅与刘国轩战于澎湖,取花屿、猫屿、草屿、八罩、将军澳、南大澳、东西桔、牛心湾、鸡笼屿、四角山、娘妈宫等三十六屿,大获全胜。同年闰六月初八日,郑克塽遣官具降表前来澎湖军前请降,林庄雄因功授左都督。

---

[1] 在今龙海区隆教乡镇海村,中国四大古卫之一,明代曾管辖厦门中左所。

吴陞：字源泽。民国版《同安县志》记载："吴陞，本姓黄，城内人。"吴陞早年为总旗，御贼于果塘，授千总，后又从征金门、厦门、澎湖、台湾，以军功升陕西游击，擢广东副将，调琼州。在琼州任上"自琼崖历铜鼓，经七州洋、四更沙，周遭三千里，躬自巡视，地方宁谧"。同是同安人的吴必达，在清乾隆二十五年任广东提督时，对南海防务甚为重视，曾命水师巡防东沙、西沙、南沙，记录岛礁水道，说明南沙群岛自古就是中国的领域。吴陞以后又迁浙江定海镇总兵官，任上设法捕盗，奸宄屏迹，晋浙江提督，改福建陆路提督。于清雍正三年（1725）加太子少保，越年卒，赐祭葬谥"恪勤"。

跟随施琅征台因功升官的同安将领还有很多。

林宗泰：贡生，从姚启圣平台有功，题补参议道。

蒋熺：同安澳头人，随施琅征台，以军功补苏松中营参将。

许忠：县城田厝人，由平台功任同安营游击。

方刘进：马巷下方人，由平台功加左都督，任陕西固原镇副总兵。

刘执忠：随施琅征台时，忠选练熟水性官兵32名，率先用命，因功授海坛营。

张正：大嶝人，以平台功加左都督，历任金门镇中军兼署总兵官印务。

魏平：同安炉前人，以平台功加左都督，历任南澳游击及台湾南路参将，所到之处皆有政声，人称"魏佛"，康熙六十年升广西浔州副将。

吴楠：字世乔，同安石浔人，精晓水务，康熙二十二年从征平澎台，加左都督，升南澳总兵。

康廷良：同安洪前人，以平定澎台金厦功升山西平坦营游击。

彭汝灏：同安彭厝人，以平台功升浙江黄岩游击，食总兵俸。墓在彭厝，保存完好。

施应元：民安里蔡宅人（今属翔安区内厝镇，有"总兵楼"遗址），以平台功任四川建昌镇总兵。

柯连英：康熙间以熟悉台湾地形情况从征，因功任台湾南路千总。

许世登：字伯遂，同安五峰人，少有胆略，康熙二十年给劄授管船外委千总。因熟谙水务，他随施琅征澎台，攻克澎湖三十六屿，后随军入台，被授左都督。

梁福星：今翔安区内厝镇墓前人。他从施琅平台，诰授怀远将军，其墓道碑镌字：皇清诰授怀远将军任金门中军兼管左营事靖斋梁公暨配诰封三品淑人勤慈刘氏墓道。

这些跟随施琅渡海征台的将士，有的是父子随征，有的是兄弟同军，由于军功显赫，被授封游击、参将、副将、总兵、都督等职。他们有的镇守台湾、澎湖，有的分阃外省，繁衍生息，他们的后裔成了现在"世界同安人"的组成部分。而当年这些随从施琅统一台湾的同安人，他们的不朽功勋，也增光邑乘，彪炳史册！

金门何以称"贵岛"

据说从前福建有四个岛屿分别被称作贫穷富贵,即平潭贫岛,东山穷岛,厦门富岛,金门贵岛。

金门为什么会被称作"贵岛"?金门孤悬海中,人称"同安海中山",面积总共150.33平方千米,辛亥革命前为同安县绥德乡翔风里17—20都。按理说,岛上资源匮乏,自然环境恶劣,地瘠产薄,"风沙填压",民间有"八月十五,关门闩户"之谚,民众生活是"吃番薯,配海鱼",哪来之"贵"?我以为是历史上出了许多"贵人"(旧指地位贵显的人),所以才有此称。

一、科举场的"贵人"

金门是古同安科举人才密度最高的海隅,正如明代光禄寺少卿蔡献臣(琼林人)所说:"科名风节,接武比肩,为合邑冠"。根据厦门市政协2019年调查统计,古同安[1]自北宋淳化三年(992)至清光绪三十一年

---

[1] 辛亥革命前同安县的行政区域包括今天的金门县、厦门市各区(海沧区的海沧、嵩屿、新阳三个街道、翔安区的霞浯、莲河两个社区除外)及龙海区的角美镇等地。

（1895）的903年间，共出文武进士238人（不括原属海澄三都36名文进士），其中金门籍进士50人，占古同安的21%。他们中不少人还是同安科举史上的"首位"。如"开同进士"陈纲（阳翟人，992年进士，建州观察推官），首位武进士邵应魁（金门所人，1547年武进士，金山参将），首位（也是唯一）文探花林釬（欧垅人，1616年探花，东阁大学士），首位会元传胪许獬（后浦人，1601年会元，翰林院编修），首位文举人陈显（陈坑人，1372年举人，德州知府），还有"开台进士"郑用锡（东溪人，1823年进士，台湾知县），"开澎进士"蔡廷兰（琼林人，1844年进士，丰城知县）。还有一些科第世家，如宋代陈纲、陈统（阳翟人）为兄弟进士，陈统、陈昌侯为父子进士。明代蔡贵易、蔡献臣为父子进士，张凤征、张继桂（青屿人）为父子进士，张朝纲、张朝綖为兄弟进士。清代张星徽与张对墀是叔侄进士。明万历十七年（1589）全国会试，福建有31人同榜，当时只有五万人的同安县中式8名进士，其中金门籍5名，志称"五桂联芳"。嘉靖十年、十三年的乡试，同安县8名举人全是金门人，人称"八鲤渡江"。青屿张氏"褒忠祠"就挂有九进士、八贡士、二解元、十四举人的匾额。

这些科举榜上的"贵人"，也正如民间俚语所说，"山高栽松柏，人穷想读册"，贫困的生活环境逼使寒门子弟读书改变命运，形成了"士多读书取高第"的社会风气，也因此增添了"蕞尔小岛"的"贵气"。

二、仕宦中的"贵人"

明季兵部尚书卢若腾（贤聚人）说："浯地（金门）周回不能五十里，而同邑人物，浯几踞其半。"就是说，古同安的历史名人，金门几乎占一半。一个小小的西洪（凤山）村，竟是"人丁不满百，京官三十六"。那些金门籍的进士、举人进入仕途后，许多人都成了显宦名儒。他们或封疆立武、义胆忠肝，或摛藻扬芬，矢志报国，都为"贵岛"增光添彩。明代的文官伟绩，尤为可圈可点。五省经略蔡复一（蔡厝人）十九岁中进士，是古同安最年轻的进士,官居贵州、湖南、湖北、广西、云南五省总督兼巡抚贵州,也是古同安唯一持尚方宝剑可以"便宜行事"的从一品官员(卒后赠兵部尚书)。不少官员任上或居乡都留有正能量的口碑。五代陈洪济(阳翟人)任同安县令时于登龙坊首创同安县儒学。明代张敏(青屿人)因密育孝宗朱祐樘获"义父太上皇"之宠,三郡知府陈健(阳翟人)以"政务宽简,与民休息"的亲民官风在同安县城北门内为其树立"岳伯"石牌坊,广东按察司副使陈基虞捐资倡修长兴(今五显)三座溪桥,总兵许盛(后沙人)捐三千八百金修葺同安文庙及明伦堂,南雄知府黄伟(汶水头人)被誉"品德完人",为"温陵十子",浙江按察使(正三品)蔡贵易为官廉洁获"清白"斋名,编修许獬诗文著称,"海内传诵其文,曰许同安"。清代则有"闽台金石宗师"吕世宜(新塘村人),编纂《澎湖厅志》《金门志》的林豪(后浦人)等硕士乡彦。元代颜应佑(贤聚人)虽是一介布衣,但他万里寻母二十六年的孝行载入《三十六孝的故事》。

同安北镇宫边的蔡复一故居　　　　同安北门内的陈健岳伯石牌坊

有明一代,同安四位获谥[1]也"皆浯产",即都是金门人。这就是清宪蔡复一,文介蒋孟育(浦边人),文穆林釬、襄靖张廷拱(大嶝人),志称"桐城四征"。还有受封爵位的官员,如洪旭(后丰港人)受封忠振伯,邱良功(后浦人)受封三等男爵等。

---

[1] 朝廷在官员卒后按其生前事迹赐予的称号。

清代道光皇帝谕旨"同安为武功最盛之区",《同安县志》也有"统计提督军务二十余人,功烈之伟为全省冠"的记载。金门有句"九里三提督,百步一总兵"记叙武功的俚语。"九里"指琼林至后浦,后浦至古宁头,古宁头至琼林均为九里,清代先后出了福建水陆提督蔡攀龙(琼林人)、浙江提督邱良功(后浦人)、广东水师提督李光显(古宁头人)。清代金门还有总兵9人、副将15人、参将8人,可谓"无地不开花"。总兵(正二品)如后沙许福,古宁头李耀先,湖下杨华,后浦陈光求、文应举,邱联恩,盘山翁云,英坑黄振玉,大嶝张正等。他们的武绩,同样彪炳史册,增光邑乘。

以上这些"贵人"甚至平民创造的业绩、荣膺的名誉,都大大提高了"贵岛"的含金量。

至今民间还有两句反映历史上金门与同安唇齿相依的俚语,即"无金不成银"和"无金不成铜"。南宋绍兴十五年(1145)同安筑城,因其形东西广、南北隘,形似银锭而称"银城";又因南溪三石形若鱼色若铜,朱熹首仕同安时号之"铜鱼",故又称"铜鱼城"。这就是说,同安"正简流风,紫阳过化,文教昌明,海滨邹鲁"的文明史离不开"贵岛"这些"贵人"创造的精神和物质财富。

荆妻的金门情

荆妻王氏二南，泉州城内人，生于"教育世家"，父母亲都是教师，父亲王洪涛后来调到泉州海外交通史博物馆，20世纪70年代主持后渚宋代古船发掘工作。其胞叔王冬青是中国十大喜剧名著《连升三级》的作者，弟弟王四达现在是泉州华侨大学博士导师，堂弟王大浩是泉州南乐团乐手，他一把洞箫吹到英国、日本、韩国等地而被誉为"箫王"。她在泉州完成了小学、初中、高中学业，1963年上山下乡到偏远的闽北山区——将乐县三涧渡国有农场，1968年和我结婚后调到我的老家果园公社美塘大队。她在农场（村）生活18年，上山采茶、挖"茶沟"，下地锄草、沤肥，在家养猪、修房子、带孩子、照料生病的婆婆……她当过农场职工、公社社员、赤脚医生、民办教师、公办教师，2000年在同安第一中学图书馆馆长任上退休。

荆妻对金门的钟情也是缘于我的文史工作，是从接待金门乡亲开始。我从1995年5月开始在《金门日报》发表介绍金门与同安历史上"八缘之亲"的文章，许多乡亲便慕名来访。最早到同安找我的是杨妈辉先生。2001年1月2日杨先生带了一批金门乡亲在银城与我们相会，从那时起，她认识了杨清国、李再杭、李荣团、陈炳容、陈金文、傅仰土等乡亲并与他们合影留念。同年11月7日，在杨妈辉、杨树清师生策划下，美术大师李锡奇一行37人到厦门大学举办画展时，先到同安开展"寻根之旅"活动。由于我家太小，容纳不下这么多贵客，便由荆妻联系华夏山二公司作为聚会点，受到张俊明董事长的热情款待。由此她又结识了傅子贞、卢根阵、吕光浯、许玉音等乡亲。吴鼎仁先生送她两本画册，因为画作精美，她一直细心保藏。陈延宗先生则是"见缝插针"，找她个别采访，写成了《金厦一家同安乐——颜立水牵动〈金门与同安〉的乡情》佳作发表在《金门日报》副刊。2005年8月26日，金门县写作协会理事长杨清国带领8位文化精英到同安举办两岸首次"读书会"研读拙著《金同集》。她也亲自到和平码头迎接并参加会议，还与金门才女陈秀竹、洪春柳、许云英、李琼芳谈笑风生，相见恨晚。还有金门县南乐研究社社长颜西林宗老，多次率领南管曲友到同安"银安堂"会唱。"银安堂"曲馆就在我的住家楼下，每次她都尽地主之谊，精心接待，烧茶送水，因她念小学时学唱过南曲，所以每次联欢时也都登场助兴。这一波又一波的"仙洲客"，加上平时个别来访的乡亲，她又认识了陈国兴母子、黄振良夫妇、杨天厚夫妇、萧永奇夫妇、陈树汉夫妇以及张火木、陈添财、王明宗、谢华东、叶钧培、蔡显国、王建成、王先正等几十位金门乡亲，而乡亲们也都热情邀请她到金门做客，杨妈辉太太许丽芬还交代她来金门时记得带"咸金枣"（指受到盛情宴请），她对金门的情愫也就更加心向往之了。

可是金门也不是随便想去就能去的。一次我和她陪同台湾摄影家余如季父子、金门杨妈辉夫妇和杨树清到大嶝白哈礁游玩，行船靠近金门陆地边缘，可以看到岛上行走的汽车，杨妈辉指说前面就是金门，她惊叫出声："这么近，一步跳过去就到了！"可是仅这一步，她是直到2011年11月24日才"跳"到的。

那次金门自由行，是她人生最快乐，也是最后一次旅游。在金门，她终于见到了久别的朋友，与陈秀竹、洪春柳、许云英相逢时，情不自禁相互拥抱。她在金门受尽礼遇，杨清国校长带领我们游览莒光楼、翟山坑道、文台宝塔；李锡隆局长亲自带我们参观珠浦十多处文物古迹；刘溪丁主任带我们到烈屿参观文莱宫廷大臣刘锦国重建的刘林宗祠、林马腾先生收藏的民生器物和烈屿民俗展览馆；王建成、杨天厚两位老师陪我们参观榕园公园、燕南书院；蔡显国先生带我们参观正在维修的王世杰故居、陈为仕民俗馆、洪旭故居；黄雅芬秘书在六喜饭店为我们饯行……一路所见所闻，她都每有感触。例如：她在农工职业学校看到一群学生午间挥汗收割香茅草时，因她当过老师，对这种"教育与实践相结合"的教学模式十分赞赏，同时对当今一些"贵族学校"的教育方法也有隐忧。参观珠浦邱良功母许氏节孝坊时，她对如此完好的古牌坊赞叹不已。因为她看过我编辑的《同安古牌坊》一书，虽然同安还遗留着二十多座古牌坊，但都是残缺不全，七零八落，由此看出两地文物保护的差距。对于金门的多元文化，也不甚了解，所以当她在模范街一间奶茶店面看到一张毛泽东"文化大革命"时期的画像时，感到有些惊讶，还特地与之合影。

金门模范街留影

金门自由行虽然时间短促，但对很少"出入内外"的她，却是收获满满。回到同安后，她便"逢人说金"，细说金门城乡如何干净，乡亲如何热情，摩托车夜间放在门外不用上锁……当起了金门观光义务宣传员。她还把刘溪丁主任馈赠的香茅茶和XO酱、庄美荣先生的酱瓜和豆乳、黄奕展校长的贡糖、李再杭局长的桃酥、金门县写作协会的牛肉干等食品，分送亲戚朋友，让大家分享金门的土特产，从中对金门有更多的了解。

我能有机会为金门乡亲做点"桥梁"工作，也与荆妻的支持分不开。正如陈延宗先生在《金厦一家同安乐》文中所言："在他繁忙的工作与著作之中，总有一个人默默地支持和推动着他，那就是贤内助王二南师母"。杨树清称我是"金同文化拓荒者"，她就是幕后的支持者。她生前也在《金门日报》发表过《颜立水的金门情》《〈先贤行踪采风〉有我的汗水》《弘扬闽南文化的有心人》《金门自由行》等文章。今年六月，金门县文化局为我出版第五本专著《祖地情怀》，她怀着对金门乡亲的感激之情，抱病写了一篇《祖地情怀献金门》的报道文章。《厦门日报》《同声报》《团结报》《厦门政协》等报刊先后登载，《厦门民革》刊载的这篇文章是她在病榻上看到的。让人不愿想到的是，这篇小文章竟是她的绝笔。想起两年前，她在金门乐府演唱的南曲《因送哥嫂》《阿娘听婵》也是"绝唱"，想想多有不舍！2023年11月13日，她终于带着诸多的遗憾遽返天家。我在"梧桐半死清霜后，头白鸳鸯失伴飞"（宋·贺铸）的怆痛中写这篇回忆文章，寄托不尽的哀思，也转达她生前的遗愿：如果有来生，我还会到金门去游玩那些没有去过的地方！

2013年12月3日恸于古庄新村

我家的金门书

何谓"金门书"?金门县出版之书籍也。

20世纪70年代,我一家"俭肠敛肚"在乡下盖了半座"土结厝",荆妻带着孩子过着教(读)书、养猪、种菜、砍柴、挑粪"亦耕亦读"的农家生活。一晃就是14年,80年代初举家"农转非"入城,房子让侄儿居住。21世纪初,村路拓宽,直逼门墙,老房子一来破漏,二来低洼,不少人劝我把房子卖掉。但为了留住乡愁,我不忍割爱,只好罄其所有,耗费12万元将"土结厝"翻建成一幢两层半的楼房,金门宗老颜西林2004年造访时称其为"乡村别墅"。新楼落成后,厦门国家一级美术师孙煌题写"三秀书屋"(因家在三秀山前)门匾,加上高怀、谢澄光、许霏、朱鸣岗、郭勋安、洪宗琨等书法名家的字,著名漫画家丰子恺长女丰一吟及寇宗鄂、王仲谋、许文厚、郑瑞勇、黄亚彬等人的画,为寒舍增添了浓烈的书香气息。因新家在县城,一家人很少回去居住,所以许多人笑我那房子要"关蚊"。

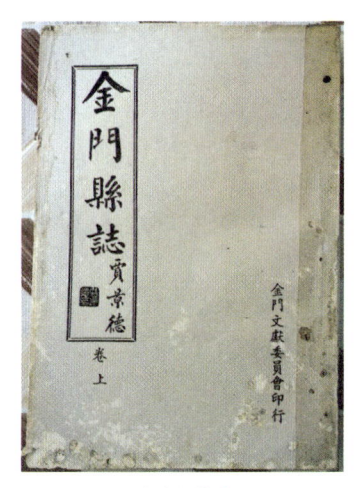

金门县志

我这辈子的"财产"就是书，倘若这类财产需要登记，可能也算个"小富翁"。我1998年被厦门市社会科学界联合会、鹭江出版社评为"厦门市家庭藏书优胜奖"，2004年又被厦门市新闻出版局评为"书香鹭岛、个人特色藏书优胜奖"。老实说，家中有多少书我也没底，拙内原是同安第一中学图书馆馆长，退休后一度想帮忙整理，可是"一拖过三冬"，终未能遂愿，藏书少说也有一万多册，多数是半个世纪以来的堆积（包括"文化大革命"时期出版的书籍等，而其中的"金门书"有286种400多册，还有342包（每包10份）《金门日报》（截至2015年2月3日停寄）。这些金门出版的书籍涵括社会研究丛书、文史丛刊系列、古书新译丛书系列、先贤人物列传丛刊、怀旧影像集珍系列、地方文献出版系列、族语研究系列、硕博士论文系列等。金门出版书籍，数量之多，速度之快，无与伦比。李锡隆于文化局局长任上，"投入相当大的心血"来出版书籍。据说平均每月有二三部书问世，共有四百多种，以致当地文化局有"出版局"的雅称。我收藏的书也不过是金门历来出版书籍中的"沧海一粟"，但大凡天文、地理、历史、物产、人物、文学、宗教、书画、语言（方言）、华侨等内容也一应俱全，办个小型"金门书陈列室"绰绰有余。从书架上随便抽取，都可以翻阅到许多熟悉文友的专著。例如李锡隆的《文化躬耕》、李福井的《烽火甘泉——金门高粱酒传奇》、李锡奇的《历史本位·李锡奇》、黄振良的《金门寺庙教堂名录》、陈长庆的《金门特约茶室》、蔡凤雏的《金门地名调查与研究》、洪春柳的《浯江诗话》、陈秀竹的《叩访春天——前进金门》、杨清国的《海滨邹鲁朱子岛》、李增德的《金门史话》、陈炳容的《金门的古墓与牌坊》、林金荣的《金门县传统建筑的装饰艺术》、许丕华的《浯乡俗谚风华录》、郑藩派的《童谣心念恋情》、林马腾的《秘岛》、张火木的《解严后金门地方学之发展》、吴鼎仁的《西邨吕世宜》、蔡显国的《岛乡显影》、叶钧培、许志仁、庄唐义合著的《金门海神信仰醮庆暨糊纸工艺》、郭哲铭校释的《遁庵蔡先生文集校释》、杨树清主编的《金门学丛刊》（三套30本）及《金门乡讯人物志》（10本）等，大陆图书有康玉德的《雾罩金门》、拙著《金门与同安》、《先贤行迹采风》（合著）《凤山钟秀》、《颜立水论金门》《祖地情怀》等。

没有去过金门的人，从这些书本上可以获得许多"好山好水好所在，金门景致人人爱"的信息，特别是同安乡亲，从中可以感受到历史上"无金不成银""无金不成铜（同）"的"八缘之亲"。例如：阅读黄振良《浯洲场与金门开拓》，可以知道唐代牧马侯陈渊牧马浯洲和五代陈达管理盐场的历史。金门各姓的源流、分布、堂号、昭穆，郭哲铭主编的《金门各姓族谱类纂》记述十分周详。唐蕙韵的《金门民间传说》，告诉你许多有趣的故事和传说。林丽宽、杨天厚伉俪合著的《金门民间庆典》，介绍了金门保留最为完整的各种习俗礼仪。同安莲花有"劳者歌其事"的褒歌，已经列为省级非物质文化遗产保护项目，《褒吟故乡的歌嗽，歌唱土地的芬芳》一书就收录了134首的"金门褒歌"（其中创作的褒歌47首）。徐堉峰等著作的《金门常见的昆虫》，记录着60多种昆虫的生态特征和生活习性。金门有"鸟类天堂"之称，《观鸟金门》书中介绍了305种人见人爱的鸟类。《金门风味菜》介绍53种风味独特的传统美食，读后让人想流口水。《看漫画，认识金门历史过往》（陈月文编）、《水獭找新家》等书，则是儿童喜爱阅读的通俗读本。金门有多少古典文献？《金门古典文献探索》告诉你，金门历代先贤著述有278种，迄今存世有81种。金门有多少辟邪物？杨天厚、林丽宽伉俪《金门风狮爷与辟邪信仰》告诉你，金门167个自然村有93件辟邪物（包括风狮爷、风鸡、石将军、石敢当、水尾塔、照墙、鲎壳、瓷碗、屋脊风炉等）。要了解当年金门人下南洋奋斗史，可以阅读《金门华侨志》。足有八斤重的《金门县金沙镇志》（全二册），则是全面展示金沙镇情的百科全书。如果要查询金门乡亲的电话，还可以翻阅《金门电话号码簿》……亦如英国哲学家培根所说："读史使人明智，读诗使人灵秀，数学使人周密，科学使人深刻，伦理学使人庄重，逻辑、修辞使人善辩。"我以为这些"金门书"，同样含有这些"以文化人"的社会功能。

藏书是一种乐趣，也是一种累赘。人活着的时候，它是一种财产（精神食粮），身后也是一项遗产。人生苦短，自己阅读毕竟有限，卖书不值钱，又损文人清誉；束之高阁容易虫蚀，又失去使用价值。因此，如何让躺在书架上的书"活"起来，让更多的人受用，发挥"书籍是人类进步的阶梯"的社会效益，这是藏书人共有的心愿。当今提倡"全民阅读"，4月23日是"世界读书日"，通过读书可以提高全民的科技水平和文化素质。"读优秀传统文化典籍，是一种以一当十、含金量高的文化阅读"，尽管当今"手机阅读"盛行，但仍有许多人喜爱纸质的书。因此，知道有人爱读书，若有需求，只要有复本，我都乐于赠送。我已步入"夕阳无限好，只是近黄昏"之年，也想在适当的时候，找个合适的地方，将现有的这些"金门书"公之于众，供人阅读，了解"金门文化"，也是藏书人的一桩乐事。在同安区委、政府、政协关心支持下，藏书于2022年10月开始整理并编成《三秀书屋藏书目录》一册。

家风家训

传统家风家训的主要内容及其时代价值

习近平总书记在党的十九大报告中提出：要深入挖掘中华优秀传统文化蕴含的思想观念、人文精神、道德规范，结合时代要求，继承创新。这是我们今天弘扬、传承传统家风家训的指导思想。

家庭是人生的第一所学校，家风是人生的第一堂课程，家训是人生的第一篇教材。所以说，家风家训是中华优秀传统文化最基础、最深厚的精神积淀。

家训又称庭训、家规、家范、家诫等，是长辈垂诫子孙后代，用以规范家人行为、处理家庭事务及人际关系的言行准则。正如朱熹所言，"圣人千言万语，只是要教人做人"。因此，家训就是教育子孙如何做人的道理。俗话说，"好竹出好笋，好家庭出好子孙""不求黄金重重贵，但愿儿孙个个贤"。有好家训，就会有好家风，好家风就会"训"出好儿孙。领导干部"都要重视家庭建设，注重家庭、注重家教、注重家风"，那是因为"家风好，就能家道兴盛，和谐美满；家风差，难免殃及子孙，贻害社会"，可见涵养良好家风、培育家庭美德，对于构建和谐社会、增强中国文化软实力，有着十分重要的现实和深远意义。

一、传统家风家训的形式和主要内容

1. 家训的编订

族规家训，多数编入各个家庭的族谱，有的刻在宗祠墙壁石碑上，也有以楹联的形式刻在宗祠石柱上，如阳翟浯阳陈氏二十九世陈延香刻在石柱上的家训联：父慈子孝兄友弟恭登此堂方无愧色，士读农耕工勤商俭履斯地便有春风。家训的内容有长有短，北齐黄门侍郎颜之推的《颜氏家训》有21篇几万字，北宋科学家、丞相苏颂的家训诗《感事述怀五言百韵以代家训》（也叫《魏公谭训》）正文也有上千字，浙江义门《郑氏规范》有168条，较短的家训有的只有几十个字。

这些言简意赅的家训是谁编的呢？有的是开基始祖编订，如同安祥露庄氏家训是由明代开基祖庄仙福（1392—1479）编订，闽台彭氏家训是由他们的开基祖彭延平编订。有的是由家族的宗贤编订，不少家族的贤人是一邑的乡贤名宦，他们有文化、有声望，为家族编写家训义不容辞。如宋代丞相苏颂，明代"理学名宦"林希元、"四代贤臣"李贤佑、三郡知府陈沧江、户部主事康尔韫，清代四川总督苏廷玉，现代华侨旗帜陈嘉庚等，他们都为家族编写过家训。他们的名句、警语、箴言、座右铭还成了超越家族而为公众认可的信条。如五省经略蔡复一的"三心"名句[1]、会元传胪许獬的"三个天下第一等"[2]、陈嘉庚先生的"诚毅"[3]等。但多数族规家训，都是经数代人的实践、总结、提炼而逐渐形成的"家庭基本法"。从各个族谱记录的家训中，可以窥视历代族人编写家训的智慧和心血。

2. 家训的形式

家训的文字形式多种多样。有的是两字句，如灌口陈井陈氏家训：厚

---

[1] 即"报国恩以忠心，担国事以实心，持国论以平心"。
[2] 即"取天下第一等名位，不若干天下第一等事业，更不若做天下第一等人品"。
[3] 即"诚以待人，毅以处事"。

德、忠孝、仁爱、信义。有的如《三字经》"玉不琢，不成器，人不学，不知义"的三字句，如集美兑山李氏家训：敬祖宗，敦孝悌，睦宗族，端伦常。有的如《诗经》"关关雎鸠，在河之洲，窈窕淑女，君子好逑"的四字句，如青礁颜氏家训："整密家风，重视教育""窃人之美，甚于窃财"。有的是五字句，如湖里殿前陈氏家训："士农工商耘，兴家自勤奋，诗文经读本，发迹裕后昆。"有的是六字句，如集美后溪溪西杨氏祖训："人生勤俭为本，懒惰难了终身。父慈子孝尊重，兄友弟恭和平。"至于像七言诗的家训，更是比比皆是，这些不再赘述。

有些蕴含先人美德的堂号，也是族人永恒的家训。如吴氏的"让德"、张氏的"百忍"、游氏的"立雪"、杨氏的"四知"等。也有的把宗族的昭穆作为家训，如同安豪山康氏，就把昭穆中的"仁义礼智信，温良恭俭让"作为家训。

3. 家训的主要内容

家训的内容非常丰富，涵盖了"孝、悌、忠、信、礼、义、廉、耻"的主要内容。它的核心是"和文化"，"父慈子孝兄友弟恭夫和妻顺"，家庭要和睦，社会要和谐，国家要安定，世界要和平（即人类命运共同体），蕴含了儒家"和为贵"的思想。以下介绍厦门地区家训中几种文化内容。

（1）孝道文化

"孝"是中国伦理思想的核心内容，是传统道德规范和家风的基础。古人说"万恶淫为首，百善孝当先"，民间也有很多劝孝的俚语，如"做人若不孝，死了呣免（不用）哭"，"活着一块粿，恰赢（胜过）死了桌头摆到尾（指祭品丰盛）"，同安驿路明代进士李贤佑甚至把民间俚语引入家训，即"活着一嘴水，赢过死后敬鸡腿"。民间还有劝善歌唱道："各人爸母要爱惜，子儿细汉（小孩）艰苦腰（养），归日（成天）捏屎和捏尿，咱若不孝真不对。"这些都是规劝子孙要好好厚养老人，不要有"树欲静而风不止，子欲养而亲不在"之憾的通俗良言。几乎所有家训都有孝道的内容，如朱熹家训"子之所贵者，孝也"，宋代晋江状元、同安女婿梁克家家训"以忠事君，以孝事亲"，莲坂叶氏家训"事亲必孝，待长必敬"，莲花洲陈氏家训"睦友孝事父母"等。

（2）慈善文化

乐善好施是中华民族的传统美德。有道是"积善人家生贵子，读书堂里出贤人"，民间常以"善有善报，恶有恶报"的俚语劝人做善事。城隍庙入门墙上挂着一把算盘，据说是城隍爷用来计算世人行善作恶的"分数"，以便来日"奖善惩恶"。许多家族的祖训、家训，也都有饬励子孙"但行好事，莫问前程"的内容。明代李贤佑的家训载"为善者，家祚兴隆；为恶习者，殃及子孙必颠覆"。莲花洲陈氏家训教育后人要"倾心乐善好施"，族人也恪守祖训，乐善好施。如1880年前后，嵩屿发生鼠疫，南靖又发大水，陈炳猷堂兄弟从越南运回20万斤大米救济灾民，还开设药堂，为贫苦村民施诊赠药。今天许多志愿者、义工，他们的善心善行，续写了中华慈善文化的新篇章。

（3）廉政文化

党的十八大以后，习近平总书记主持过中央政治局第五次集体学习，课题是《积极借鉴历史上优秀廉政文化》，说明历史上的廉政文化资源对于当今治国理政、反腐倡廉、营造风清气正的社会氛围有着特殊的教育意义。许多家族的家训，也不乏这种廉政的文化内容。如芦山堂苏氏家训"事君必忠，为官必廉"。潘涂林氏家训"事君必忠告，居官必廉慎"。明代三郡知府陈健（金门阳翟人）之孙、儋州太宋陈荣选家训"为人父母要少积金，多积德，使清白官声世代相传，定必践行"。内官陈氏族人还把明代参与纂修《永乐大典》进士陈福山的廉政家训联刻在宗祠石柱上："诒厥孙谋做事当勉勤朴，绳其祖武为官定要清廉"。同安沈氏家训"取有道，不伤廉"、"不知耻，谱除名"，浙江义门郑氏规范：家族发现有贪赃枉法行为者，要被宗族除名，死后牌位也要被扔出祠堂。这类族规家训的廉政条文非常严厉，对于今天的廉政建设确有"以古励今"的教育意义。

（4）耕读文化

中国是农业大国，民以食为天。朱熹说"惟民生之本在食，足食之本在农，此自然之理也"，古人还说：一等人忠臣孝子，两件事读书耕田。清代廖朝孔家训说"读书可以养气，耕田可以养生，二者均为立命之本"。翻开各个家族谱牒的家训，有关"耕读"条文俯首可拾。如同安军营高氏家族"上读书史，次务农桑"，同安苏店陈氏祖训"读书为重，次即农桑"，禾山岭下叶氏家训"古昔所向，诗书农桑"等。

种田解决温饱问题，但读书可以改变命运。宋真宗皇帝鼓励子民读书，说是"书中自有黄金屋，书中自有千钟粟，书中自有颜如玉"，农耕时代的百姓也都盼有"朝为田舍郎，暮登天子堂"的前景。

各个家族的家训，还有忠贞爱国、遵纪守法、诚信待人、勤俭节约、反对迷信、保护生态、谨慎嫁娶等内容，不一而足，这里不再展开论述。

二、传统家风家训的时代价值

1. 培育社会主义核心价值观的源泉

培育和弘扬社会主义核心价值观必须立足中华优秀传统文化。社会主义核心价值观分三个层次（即国家、集体、个人）有二十四个字：富强，民主，文明，和谐；自由，平等，公正，法治；爱国，敬业，诚信，友善。这些内容在各个家族的家训中多少都有涉及。因此，传统的家风家训，对培育和践行社会主义核心价值观有重要的借鉴意义。当今在市场经济高速度发展的背景下，社会上出现了急功远亲、见利忘义、唯利是图、损人利己等道德失范的现象，也确实令人担忧。但自古"礼失，拾之野"，需要从传统家风家训中吸取养分，涵养新时代的良好家风，发挥中华传统道德的教化作用，培育担当民族复兴大任的时代新人。

2. 联结侨胞台胞感情的纽带

海外华侨华人、台湾同胞,他们的根在"唐山",自古就是"同祖同宗同根,同风同俗同文"。他们早期"落蕃""渡台",往往带去家族的族谱,有的至今还共用祖先编写的"字芸"(辈序),如金门贤聚与同安后塘的颜氏,现在还沿用浯江颜氏五郎公派下的字芸,即"……肇美轮芳,子耀臣光,允章永绶,俞运奕昌"。"紫云"黄氏始祖黄守恭的"认祖诗"(也称铜钹诗)也作为家训在黄氏族人中传递宗情。诗为:"骏马登程往异方,任从随处立纲常。汝居外境犹吾境,身在他乡即故乡。朝夕勿忘亲命语,晨昏须荐祖前香。苍天有眼长垂佑,俾我儿孙总炽昌。"认祖诗在海内外紫云派相传,成为族人认祖归宗的桥梁。有的宗族的家训,已经超越家族甚至国家的影响范畴。如朱熹的《朱子家训》被誉为中国人的人生法典,马来西亚用中英文对照把它刻在一座高 2.2 米、宽 6 米的石碑上,成为世界拥有的精神财富。台湾省姓氏研究会收藏的 552 部族谱以及金门县宗族文化研究协会收藏的族谱,其中许多"家训"也是两岸宗亲寻根谒祖的凭据。

三、结合时代要求,继承创新家风家训

传统的家风家训也非一成不变,而是根据时代要求不断修改、创新的结果。由于受到当时思维理念、生产条件、科技水平的制约,不少家训难免带有时代的局限,如思想保守、男尊女卑、封建迷信、家法滥用等。当今已经进入建设中国特色社会主义的新时代,应该本着"去芜存菁"的原则,既要保留传统,又要移风易俗,转化创新,编写体现时代精神的新家训。原本缺乏家训内容的族谱,重编或续编族谱时,可以发动族人,集思广益,加入新编的家训。对原有的家规家训,可以举办"某氏家规家训"研讨活动,吸取传统家风家训的精神滋养,建立与社会主义核心价值观相适应,与家庭发展背景和特色相联系的新家风、新家训。

族规中的"戒赌"

各地谱牒中族训、族规,也正如首仕同安的理学大儒朱熹所说,圣人千言万语,只是要教人做人。各个家族的族规,都是规范族人的行为,通过家族的自我约束,教育子弟好好做人,成为社会有用的成员。

赌博是一种社会公害,既毁坏家庭,又危害社会。历代官方和民间都有多种惩治赌博的措施,但也往往禁而不止,以致民间家族的族规多有"戒赌"的内容,而且对赌博的危害性也都说得入木三分。如《洛阳邵氏家谱》就载有"戒赌博"诗一首:"良心先丧尽,好赌把家倾。好田地,好金银,糊里糊涂丢干净。父母养不顾,妻儿受酸辛。饥寒交迫盗心生,一朝送断残生命。"同安李氏家训十六条中第十二条指出:"赌博者,倾家之源。赌博害人深,家产既尽,借贷无门,非劫夺以为生,即偷窃以乞活。故好赌实盗贼,即好赌这归宿。即令不为盗贼,饥寒交迫,滋事生非常违国法。"族贤李贤佑(同安驿路人,祖籍南安石井淘江,金门下坑分支同安东溪陈东埜的女婿,明永乐二十二年进士,官户部主事)在《白鹤集》中也说道:"赌博致倾家,家业废坠瞬间,祖宗百年劳,毁于一旦。"这也正如民间俚语所说,赌博是"一更穷,二更富,三更起大厝,四更卖某(老婆)作大舅,五更抓去监狱蹲(kú)"。赌博有可能一夜暴富,但往往又是"呼啦啦似大厦倾"，妻儿受累，苦不堪言。我在普查文物时，曾在新圩金柄村[1]记录黄金董老人用闽南话口吟的一首《妻劝夫戒赌歌》：

是谁设此迷魂阵？害君为赌来损身。

身倦囊空归卧后，呼幺喝六起含眠（梦呓）。

焚香烧烛告苍天，默佑儿父性早迁。

菽水养亲思教子，妾归泉土亦欣然。

琴和调瑟应相依，妾命如丝旦夕危。

犹有一条难割事，床头幼子守孤帏。

歌中这位弱女子，在家中焚香告天，万望夫君早离赌场，即使不念琴瑟发妻，也应怜悯待哺幼子。情深意切，催人泪下。

古人说"治国以族治为先"，正因为赌博对家庭、对社会有巨大的破坏力，所以"戒赌""禁赌"几乎成了各个家谱不可或缺的条文，同时对违规者也有不同的处罚形式，如训斥、罚跪、记过、锁禁、罚银、革胙、鞭板、鸣官、出族、不许入祠等。翻开各个姓氏的族谱，"戒赌""禁赌"的内容随处可见。如：《浯洲（金门）古宁头李氏族谱》引李义山（宋嘉定间进士）格言："戒酒除花莫赌钱——自然富；嫖赌日夜多交关——容易穷。"

同安"玉山"刘氏族谱中的"族规"记载"赌博之事，甚非美名。在官府视为赌棍，在乡里则为赌贼"，可以使人破家辱身。因此"凡子孙赌荡无赖及一应违背礼义，户长度其不可容，如郑义门会众罚拜以规之，但长一年者三十拜。又不悛则鸣众而挤榰之，又不悛则会陈于官而绝之，仍于宗图上削去其名，三年能改者复之"。

《西河林氏传世家训》"齐家政"中说道："赌钱淫色，近毁其身，祸贻子孙，败家伤身，实由自致。"因而告诫子弟："持家者必以自律其身，必以之教诫子弟，若涉足其中，将不能自拔，一失足成千古恨，悔之晚矣！"

---

[1]唐代泉州黄守恭第四个儿子黄肇纶开科之地，支分金门前后水头。

《陈氏家法三十三条》制定于后梁开平元年（907），第三十二条载："不遵家法，不从家长令，妄作是非，逐众赌博斗争伤损者，各决杖十五下，剥夺衣妆，归役一年。知过而改，改而复之。"

清末民初金门金城北门乡饮大宾林秉德在其故居"仙洞"一碣木匾上也刻有家规，其中也说道："如有赌博非为，怜佑亲戚皆可革逐，倘或破案求长官严办其人。"

凡此种种，不胜枚举。

家规是家族内部的事务，而且载入族谱，常时秘不示人，对"违规者"尽管有不同的处罚形式，但大多是在祠堂由族长施行。闽南的乡社，大多是古代中原移民整宗迁入，所以许多乡社形成有着血缘关系的单姓聚落。为了扩大教育面，有些族规甚至在公共场所立碑告示，形成村民共同遵守的"乡规民约"。如同安五显后塘颜氏（金门贤聚分支）澹斋小宗祠堂的碑记（清嘉庆七年立）就有"不准在祠内开设赌场"的条规，"犯违者公革问罚"。祠堂是族人祭祀祖先的圣地，镌刻在宗祠墙壁上的文字总比族谱的记载更加公开透明，因而受教育的族人也会更多。还有将"戒赌"的条文刻在石碑上，立于村民活动中心，这样受教育的人群就不只是本族本村的居民了。例如同安莲花云洋村后洋社迄今还保存着两碣公禁碑。一碣清代嘉庆十六年（1811年）树立的公禁碑刻着："村内不得窝赌，不得招伙聚赌，违者从重罚戏一台。"一碣1930年树立的碑记还将儿童禁赌列为头条："儿童聚赌，无论何人，一经触见或报知，罚戏一台、席乙筵，以儆效尤。"这可以说是民国时期村民自发保护未成年人健康成长的一种举措。现在的厦门市美仁宫美头社（清属同安县嘉禾里）有一碣嘉庆二年（1797）树立的公禁碑，其中也有禁赌的条文，"不许本社开设赌场。违者罚戏、罚饼。如恃强不遵，呈官究治"。同安县安仁里铁山村（今属集美灌口）一碣光绪三十一年（1905）的公约碑也记载："乡中最能为恶之阶而最当戒者，莫赌博若也。"因而禁赌的措施是"从今以后，凡我同乡老幼，不许与诸亲赌博，或有越规逾矩，妄邀赌博输赢现钱者无论矣。若输赢赊欠，不论亲疏强弱，议约无讨；且家长察出输赢，各定罚戏壹台"，有不遵者"众家长呈官究治"。

从上看出，民间戒赌的载体有多种形式，从私家族谱记载到公开化的乡规民约，从纸质文字到石刻铭文，加大了戒赌的广泛性和永久性。惩罚的方式也从体罚到精神惩治，如罚戏、罚饼、罚酒等。让赌博的人花钱请戏或分饼，一般的民众得到精神（看戏）和物质（吃饼）的享受，从中吸取教训，达到自我警惕的作用。"诚如是，则士农工商守其正业，乡里永致雍和，子孙永无祸端，将善日长、恶日消，不诚吾乡之福乎！"（铁山村公约牌）。家族安宁，乡里和睦，国家自然安定。这也正是各个姓氏谱牒中的族训、族规对维护社会稳定的一种教育功能。

百姓说：赌博是公害，亲像（好像）春天割韭菜，抓了一摊又再来。赌博劣习并没有因有国家法令、民间族规而绝迹。当今因赌博致使倾家荡产，妻离子散的惨景时有发生；有的赌博负债成了抢劫杀人犯；更有公职人员携带公款到境外豪赌，给国家集体带来了重大损失。由此看来，要建设安定和谐的文明社会，戒赌、禁赌仍是一项需要常抓不懈的维稳工作。

朱熹的《朱子家训》

朱熹注重家庭教育，主张"天下之治，正家为先"。历史流传的《朱子家训》全文抄录如下：

君之所贵者，仁也。臣之所贵者，忠也。父之所贵者，慈也。子之所贵者，孝也。兄之所贵者，友也。弟之所贵者，恭也。夫之所贵者，和也。妇之所贵者，柔也。

事师长贵乎礼也，交朋友贵乎信也。见老者，敬之；见幼者，爱之。有德者，年虽下于我，我必尊之；不肖者，年虽高于我，我必远之。慎勿谈人之短，切莫矜己之长。仇者以义解之，怨者以直报之，随所遇而安之。人有小过，含容而忍之；人有大过，以理而谕之。勿以善小而不为，勿以恶小而为之。人有恶，则掩之；人有善，则扬之。

处世无私仇，治家无私法。勿损人而利己，勿妒贤而嫉能。勿称忿而报横逆，勿非礼而害物命。见不义之财勿取，遇合理之事则从。诗书不可不读，礼义不可不知。子孙不可不教，童仆不可不恤。斯文不可不敬，患难不可不扶。守我之分者，礼也；听我之命者，天也。人能如是，天必相之。此乃日用常行之道，若衣服之于身体，饮食之于口服，不可一日无也，可不慎哉！

《朱子家训》内容是关于君臣、父子、兄弟、夫妇、朋友、长幼之间的道德伦理关系，提出每个人在家庭与社会中应该承担的责任和义务。"家训"中提出容人之短、扬人之长、以善待人来处理各种人际关系的道德理念；敬师长以礼、交朋友以信、敬老爱幼的一般原则，以及尊重有德之人而远离不肖之人的特殊原则，对于今天构建和谐社会仍有指导人生的普遍意义，也是培育社会主义核心价值观的重要资源。因此，"朱子家训"不只是一家之训，而是具有普世价值，其精神被社会大众所认同和接受，被称作中国人的人生法典。《朱子家训》还被作曲家谱曲在两岸传唱，足见《朱子家训》影响之深远。

小学生朗读《朱子家训》（何东方 摄）

朱熹（1130—1200）出生于福建尤溪，他与同安有着深厚的文缘。同安是朱熹首仕之地。朱熹十九岁中进士，二十一岁授左迪功郎、泉州府同安县主簿、绍兴二十三年（1153）七月莅任，居同安县署主簿廨（高士轩）。

同安是朱熹任官时间最长的地方。朱熹一生被朝廷"差遣"（官员到衙门任实际职务）十七次，但到职只六次，前后从政时间仅七年半，而在同安供职的时间就有四年又三个月。任职期间，朱熹几乎走遍同安（含今天的厦门市各区、金门县、龙海角美）的山区海岛。他登上鸿渐山，发现浯洲（金门）的风水由鸿渐发轫。他登眺香山并留下"真隐处"墨宝。他率同僚祭奠北辰山（今为国家 AAAA 级旅游景区），上莲花山"筑精舍其上，大书'太华岩'三字镌于石"[1]，游文圃山过鹤浦（高浦）时为石氏修改祠堂，渡海到嘉禾屿（今厦门岛）为唐代文士陈黯编校《裨正书》，还到浯洲（金门）"采风岛上，以礼导民"……

同安是朱熹完成"逃禅归儒"思想裂变之地。清雍正九年（1731）同安知县蒋廷重撰写《重修高士轩碑》记载，开闽学之源者为文公朱夫子，同安是"闽学源头""朱子学"发祥地，这在学界已经取得共识。

此外，朱熹与同安也有密切的亲缘关系。朱熹莅任同安县主簿的当年，即 1153 年 7 月，其长子朱塾诞生于五夫里，不久也随父母来居同安。翌年七月，其次子朱埜出生于同安县主簿官舍（即高士轩），算是同安人。其季子朱在虽与同安不沾边，但他担任泉州府通判，修复石井书记，有无来过同安待考。同安新圩后行（今属翔安区）朱氏是朱在苗裔朱国安开科（堂号"紫阳"），其裔又播迁金门南太武、台湾新竹等地。凡是朱熹裔孙，无不以《朱子家训》作为治家之本。

---

[1] 引自叶心朝《重建高士轩记》。

青礁颜氏家训

厦门市海沧区海沧街道办事处的青礁村，清代属海澄县三都永昌保，1958年8月划归厦门市郊区。村民颜姓肇基祖颜慥是颜氏入闽始祖颜洎长子仁郁四世孙，他于北宋庆历四年（1044）由泉州太守蔡襄推荐任漳州路教授，卜居海澄县[1]青礁村。

青礁村院前社颜氏家训是：

一、整密家风，重视教育。

二、君子处世，贵能益物。

三、君子风操，不拒白士。

四、窃人之美，甚于窃财。

五、欲壑难填，澹泊免灾。

六、治家之道，去奢崇俭。

七、修身守正，实至名归。

八、民生艰辛，切勿养尊。

---

[1] 宋属龙溪县，明嘉靖四十五年置县。

"整密家风"出自北齐黄门侍郎颜之推（531—约590以后，颜回三十五世孙）撰著的《颜氏家训·序致》"吾家风教，素为整密"。颜之推这部家训有二十篇，以儒家传统思想为立身治家之道，内容主要是劝勉子孙向学、立名，还有诸如破除迷信、反对重聘、生产自给、移风易俗等内容，这在一千四百多年前应该是"超前意识"。因此，闽台颜氏都以这部"家训"作为"教子传孙勤礼贤"的范本。金门颜西林宗老于20世纪80年代编修的《浯江颜氏族志》也收录了这部家训，作为教诲子孙修身立世的佳本。青礁颜氏八条家训，汲取颜之推家训精华，使之接近地气，便于普及。"整齐门内，提携子孙"，就是要端正门风，提醒子孙，可见树立良好的家风，关键在于对子孙要有严格的要求。

青礁自古地灵人杰，宋明时期曾有一门三位尚书二十四名进士之荣耀。明末的颜思齐，也就是一位出自青礁著名的开台人物。

颜思齐（1589—1625）字振泉，颜慥二十代孙，明代海澄县青礁人。明万历三十一年（1603），家遭官家欺辱，愤杀其仆，逃往日本平户，以裁缝为业，兼营中日海上贸易。他性情豪爽，仗义疏财，结交泉州晋江船主杨天生等一批流寓日本的闽籍志士。明天启四年（1624），因不满日本德川幕府的统治，他于六月十五日与杨天生、陈衷纪（海澄人）、郑芝龙（南安人，郑成功父亲）等二十八名联盟兄弟密谋起事，因事泄遭幕府搜捕，颜思齐率众分乘十三艘船仓皇出逃，经风浪颠簸，于农历八月二十三日在笨港（今台湾北港）登岸，从此开始了台湾最早、规模最大的拓垦活动，成为"第一位开拓台湾的先锋"。天启五年（1625）九月，颜思齐与部将到诸罗山捕猎，不幸染伤寒病逝。颜思齐墓在嘉义县水上乡与中埔乡交界处的尖山顶。为表达对这位"开台王"的敬仰之情，民众在云林县北港兴建"颜思齐先生开拓台湾登陆纪念碑"，在嘉义县新港乡妈祖宫前修建"思齐阁"和"怀笨栈"，这些实物都是血浓于水、闽台一家亲的历史见证。颜思齐的事迹也被列入初中历史教科书。

莲花洲陈氏家训

海沧莲花洲自然村陈氏，其先陈国贤约于清嘉庆年间自同安松田（今属同安区大同街道田洋社区）附近一个四面环河的"过河社"迁至侯堂（今青礁芦塘）教书定居，属金门"浯阳"派裔。陈国贤的曾孙陈炳猷（1855—1917，字伯守，号有为）在越南经营米业起家，于1905年购地并命其长子陈其德建造占地三万平方米的莲花洲（也称"莲塘别墅"）。莲花洲陈氏聚族而居，生齿日繁，逐成望族，为传承良好家风，也定制了一则规范族人言行的家训：

至要莫如教子，
最乐无过读书，
自奉必须俭约，
倾心乐善好施。
为人不夷不惠，
睦友孝事父母。
大丈夫鲲鹏高翔，
好儿男君子比德。

家训除一般共有的读书、孝道、和睦、节俭等内容外，还突出"乐善好施"。陈氏族人遵循"倾心乐善好施"的家训，奉献良多。如1880年前后，嵩屿发生鼠疫、南靖又发大水，陈炳猷堂兄弟开设药堂，为贫苦村民施诊赠药；创办学堂，为乡里子弟培育人才。还修建角嵩铁路，营救孙中山出狱等。所做善事，可圈可点，因此清廷为陈光辉妻林氏（二品夫人）于东头山下建造"乐善好施"石牌坊，表彰陈氏族人乐于公益的善举。

莲花洲陈氏家训不仅写在族谱里，还把家训的内容注入这座被誉为"冠绝八闽建筑艺术殿堂"的方方面面。如在墙体上，雕刻着朱子（柏庐）《治家格言》：

> 黎明即起洒扫庭除，要内外整洁；
> 既昏便息关锁门户，必亲自检点。
> 一粥一饭，当思来之不易；
> 半丝半缕，恒念物力维艰。
> 宜未雨而绸缪，毋临渴而掘井。

许多楹联也是充斥着父慈子孝、兄友弟恭、修齐治平的儒家思想。如：

> 必孝友乃可传家，兄弟式好感他，则外侮何由而入；
> 唯诗书常能裕后，子孙见闻止此，虽中材不致为非。
> 垂训一无欺能安分者，即是敬宗尊祖；
> 守身三自反会吃亏者，使为孝子贤孙。
> 大丈夫为人处事芝兰玉树，
> 好男儿志在四方鲲鹏高翔。

莲花洲陈氏族人，生活在这处处有家训的文化氛围中，人人尊时守位，知常达变，良好的家风也得以代代薪传。[1]

---

[1]引自陈全志主编、中国文化出版社出版的《史话莲花洲》。

芦山堂苏氏家规家训

同安芦山堂是海内外"芦山"苏氏大宗祠堂，已有千年历史。苏氏又是同安望族，宋代出过十八名进士，涌现出世界杰出的科学家苏颂和伟大民族英雄苏缄这样的精英，这与苏氏良好家风家训的熏陶和孕育是分不开的。芦山堂苏氏家规家训是族人从历代编修的族谱中摘录出来并经族人补充完善而代代流传，总共有128字：

> 凡我子孙，父慈子孝，兄友弟恭，夫正妇顺。内外有别，老小有序，礼义廉耻，为人豪杰，士农工商，各守一业。和善心正，处事必公，费用必俭，举动必端，语言必谨，事君必忠，为官必廉，乡里必和，睦人必善。非善不交，非义不取，不近声色，不溺货利，尊老敬贤，救死扶贫。讦诈勿为[1]，盗偷必忌。不善者劝，不改者斥。凡吾子孙，必遵家训，违者责之。

苏氏家训的主要特点是：耕读为本，诗礼传家，重视科学，行完学富（道德要完美，学识要宏富），尽忠报国。它以儒家思想为基调，以修身、

---

[1] 讦（jié）诈勿为，语出北宋隐逸诗人林逋，原句为"以忠沽名者讦，以信沽名者诈"，许多版本误为"奸诈勿为"。

同安苏氏芦山堂

齐家、治国、平天下为最终目标。在家族内部要求孝悌、友爱、正直、秩序、柔顺;在职业操守方面强调爱岗、敬业、公正、节俭。其中的三句话,即处事必公,费用必俭,为官必廉,正是我们今天进行廉洁教育的生动教材。2016年9月20日,中央纪委监察部网站"中国传统中的家规"还专题发布同安芦山堂的苏氏家训。

洪晓春的家训

厦门忠贞爱国的商界泰斗洪晓春留给子孙的家训是：

> 诚奋传家，为人须忠诚向善，处事须勤奋向上。

短短十八字的家训，是洪晓春先生一生经商创业、爱国爱乡经验总结留与后人的精神财富。对祖国要忠诚，办事业须勤奋，这是他为人处事的准则。我们从他一生大大小小的阅历中，处处都可以看到这种忠诚向善，勤奋向

洪晓春像

上精神闪光。这不仅是他洪氏家族的家风，而且对"六桂"（翁、洪、龚、汪、方、江）良好家风也起到引领作用。洪晓春84岁时为六桂堂修志题词："尊祖敬宗，水源木本。后起光前，由今思远。六桂生成，一毫无损。历久常新，多方开垦。积少高大，悠然安稳。年代虽遥，考稽未晚。族姓虽分，相称犹阮。谱系更修，以昭诚恳。"题词虽非族训，但其中也蕴含着洪先生"安稳""诚恳"的思想理念。

洪晓春（1865—1953），名鸿儒，字晓春，号悔庵，同安县翔风里马巷窗东（今属翔安区）人，明代"芳洲气节"洪朝选的后裔。自幼勤奋好学，清光绪三十三年（1907）廪生（生员），宣统元年（1909）举孝廉方正（举人）。但他无意仕途，弃儒经商，到厦门洪本部开设源裕商行，经营粮食。由于他讲究诚信，随着业务的拓展，后来又兼营信局、进出口贸易、钱庄和汇兑业务等，成为著名的儒商。他的阅历非常丰富，历任厦门市商会会长、厦门海后滩公民会会长、厦门市政会会长、厦门各界抗敌后援会劝募部部长、厦门市社会救济委员会主任委员、厦门市人代会代表、福建省人民政府委员、福建省工商联合会筹委会主任等。

洪晓春堪称厦门商界泰斗，凭着"向善""向上"的理念，对厦门市政、教育、文化、慈善等事业奉献良多。他投资厦门公共交通公司、开辟厦门第一条马路——开元路、建设第五和第七市场、建设寓意同安经济兴旺的"兴安街"，参与创办"菽庄书社"和修编《厦门市志》，创办益同人医院、厦门大同小学、马巷毓秀女子学校、刘五店光华学校、窗东学校等。洪晓春不但是企业家、教育家、慈善家，还是忠贞爱国者。1938年5月10日厦门沦陷后，日寇企图利用他在厦门的声望，利诱他出任厦门市维持会会长，被他断然拒绝。为了避免日寇的追捕，他辗转到香港、越南等地。1941年冬，他在马来西亚马六甲被捕入狱，日寇仍要他出任伪职，他以绝食抗议日军的暴虐，坚持民族气节，不肯写"悔过书"，还呵斥劝降的敌人："爱国何罪，无过可悔！"凛然大义，铮铮铁骨让人肃然起敬！

洪晓春先生忠诚勤奋的气质，高风亮节的德操，深受厦门人民的爱戴，市民呼他"晓春伯"，王卓生[1]（1894—1955）在《怀念晓春老人》诗中写道："海都四君子[2]，劲节推芳洲，吾公（指洪晓春）踵其后，嶙嶙骨更遒。"至今厦门中山公园还有一座以他命名的"晓春桥"供人凭吊。

---

[1] 今翔安区内厝镇美仙湖人，曾任同安县建设局局长。
[2] 指明代同安沿海及今天金门的林希元、洪朝选、许獬、蔡复一。

朱清禄的家训

马巷后亭朱清禄家族,传有文化医者朱清禄遗留的一则家训:

> 少年时戒之在酒,
> 青年时戒之在色,
> 盛年时戒之在斗,
> 老年时戒之在得。
> 处事戒之在气,
> 为人戒之在贪。

这"六戒"就是"酒、色、斗、得、气、贪"。酗酒损伤身体,倘若"醉驾",还会给社会带来危害。好色出轨,导致家庭破裂。斗殴打架,影响社会治安。贪人钱财,损人害己。这些"犯戒"行为给家庭和社会造成的后果从古至今都不少见,因此各地的族规、家训大都有约束这些行为的条规。朱清禄先生这"六戒"家训,针对不同年龄段的人容易犯下的错误,提出警告,为儿孙的健康成长规划一个良好的家风环境。家庭是社会的基本细胞,是人生的第一所学校,家风家教是人生价值观养成的"第一生态"营养素。"家风好,就能家道兴盛,和谐美满,家风差,难免殃及子孙、贻害社会。"足见传承和弘扬良好家风家训的重要性和必要性。

朱清禄先生是同安县马巷后亭（今属翔安区）人，1922年出生，父亲朱莲卿是马巷启智学校的校长兼语文老师。朱清禄自小受儒家文化的熏陶，对中医也颇有天赋。他于1935年入厦门国医专门学校学习，师从国医大师吴瑞甫[1]，16岁回乡行医，患者深受其惠，有口皆碑。他历任马巷卫生院中医内科医生、同安县卫生协会执委、厦门市中医学会副理事长，先后在《中华医史杂志》发表论文、医案60多篇，著有《朱清禄医疗经验》，是福建有名的老中医。

朱清禄先生不但医德高尚、医术高明，还对古典文学、诗词、史志、书法等造诣颇深。1982年冬，我在马巷普查文物时，特到朱先生家中拜访，谈起马巷的人文逸事，他如数家珍。明代刑部左侍郎洪朝选何厝的"石鼓诗"、理学名宦林希元龙窟的"御踏石诗"、清代梳妆楼李倩（安溪康熙宰相李光地的侄女）的《秋夜栖云楼下见菊花有感》等古人诗咏，他都能倒背如流，让我非常敬佩这名老中医深厚的古文功底。1985年5月，马巷归侨苏静山先生捐资修复梅山的梅亭，朱先生应予之请为梅亭石柱撰书一联"梅映同山[2]迎远客，亭瞻闽海盼归鸿"。1987年3月28日，我陪梵天寺住持厚学法师到厦门宾馆五号楼拜访侨领陈文峰先生，陈先生慨然解囊修葺大轮山文公书院，朱清禄先生也欣然命笔，为新修书院撰写一联"寒竹凌云筛月影，风松绕院送潮音"[3]，朱先生的文化素养也由此可见一斑。

---

[1] 1923年任民国《同安县志》总纂。
[2] "同山"为梅山古名，亭前石壁有朱熹书题的"同山"石字。
[3] 此联冠头"寒竹风松"为朱熹簿同时游大轮山的墨宝。

黄廷元家训联

黄廷元墓在马巷西炉崎头山（今属翔安区），1993年被同安县人民政府列为文物保护单位。其墓曲手石柱刻着六副墓主生前自撰的遗训联，其中五副已被其裔作为家训的主要内容。这五副联句是：

欲成家国事，须读圣贤书。（警戒子孙努力学习）

物我皆无尽，死生宁有殊。（要有正确的人生观）

痴骨归大块，雄心还太虚。（做人要虚怀若谷）

一场名利浮云外，百载光阴转瞬间。（珍惜时光，不逐名利）

需尽人间孙子职，勿贻泉壤祖宗羞。（尊时守位，光明正大为人做事）

（另一联是："毕生无可纪，万虑已俱消"）。

黄廷元（1861—1936），号复初，同安县民安里西炉村（今属翔安区马巷街道）人，金柄"紫云"黄氏四十三世。他自幼失怙，随祖母到厦门，只读两年私塾，便辍学当商店雇员，后来渐有积蓄，与友人赴台学医，学成回厦门自开牙医诊所。致富后他不忘社会福利和教育事业，先后创办大同中学和厦门女子师范学校，同时捐资厦门公立中学、普育学校和崇德女校。光绪二十六年（1900年），他经黄乃裳介绍参加同盟会，积极参加、支持反帝反封建革命斗争，荣膺光复一等勋章，先后担任厦门统制府民团部长、福建省交通司路政科长、省府高等顾问和省议会议员、厦门总商会会董等职。1918年，英国殖民者强占厦门海后滩，黄廷元与卢心启被公民会推举为57个群众团体的代表上京请愿，终使英政府无条件交还租界，显示了大义凛然的民族气节。

黄廷元还是一位著名的实业家。光绪三十四年（1908），他与杨子晖等人创办厦门淘化食品罐头公司（后改组为淘化大同罐头公司），这是福建最早的罐头食品企业。他还兴办厦鼓漳嵩自来水公司、电灯公司、福建药房、江东制冰公司等多家企业。为了唤醒民众，鼎新革故，他参与策划或创办《博文日报》《厦门日报》《鹭江日报》等报纸，堪称厦门报业之元老。

海内外黄廷元裔孙回乡扫墓

黄廷元少时贫寒，仅读两年私塾就辍学，但他奋发自学，利用余暇自读圣贤书，接受中华优秀传统文化的熏陶。他把一生的感悟提炼成这几句联语，是自己人生的经验总结，也是对子孙的规诫。如今居住在美国、马来西亚、新加坡和中国台湾、香港等地的黄廷元子孙，都能恪守家训，自强不息，把家训融入他们的生命和事业中，不做让"祖宗羞"之事。如长子黄笃修、季子黄笃齐、孙子黄章谊等，无论在学业、事业、家园、公益、慈善等方面，都是不折不扣的家训潜行者，也因此备受海外华人和境外同胞的敬仰和爱戴。

官山陈氏祠堂的"四维"壁字

马巷内官官山陈氏祠堂墙壁有四字言简意赅的大字：礼、义、廉、耻。1982年10月31日我和洪辉星、林天水到马巷公社内官村普查文物时，发现村中陈氏家庙正厅两边墙壁上，书写着"礼、义、廉、耻"四个楷书大字。字体饱满遒劲，雄浑大方，我和林天水爬竹梯用布尺测量，其中"礼"字高2.28米、宽1.68米。因经久失修，加上"文化大革命"的"洗礼"，原来"礼""廉"二字部分被涂污，"义"字被凿去大半，"耻"字部分被敲打剥落。从运笔气势，笔顺墨痕，着墨浓淡，笔画字缘的行迹可以看出，这四个字是用如椽大笔且要全臂腾空直接书写壁上。当地历代相传，这四字是元末陈友谅部将张定边为官山陈氏开基祖"四翁公"修建的祠堂改建时，于酒后用"芒帚"沾墨一气写成这四个字，据当年陈延庭老先生回忆，自他懂事起，祠堂墙壁就有这四字，族人视为"神字"，历次修葺祠堂，从未敢损坏，所以原字能够保留到今天。

那么陈友谅、张定边何许人也？他们与官山祠堂有何因缘？

陈友谅（1320—1363），初为湖北红巾军徐寿辉部将，后自立为王，改国号汉，年号大义，在湖北、江西、闽北等地进行抗元斗争。元至正二十一至二十三年（1361—1363）与朱元璋交战，在九江口（江东桥）被流矢击

官山祠堂壁字

伤身亡。同安百姓流传陈友谅兵败未被杀害，而是当流寇在闽南筑寨当土皇帝，同安新美街道后坂村蔗头林自然村与寨仔兜自然村北面山顶的陈皇寨，相传为陈友谅创筑，当地还流传"陈友谅打天下，臭头洪武坐天下"的俚语，而寨仔兜的陈姓村民也自称是陈友谅的后裔[1]。

张定边（1318—1417）是湖北沔阳人，号称"元末第一猛将"。他知天文，识地理，精拳艺，擅岐黄，还懂算卦，在湖北黄蓬镇与陈友谅、张必先义结金兰，随陈友谅起义抗元。陈友谅急于称帝，曾以五通庙作行宫，后在江东桥被朱元璋部将击败。张定边不愿做朱元璋的降将，于洪武元年（1368）孟秋遁入泉南灵源山隐居，削发为僧，自号沐讲禅师。

由上推测，陈友谅与官山陈氏算是宗亲，张定边隐居泉南，传官山陈氏宗祠壁字为他所书也并非空穴来风。

官山陈氏祠堂壁上"礼、义、廉、耻"四字，古称"四维"，为治国四纲，由春秋时期政治家管仲（名夷吾）最早提出。《管子·牧民》载："何谓四维？一曰礼，二曰义，三曰廉，四曰耻。礼不逾节，义不自进，廉不蔽恶，耻不从枉。故不逾节则上位安，不自进则民无巧诈，不蔽恶则行自全，不从枉则邪事不生。"尔后儒家学者有更具体的解释：礼，得其事体，制其中；义，仗正道，行而宜之之谓义；廉，不苟取，清也，俭也；耻，羞恶之

---

[1] 有可能是陈友谅的后裔或族亲的支派，待考。

心,羞辱也。故封建社会以"四维不强,国乃灭亡"作为治国安邦的理念,民间也以此作为一种社会行为的法则和道德规范,与家规家训同样有着很大的约束力。因此,官山祠堂的"四维"壁字,已不只是"官山"家族教育子孙处事立身的规范,也是维护良好社会秩序的清醒剂。故天下陈氏,也都把"礼义廉耻,四维毕张"列入祖训的主要内容。

蔡复一的"三心"名句

明代同安名宦蔡复一有三句名言:

> 报国恩以忠心,
>
> 担国事以实心,
>
> 持国论以平心。

蔡复一(1576—1625),字敬夫,号元履,同安县翔风里十七都刘浦保蔡厝(今属金门县)人,明万历二十三年(1595)进士,官至五省经略,卒后赠兵部尚书,谥"清宪"。蔡复一夫人李氏是同安驿路潮州令李春芳孙女,现在闽台吃薄饼的历史,"俗传为蔡复一夫人所制"[1]。同安吴招治薄饼制作技艺也于2017年元月被列为福建省非物质文化遗产保护项目。

蔡复一"三心"内容非常丰富,首先是精忠报国。天启四年(1624),贵州苗酋奢崇明、安邦彦起兵反抗明廷,危及国家的安全。蔡复一奉命总督

蔡复一画像

---

[1] 吴锡璜. 同安县志(民国版)[M]. 北京:方志出版社,2007:627.

贵州、云南、广西、湖南、湖北兼巡抚贵州。为了维护国家统一，民族团结，他发出"一息尚存岂可以贼遗君父忧"誓言，不顾病魔缠身，"日夜治军事，调兵食，精神耗费"，在西南边疆恶劣的环境中，因患疟痢溘逝平越军中，年仅五十岁。为报国恩，他忠心耿耿，鞠躬尽瘁，死而后已，后人赞其"入三百年不到之地，成二百年未有之功"。

其次是真心实意为国家做事，毫无私心杂念。蔡复一从政二十七年，历任刑部主事、湖广参政、山西左布政、兵部右侍郎等职。还持尚方宝剑，节制五省，可以便宜行事。但他"一意殚精王事""淡泊类寒士"（蔡复一夫人墓志铭）、"无心不在于国与民，而自家之念，不一毫芥胸中，即饥穷以死，誓捐不顾"[1]。他从不以权谋私，还与夫人李氏共同拒收华阳王密赠的金银器物。因他一心忙于国事，两袖清风，以致回乡探亲时是"囊空如洗，抵里犹未有居"。

蔡复一一生坦荡做人，平心做事。他为人正直，公正不阿。初任刑部主事时，不顾官小职微，依法办案，上疏弹劾石星冒杀平民，邀功朝廷，使得石星在御审中被处极刑，震动朝野。他在辰沅兵备参政任上，为了缓和汉人与少数民族的矛盾和冲突，主持修复"苗疆万里墙"[2]380里，还上疏《抚治苗疆议》，采取许多管理"生苗区"和"熟苗区"的措施，对少数民族的动乱尽量施用安抚政策。蔡复一以儒家"中庸之道"为人处事，遇事平心而论，皇上嘉其忠勤，赐谥"清宪"，正合其生平气质。

蔡复一与夫人李氏生育一女名静官，嫁林欲栋三子旻舍，立堂弟复说次子邦基为继。蔡复一为宦的"三心"座右铭，也已经走出家门，成为历代官员忠贞报国，勤政廉洁的镜子，这对今天开展爱国主义教育，提倡全心全意为人民服务仍有"古为今用"的意义。

---

[1] 引自明代何乔远的《蔡清宪公文集序》。
[2] 今湖南凤凰城境内的"南方长城"。

许獬三个"天下第一等"

明代同安乡贤许獬有三个"天下第一等"的名言,虽不被列为"家训",但含意深刻,地方志书有记载,在家庭或家族内部也长期流传,实际上也有"准家训"的意义。这三个"天下第一等"是:取天下第一等名位,不若干天下第一等事业,更不若做天下第一等人品。

许獬(1570—1606),原名行周,"以梦揭魁榜更今名",字子逊,号钟斗,同安县翔风里十九都后浦保(今属金门县)人。他自幼颖异,九岁能文,十三岁淹贯经史。他与苏紫溪、蔡献臣曾在同安大轮山文公书院读书,蔡献臣(金门琼林人)赋有一首《雨中访友朱文公祠,祠为苏紫溪、许钟斗读书处,上房僧舍予旧楼也》七言律诗,诗中提到"溪老经传多俊士,史公业就冠瀛洲"一事。民间相传,许獬参加乡试前也曾到同安北山水仙洞"圆仙梦"。当晚在仙洞睡觉,天亮同伴问他夜间做了什么好梦。许獬笑呵呵说:"好梦!仙公用闽南话对我说,'许獬许獬,一支中指(中指头)插入你嘴内'说完还甩我一巴掌。"同伴听后焦急地说:"坏了,你得罪仙公挨揍,今年科考无望了!"许獬不慌不忙向他们解开这道"仙公猜"谜底。他说:"嘴就是口,口中直插一根指头就是'中'字,用力打我一巴掌,寓意此科必中。"果然是科(即明万历二十五年乡试)许獬中了第 59 名举人。对于考取进士，许獬也信心满满。民间用"许獬许獬，状元我不知，会元在我荷包内""状元未必知，会元随后来""天下第一通，晋江陈紫峰；天下第一敖（能干），许獬进士头"等俚语来表达他的自信。万历二十九年（1601），也就是同安孔庙案山文笔塔（也称凤山石塔）落成的第二年，许獬赴京参加全国会试，果然得中会试头名（即会元）和廷试二甲头名（即传胪），志称"双冠南宫"，任翰林院编修，在京城声名大震，海内传诵其文，称誉为"许同安"。

金门许獬"文章垂世　孝友传家"坊（叶钧培　摄）

许獬三个"天下第一等"表现他"敢为人先"的精神，名位、事业能取则取，但人品不可不取。许獬自幼熟读儒家经典，是朱子理学传人，有《易解》《四书合喙鸣》等专著，现在同安图书馆收藏的《许同安制义》是国内的孤本。许獬非常注重人品的修养，民国版《同安县志》里记载了他的一件婚事："獬夙聘颜氏，将及笄，得疾而眇，其妻父欲易以他女，獬坚执不可。及娶，情好甚笃，既贵如一日。"从爱情专一这件事中，也可看出许獬高尚的人品。

池扬劝勉儿子为官的联语

池浴德（1539—1617）字仕爵，号明洲，同安县绥德乡嘉禾里（今厦门市区）人。明嘉靖四十四年（1565）与金门张凤征、萧复阳为同榜进士，官至太常寺少卿。

池浴德中进士后被派到浙江省遂昌县当县令。离家赴任当天，父亲池扬在祖厅送他一副手书对联：

> 世积俭勤，席祖荫，追思昔日；
> 官期清白，戒儿曹，努力将来。

池浴德从联语中体会到父亲要他为官"俭勤""清白"的道理，他谨记在心，还把这联当作座右铭。

池浴德到任后，前任县官留下来的积案有三百多件。这些卷宗多数是平头百姓的申诉件，因为没有油水可捞，从前的官员懒得办理，一年一年积累下来，形成积案如山。池浴德把所有的卷宗都调集在一起，分别年次，逐件过目，还派人到乡下向当事人了解案情。封建社会是"衙门八字开，有理没钱勿进来"，老百姓含冤受屈，没钱打官司，只好"哑巴吃黄连——有苦说不出"。当他们听说县里来了一位公正廉明的知县，大家奔走相告，从四面八方赶来申诉。池浴德善于体恤民情，他认为百姓生活贫苦，蒙受冤屈或发生纠纷，家中已是负债累累，如果打官司还要花钱通关节，搞行贿，岂不是倾家荡产？因为打官司多数是被欺压的穷人，他就下令整顿衙堂的审判作风。从前县堂审判程序大多搞逼、供、信，凡来告状的人，不问青红皂白，县官惊堂木一拍，"拖下去打四十大板"给个下马威，结果许多人屈打成招，冤假错案一大堆。池浴德对此做了比较人性化的改革，他让衙役穿着比较简朴的衣服上堂，以免恐吓前来投状的人。他了解百姓的穷苦生活，断案从来不收钱，也不做权钱交易。百姓到县衙打官司，只要带上半升米解决自己来回的伙食，就可以结案，所以百姓称他为"池半升"。

"池半升"生活非常节俭，靠着每月七石半米的薪俸安排日子，他没有"灰色收入"，日子过得紧巴巴的，父亲逝世时，他回到家中仅有四十五两银子。他的妻子傅宜人十八岁嫁到他家，为了让丈夫读书求取功名，她把娘家陪嫁的一副银钏典当让丈夫读书。池浴德非常感激，发誓日后要给爱妻购买一对金钏。后来虽说当了"县长"，但他仍然没有财力实现对妻子的诺言。妻子对他十分理解，也从不提起金钏换银钏之事，而是自己和家中的婢女一起纺纱织布，依靠劳动所得补贴家用，也是一位难得的"贤内助"。

池浴德调任离开遂昌时，百姓涌入县衙挽留。当他到龙游县西明山河边上船时，民众一万多人拉住缆绳不让开船，三天之后他才趁着夜间人少的时候偷偷解缆离开，百姓知道后，"恸声远闻"。百姓爱戴他，邑民集资在西明山河边建造一座"曳舟亭"，亭柱上还刻写着这样一副对联：江水比恩犹有底，溪云护石更有心。

池扬为儿子池浴德书写的联语，让他保持清白廉洁的官风。足见良好的家风家教，对子女的前程有着重要的规诫作用。

黄文焰的"祖林垂示"碑

同安县长兴里金柄村（今属翔安区新圩镇）原有一片香樟树林，据载是唐垂拱二年（公元686）黄氏开基祖黄肇纶（664—750）所植。为了保护这些祖宗栽种的"风水树"，黄文焰于明万历三十年（1602）为之立了一碣"祖林垂示"碑。石碑高1.03米、宽0.52米，阴刻楷书直题5行，满行10字，自右至左连读为：始祖肇纶公手植香樟树乃造福通族之胜迹子孙世护勿毁大明万历三十年岁次壬寅冬月裔孙文焰敬立。

黄文焰（1556—1651），字丽甫，号季韬，同安"东黄"金柄人，紫云金柄黄氏35世，陕西参政黄文炳之弟。幼随外祖父居晋江安平镇（安海），长娶临江太守陈外峰之女，徙居泉州城西铁炉铺五塔巷，晚归祖家金柄。他是朱子"闽学"传人，有"品高嵩岱，学溯关闽"之誉。明天启年间，光禄寺卿何乔远，隆武朝吏部尚书张肯堂观其学问可师，先后向朝廷疏荐，隆武帝授予国子监学正，但他坚辞其职，有司奉旨颁送"天恩存问"匾额并发无碍官银三百两以给刻书之费，故黄文

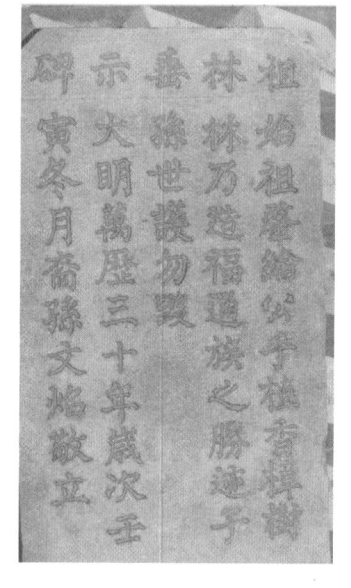

炪被世人称为"黄布衣"或"黄同安";又因他受朝廷征聘而未出仕,故有"聘君"名号。黄文炪生平述经讲学,著作甚丰,有《道南一脉》《两孝经》《理学经纬》《琴庄》《九日山志》等传世。清兵入关后,他不满清廷统治,避居三秀山雪山岩(俗称后岩,现属五显镇),卒时棺木以四条山藤悬吊于雪山岩读书楼,以示"不覆清朝天,不踏清朝地"之气节。清道光二十六年(1846)解元黄维岳将棺木解葬于黄坂村东,墓碑阴刻"明聘君理学布衣莪山黄先生墓",2006年该墓被同安区人民政府列为文物保护单位。

金柄黄氏族人对保护山林非常重视,村后大崙山也是一片树林,万历十四年(1586)在一块天然石上也刻有一则护林告示:林木有阻风储湿固壤之奇功宝也大仑尽木皆护毁者非吾族人矣。毁坏林木,将会受到逐出"族籍"的严惩。因此,"人人护木"形成良好的社会风气,甚至把唐代的香樟古树当作"神树"奉祀,当地每年农历九月十一日都有祭"樟王公"的民俗。这种由家族订立保护祖林树木的族规,是古人一种生态保护措施,对于今天建设生态文明仍有重要的借鉴作用。

锦宅黄氏"课子诗"

家文化是细胞工程文化,家风是人生第一堂课程,母亲便是人生的首任老师。明代同安县积善里锦宅社(今属龙海区角美镇)才女黄氏写有这样一首"课子诗":

> 白日莫闲三刻半,闻鸡读起五更前。
> 针为铁杵磨方细[1],帐染灯烟业始专。
> 映雪[2]恬吟寒岁夜,囊萤[3]朗诵夏时天。
> 从来有志皆成事,急把潜修学圣贤。

民国版《同安县志》记载这位知书达礼的女性是"林锦妻,锦宅诸生黄邦冕妹,林冲飞母,少喜读书,尤娴诗律。迨于归,服事舅姑维谨,年荒

---

[1] 铁杵成针,也叫磨杵成针。杵是舂米或捶衣的铁棒。据《潜确类书》载,唐代诗人李白小时候读书不用功,想中途辍学。一天路上遇到一位老太婆,正在磨根铁棒,说要把它磨成针。李白很受感动,回家发奋读书,终成唐代伟大诗人。
[2] 映雪读书。明代廖用贤《尚友录》记载:"孙康,晋京北人,性敏好学,家贫无油,尝于冬月映雪读书。"孙康因家中贫穷没有油灯,冬天夜里借用户外白雪的反光来读书。
[3] 囊萤攻书。囊,即袋子。据《晋书·车胤传》载,车胤"博学多通,家贫不常得油,夏月则练囊盛数十萤火以照书,以夜继日焉。"即用袋子中萤火虫的微光来读书。

贫无所食，以女红易米，佐夫力学，而自与幼子买地瓜叶以充饥"。从中看出，这是一位封建社会标准的贤妻良母。她自己读书识字，又帮助丈夫力学，更激励儿子多读圣贤书。

中国古代，孔子的学生子夏说过这样的话，"仕而优则学，学而优则仕"，朱熹阅释为"仕而学，则所以资其仕者益深；学而仕，则所以验其学者益广"，宋真宗皇帝更是鼓励子民读书，说是"书中自有黄金屋，书中自有千钟粟，书中自有颜如玉"。因而中国自隋代开设科举，许多人把读书登科看成是进入仕途，实现"朝为田舍郎，暮登天子堂"理想的捷径。黄氏这首课子诗，反映了农耕社会"两件事读书耕田"耕读文化的一面，也饱含着一位母亲"望子成龙"的殷切期盼。诗中运用古代孙康映雪苦读，车胤萤雪攻书等勤苦读书的典故，劝勉儿子立志成事。时至今日，随着科技的进步，读书求知的方式不同以往，但黄氏这种课子读书的家风，还是可以借鉴。

「三亲」实录

费尽心思搬"石头"
——同安孔庙石雕碑刻征集纪略

外地游客参观银城孔庙石雕陈列时,常常情不自禁地赞叹。1995年5月,同安博物馆以其独特的石雕特色,被国家文化部、人事部评为"全国文化先进集体",更使一个县级博物馆驰名遐迩。

这些被游客戏称为"同安兵马俑"的石人(翁仲)、石马、石羊、石虎、石狮以及各种石碑,它们究竟是从哪儿来的?难道,它们原本就是孔庙的"老古董"?

这些"石头"是"搬"来的、"抢"来的,因为我是当年搬运这些"石头"的组织者、指挥者和征集者。

一、普查文物,发现"石头"

1982年,我做了胃肠手术,身体尚未痊愈,就参加了全县文物普查工作。当时文物普查小组共三个人,其中,洪辉星同志参加新店、马巷、内厝三个镇的普查工作。因此,实际上是我和林天水同志参加了全县文物普(补)查工作的全过程。在普查过程中,我发现从县城到乡镇,从山区到海岛，各地都有一些零散的石雕碑刻。这些可以说是"文化大革命"中的遗弃物。在史无前例的"文化大革命"中，凡古必破，祠堂庙宇、古墓石桥基本被毁，而这些古建筑、古墓葬的附属物，如墓前的石像生、古桥的石狮碑刻，祠庙的柱斗匾额等，都受损残缺。五显洪厝明代湖广副使林应翔墓被毁，两只石马被埋在土坑，只露出一只马脚；新店东园明代刑部左侍郎洪朝选墓，一只石马倒在土坑的积水里；新店布厝清代四川总督苏廷玉墓被废，农民挖土方，潴水成潭，石虎、石羊泡在水里；乾隆皇帝为厦门水师提督吴必达的母亲王氏御书的"萱寿延祺"石匾，被砸成四块；大轮山文公书院洪朝选撰写的碑记，被凿成四段，准备当作门框石料；马巷坪边清代闽浙水陆提督李长庚墓道坊的圣匾及石狮，被抛在水渠底；县城西桥尾松溪堂一座敬字亭（字纸炉），被居民当作垃圾箱；内厝店头村民用两块清代桥碑围砌井栏；新圩芸头农民用光绪年间的桥碑围厕所；洪塘朝拜埔一块"公禁碑"被用作过沟石；莲花后埔村土楼的一块匾额用来铺路；内厝一块石经幢部件被当作"板凳"……

见到这些七零八落的历史遗物，我不禁触目神伤，扼腕叹息。文物是历史的见证、先人的遗泽，也是劳动人民智慧的结晶。同安的历代乡贤如洪朝选、林应翔、刘汝楠、洪溱（洪朝选之父）、吴际斯（吴必达之父）、李长庚、苏廷玉、陈化成……他们的高风亮节、道德文章，增光邑乘，名标史册。然而因为后人的"无知"，他们竟遭此非礼，真是令人痛心。有些文物，如张对墀（河南太康知县）书写的"明斋"匾额，陈遵江（德庆州知州）墓前的石马，蔡复一夫人的墓志铭等，还是研究同安与金门血缘关系的实物资料；蒋骥甫撰写的觉民学校碑记，则是珍贵的华侨文物。

调查这些石雕碑刻，并非文物专项普查的内容，因为全县文物普查主要针对的是古遗址、古建筑、古墓葬及革命文物等。有时我一天跑70多千米路，交通工具是从文化馆借来的一辆破自行车。一次碰到陈复兴县长，我告诉他："这车子什么都会响，只有铃不响。"县长很认真地回答："一个车铃两块多钱，可以换一个！"我没换车铃，仍然骑着那辆破车，车把上挂着军用水壶。遇到要爬山，便只好把车搁在甘蔗园里，幸好没被人偷走。我先后跑了900多个乡村，查了六百多处文物点，意外（后来是留意）发现了这么多有价值的"石头"，心底萌发了这么一个念头：有朝一日，将这些零落四散的"石头"集中起来，既可以保护，又可以鉴赏，岂不是一桩功德？

二、力排众议，全面征集

当时从领导到群众，大家对这些弃之荒郊的"石头"并不在意，人们的心中，对"四旧"的余悸仍在。但"无知"却意外地为"有知"提供了有利的机遇。1983年，我和林天水将县城附近一些零散的石狮、龙柱、柱础、石经幢部件等集中到梵天寺（当时孔庙还为实验小学所用）。1984年，组织上委我以文化局局长之职，我对搬"石头"之事更是"耿耿于怀"、乐此不疲。1985年12月，将西安桥头一座被嵌筑在墙壁里的宋代婆罗门佛塔迁移到梅山（另一座已于1957年迁到大轮山）。次年6月，又把西桥尾茂林下被当作垃圾箱的清代"敬字亭"搬到梅山寺前。对此，有人有不同看法，他们认为历史遗留下来的"古董"丝毫也不能搬动。他们说的不是没有道理，问题在于，当无法就地保护的时候，就该采取"保护为主，抢救第一"的措施，不能任其被毁坏。对于墓葬前的石人、石马、石虎、石羊、石狮等石像生，老百姓则认为它们神圣不可侵犯。后来，在征集东宅两只明代石马时，搬运工人和当地农民发生纠纷，县公安局保卫科副科长吴清沛同志前往处理，不慎因摩托车翻车而受伤住院，有些人借机将此事说得神乎其神。老百姓的迷信思想并非一朝一夕可消除，不能等大家都"想通"了才去搬，国家《文物保护法》要宣传，但更重要的是要有九死未悔的果敢精神，否则，失去机遇，必然造成无法挽回的损失。

全县文物征集工作始于1985年。是年5月，我在莲花溪东地参加计划生育工作，发现生产队仓库门口蹲着两只石羊，经查为明代参政洪纤若墓前的遗物，于是交代文化站叶美由同志雇用手扶拖拉机运到孔庙林公祠门口，总共补贴 30 元钱。同年 6 月 11 日，在驻军通讯连大力支持下，采用汽车加滑轮的方式，将两只明代石马和石虎运到孔庙，加上拍摄录像，花费 145 元。1986 年 12 月，征集新店布厝苏廷玉墓前的全组石雕（10 件），由施钦阳同志带队，在澳头苏氏宗亲大力支持下，采用圆木滚动的土办法，将文武翁仲、马、虎、羊石雕全部征回，花费 850 元，是当时征集石雕过程中支付最大的一笔费用。1987 年 9 月 24 日，西安桥动工拆建，掘土机在清理桥墩基础时，于 4 米深处的泥沙中先后挖掘出 9 件北宋元祐年间的石将军和石狮。但当时文化经费拮据，经过"跑腿、磨嘴"，厦门市文化局补助 2000 元征集费，现场工人提出的挖掘、打捞补助费，则在县政府陈清抛、县人大张息荣等同志的协调下，由交通局局长张天才同志处理，这 9 件 900 年前的文物终于运到孔庙。

在征集过程中，当时的群众多数还是支持的。1983 年县城驿路西安药店搞基建，我路过时发现一件雕有乐伎浮雕的宋代石经幢部件，即向他们宣传、解释，并答应付给 10 元钱的搬运费。一位姓洪的工人（凤岗人）用两轮车（俗称"厘仔甲"）将石雕送到梵天寺，而且说这是"诚心事"，不取分文报酬。后来释厚学法师用这件石雕作了千佛阁的佛座。县城原陈公（陈化成）祠旁一户居民清理围墙，门口有一只石香炉。主人问我要不要买，我对他说，买卖不好听，如果把它捐给博物馆展览，则既留名又积德，家事顺心就"过头"。那主人马上同意无偿捐献。当天下午，林天水同志便请了三人把石香炉抬到孔庙。类似这样的热心人不少，如内厝防保院曹永耀医生，把保存多年的蔡复一夫人墓志铭捐给国家，洪厝洪朝选裔孙洪志枝等人将收藏的洪朝选夫人蔡氏、朱氏及长子的墓志铭送给博物馆，西山蔡宅卓氏村民捐出原在祠堂的《垂戒后世》碑给博物馆，莲花上陵党支部书记詹伟意同志亲自运来两只宋代石狮，农民叶态等人每天以 15 元钱的工价帮助搬运这些笨重的"石头"，县公安局及各乡镇派出所也竭力配合，使 400 多件散落全县各地的石质文物基本都如期、顺利征集回来。

三、超前意识，价值连城

现在回想起来，当时如果没有果断、及时征集这些石文物，现在恐怕一件也没有了。所以说，这些文物是"抢"来的——抢在不法分子行窃之前。

社会上不法分子盗窃室外文物始于 1989 年，而后连续三年十分猖獗。这些人宣称，"想要富，去挖墓，一夜成了万元户"，先是挖墓，主要是盗窃墓中的陪葬品，如手镯、首饰、茶具、文房四宝等金玉古玩，后来连墓志铭也盗走。莲花一个农民，将他祖母的坟挖了，还大言不惭说自己不挖，也会被人挖。不孝之至，令人发指。县级文物保护单位林君升（清代江南水师提督）墓于 1987 年 4 月被盗，陈沧江（明代三郡知府）墓于 1989 年 12 月 1 日被炸开，明代李璋（蔡复一的岳父、吴江县主簿）墓于 1990 年 7 月 1 日被盗，五显溪西一座明墓也被人掘开。各地古、近代墓葬几乎无一幸免，群众骂那些"发死人财"的家伙是"无天无地"。

同安孔庙石雕群（洪祖溢 摄）

随着古董的升值，"石头"也变得值钱。那些不法分子和不法商人沆瀣一气，挖完古墓盗石雕，明偷暗抢，野外乃至室内的各类石雕都惨遭厄运。先是前街后山明代光禄寺少卿蔡献臣墓前两根六角形石柱上的坐狮不翼而飞。不久，县级文保单位凤山石塔的镂空魁星像和石佛坐像被盗。顶溪头褒扬靖海侯施琅将军的"绩光铜柱"石坊镂空圣匾一夜之间不见踪影，后来有人从台湾电视节目上看到这件文物已在台湾。莲花铜钵岩三尊宋代开禧年间的露天石佛是我独自普查时发现的（当天林天水同志有事在家），后来被列为县级文物保护单位。当地村民集资修庙，还安门上锁，可一夜之间，三尊石佛造像被人扛走。梵天寺大轮山山门两只雕刻精美的清代石狮[1]被人运走；不久，山门后护门的关圣和韦陀两尊石雕神像被盗走。后烧陈沧江墓先是两只石虎被窃，后来石马也被盗走一匹。

经过调查，发现被盗走的室外石雕远不止这些，还有松田明代石翁仲（2件）、过溪明代刘静轩墓道坊石狮（2件）、澳溪石佛洞明代石佛（2件）、董水明代蔡贵易（浙江按察使）墓前石马和石羊（共4件）、北山岩清代带龟趺石碑、禾山刘塘清代仪封知县陈观泰墓道碑、马巷后滨李氏祠堂门口石狮（2件）、汀溪西源集福堂清代敬字亭（崇文亭）、五显后溪明代陈甫烈墓前石马（1件）、四林庄上清代康熙年间曾巡视南海"三沙"的吴陞提督墓碑亭的蟠龙石柱……更有甚者，盗窃分子内外勾结，以木麻黄替换石柱，将五显行宫的4根清代蟠龙石柱窃走。再后来，他们连石脚桶、石碓臼、石蔗砣、石磨砣等生产、生活用具也不放过。回首往事，许多人才更深地体会到当年征集者的良苦用心，不禁感慨："当时要是连那些被盗的石雕也征回来就好了！"殊不知，那些被盗石雕碑刻是建筑附属物，其主体建筑有的原地保存，有的已公布为文物保护单位，当初为了保持整体建筑的完整性，我们才没有搬走那些可以移动的文物，结果反而给不法分子以可乘之机。后来我们采取"以仿换真"的办法，如朱熹书题的"同民安"坊匾额，我叫人用仿制品将朱熹的墨宝替换回来收藏。通过这种"亡羊补牢"的方法，尽量减少文物的流失。

对于盗窃分子的犯罪行为，文物、公安、工商等部门都曾采取措施，但当时防护设施薄弱，收效甚微。厚学法师及莲花云洋、洪塘三忠宫等村民甚至悬赏寻找被窃的石雕文物。可谈何容易！文物是不能再生产的，丢失一件就是一件。有的群众这时才开始感到懊悔。当初文物部门要征集，他们以

---

[1] 原在旧县衙内，在林基泉支持下移至山门。

"风水"为由，万般阻挠，而今文物被窃，何处寻觅？

文物是研究历史的第一手资料。这些散布于同安地区，历代留传下来的"石头"，其历史有的达上千年，不论是记述诏敕、德政、水利、桥渡、寺庙、货币、物产等内容的碑刻，还是在祠堂、庙宇、墓葬、桥梁等处栩栩如生的石雕，都具有历史、艺术和科学的价值，是研究本地区历史、经济、政治、文化和两岸血缘的重要实物资料，也是向人民群众，特别是青少年进行爱国主义、历史唯物主义和革命传统教育的生动地方教材。"文物无价宝"，孔庙这400多件"石头"究竟能值多少钱，就让它们同当年费尽心血征集它们的人们一起，由历史去评说吧！

修复铜鱼池始末

　　1996年1月同安县政协八届三次会议和1999年1月9日同安区政协九届一次会议期间，我以政协委员的身份两次提交《疏浚铜鱼池，重建铜鱼亭》的提案。提案转交文化部门办理，结果是"自己提，自己答"，终因时机尚未成熟而被束之高阁。1999年12月16日，我在《厦门日报》发表《"铜鱼"迎水盼有日》一文，企图透过媒体帮忙推动。事有凑巧，一个星期后（即12月24日），中国民主同盟盟员刘自力先生来我家，原本是找我商议将北辰山闽王王审知衣冠墓列为文物保护单位议案的意见，我乘机鼓动他再提修复铜鱼池的议案。因他不谙铜鱼池的来龙去脉，我便介绍他查找12月16日《厦门日报》的文章。12月19日《金门日报》也发表了我的《铜鱼迎水盼有日》的文章并配王永钦先生1963年所画铜鱼亭的图片，这样"铜鱼"之事便在两门（即厦门、金门）传开。刘自力趁热打铁，把提案拿到大众剧场宿舍楼征求我的意见，我略做文字修改，他便把《关于重建铜鱼池、铜鱼亭的建议》作为2000年1月同安区政协九届二次会议的提案。由于社会关注，政协重视，该议案被政协列为当年重点提案及翌年表彰的优秀提案。"修复铜鱼池"的议题由于政协的"加热"而在社会上不断"升温"。

　　2000年1月13日，在同安区旅游规划会议上，我又重弹修复铜鱼池的老调，引起区领导和厦门市两位专家的关注。春节前，我将发表在《金门日报》的文章影印给政协主席黄贬，他交代提案文史委主任黄水团要我就此写个提案。我说刘自力已有提案，就不必再重复了。3月23日下午，在建设局五楼会议室召开修复铜鱼池座谈会，由建设局副局长苏法胜主持，政协黄水团、文管办洪文章、旅游局余建国、东洲房地产开发公司小蒋、铜鱼馆居民代表陈根炳等人出席。会上分发了我发表在《厦门日报》《金门日报》关于"铜鱼池"的影印文章，我又凭三寸不烂之舌推销"铜鱼"。我再次发声，同安古城墙于1926年被拆去修马路，"银锭"已面目全非，"银城"也只能从康熙版《大同志》看到它的形状；而作为宋代命名"铜鱼城"的"铜鱼"实物，有幸深埋地下，这是千年古县文明的象征，应该尽快让它重见天日，借此彰显同安深厚的人文底蕴，还可以提高现代城市的文化品位。在座财政局一位姓李的科长，对我的发言"抱柴添火"。他说，像我这样的老同志，对这种公益事业如此执着负责，实在令人敬佩。政协黄水团也在会上通报了把修复铜鱼池列为重点提案的过程，同时也提到，修复铜鱼池是个机遇，现在不做，将来会后悔。最后苏法胜同意"先清理"的步骤。

5月27日，建设局动用挖掘机在铜鱼池遗址上破土挖掘"铜鱼"。在表层挖出清康熙五十二年县令朱奇珍所撰"铜鱼碑"的一块残碑[1]，当天上午在四米深的烂泥中挖出一尾"铜鱼"；直到30日上午，三尾"铜鱼"和一颗石珠全部挖出，至此我才松了一口气。因为之前我也没有见过"铜鱼"，从前的宣传或口头互传全凭文献资料，也难免让人置疑。在"铜鱼"出土的那几天，出现了"满城争看古铜鱼"的人潮。乡下农民看了电视，以为城里挖到了铜铸的大鱼，也呼朋引友跑来看个究竟。时任政协主席黄贬、副主席李石根、办公室主任郭应元等也到现场视察。郭应元请我写篇报道，第二天便在《同安政协》第十期简讯发出，当天下午发给参加政协、文化、建设、

---

[1] 原碑于"文化大革命"中被凿成四段埋入地下，1999年3月16日已出土一块50字碑文的残件。

旅游部门联席会议的人员。据同安第一中学林丽娜老师反映，她以前对政协分发的材料看得不多，而这期简讯她看了两遍，还推介给她的先生和女儿，说明政协委员对政协所办的事情格外关心。

6月6日下午，时任同安区人大常委会主任陈再文、副主任郭友民，区委常委、宣传部部长吕金山等领导也到铜鱼池现场视察。过了一周，人大科教文卫侨务工作委员会主任陈锦生打电话找我，主要是了解铜鱼池的历史沿革，准备提出议案交给政府办理。6月28日区十三届人大常委会第十四次会议，通过了《关于修复和保护铜鱼池的决议》，认为铜鱼池是同安不可多得的自然遗产，提出了五条保护决议（包括将铜鱼池列为文物保护单位），修复铜鱼池终被列入政府的议事日程。月底，区政府召开修复铜鱼池联席会议，朱再兴主持会议并传达杨金兴区长"大文物大保护，小文物小保护，非文物不保护"的意见，最后同意第二个修复方案的规模和范围。第二天由杨区长决定将修复铜鱼池的任务交给建设局。同年9月14日在建设局会议室召开铜鱼亭平面图纸设计评审会议，图纸把铜鱼池设计为多边形的自然实体。我在会上提出，铜鱼池原为长21米、宽9米的长方形，为了弥补"银城"的缺失，增加古城的文化内涵，应该把铜鱼池设计成"银锭形"。这个建议得到与会的王松、黄水团、翁永和、叶晓东、陈文忠、李红（工程师）等人的支持，以后果然把铜鱼池的蓝图制作成银锭形的沙盘。

修复铜鱼池一事也牵动了海峡彼岸的台胞。在12月2日第四届世界同安联谊大会开幕式上，台北市同安县同乡会理事长童祖文乡亲深情说道："最近区政府及有关部门着手清理铜鱼池、修复铜鱼亭，使铜鱼石这一历史文物古迹重见天日，让人欢欣鼓舞。本人世居铜鱼馆，对于铜鱼出土，感念甚深。"可见彼岸的同安乡亲，对故乡的"铜鱼"有着深厚的感情。后来由于种种原因，修复铜鱼池工程未能如期实施，甚至还有填池造路的动议。为了安全起见，建设局于2001年5月26日在深挖的铜鱼池四周砌起围墙。这样，"热闹"一年的"铜鱼"又沉寂了七个年头。

修复后的铜鱼池

2008年是新一届区委、区政府实施"旅游基础设施建设年",梵天广场、孔庙整治、金光湖道路、北辰山山门等一批民心工程先后上马,改造铜鱼池也是其中的一项。9月1日上午,建设局苏树山、彭天宇到古庄新城找我,征求铜鱼池规划图墙壁两幅高2.8米、宽8.6米雕刻内容的意见。我建议一幅雕刻嘉庆三年(1798)版同安县境图,一幅雕刻明代金门琼林人蔡献臣(光禄寺少卿)"游铜鱼亭诗"。理由是:清代同安地形图可以让人了解同安县原来管辖的范围(包括现在的金门县、厦门岛、集美、海沧部分、翔安、龙海角尾等地),方便台胞、侨胞寻根问祖;蔡献臣的诗咏,不但再现386年前铜鱼池的旖旎风光,又通过直观实物,联结"无金不成铜"的乡情。经过核对蔡氏《清白堂稿》原作,这首诗的内容是:

> 神鱼迎水跃,天马护亭斜。
> 奇迹何年隐,胜游今日夸。
> 午风催急雨,夜月坐平沙。[1]
> 隔堞堪呼取,如渑不用赊。

后来他们采纳了我的建议,由本地书法名人严宗珍书写。同年10月22日,修复铜鱼池的工程正式兴工,阅三月而竣事,千年古铜鱼终于又能与广大市民游客见面了。

---

[1] 民国版《同安县志》卷八作"夜半月平沙"。

附：重修铜鱼池碑记

银城东西双溪汇处，溪浒三石形若鱼而色如铜，随波浮沉，似鱼戏水，朱熹首仕同安县主簿时号曰"铜鱼"，并留"铜鱼水深，朱紫成林"谶语。于是同安县城除称"银城"，又有"铜鱼城"别名；铜鱼门、铜鱼桥、铜鱼馆也皆以"铜鱼"冠称，金门与同安"无金不成铜"俚语亦缘此流传，古代官绅甚至视铜鱼显晦以卜科第盛衰。明万历四十年同安县令李春开疏石浚池盖亭，亭名"观化"，寓意朱子过化。清代知县杨芳声、朱奇珍、唐孝本、邹召南、吴堂暨邑士高以彰、叶廷梅等先后清池修亭。殆及"文化大革命"填池废亭，铜鱼埋没，仅存遗址残碑，过者无不唏嘘。

改革开放，"春风古邑铜鱼馆"。政府重视文物史迹，政协委员、人大代表、社会贤达多次呼吁修复千年古县人文胜迹。二〇〇〇年五月清出铜鱼、石珠；二〇〇六年"铜鱼池遗址"列入同安区文物保护单位；二〇〇八年阳历十月二十二日启开铜鱼池改造工程，越年元月二十日蒇事。景区范围占地面积四千四百平方米，项目包括整修铜鱼池、重建观化亭以及围栏雕塑、通水入池、绿化夜景等。工程由厦门路桥景观艺术公司设计，福建鑫泰建设集团公司实施蓝图，同安区建设发展有限公司总役其事。

千年古迹，盛世重光。神鱼潜跃，石珠吐艳，古今文明交相辉映。政府丰功，黎民咸颂，邑人颜立水承请概记始末，泐诸珉石，以垂永远云尔。（碑为辉绿岩质，高1.61米，宽0.80米，弧首，楷书）

同安区建设局立
公元二〇〇九年岁次己丑端月日谷旦

"翔安区"命名之始末

厦门市同安区（1997年5月1日撤县设区）现有的土地面积1078.55平方千米，占全厦门市土地面积的64%；而全区56万人口也占了全市人口的46%。因此，同安划分为两个行政区域是迟早的事，只是厦门发展海湾型的城市建设把这一课题提前摆到议事日程罢了。

同安设置的新区在同安的"东半县"，范围包括现在的大嶝、新店、马巷、内厝、新圩五个镇和大帽山农场，土地面积约370平方千米，人口约27万。这个区域基本上是马巷厅的辖地（金门除外）。清乾隆四十年（1775），同安县东界翔风、民安、同禾三里五十八保并原管十保共六十八保设置泉州府马巷厅（即泉州分府），金门通判同时移驻马家巷，"一切刊名钱谷事件，即归通判管理"[1]。当时厅辖的地域包括现在的金门县，大嶝（包括小嶝、角屿）、新店、内厝、马巷四个镇以及新圩的桂林，庄垵两个村委会。因此，同安东部新设的政区实际上是历史上马巷厅的延续，更是当今厦门经济特区发展的需要。

正如新生的婴儿需要取名一样，新区设置也要"号名"，这是人所共

---

[1] 出自光绪版《马巷厅志》卷一。

知的常识。古代的《周礼》一书记载："惟王建国，辨方正位，礼国经野，设官分职，以民为权。"说是一个国家，先要确定地理位置，划定国与野区域，方可设官治民。国家如此，地区也不例外，由此可以看出地名的重要性和必要性。

地名是特定方位和范围内地理实体的语言文字代号，我国的地名始于黄帝时期，发展于夏禹划分九州之时。"同安"之名始于西晋太康三年（282），"大同场"迄今1200年，"金门"之名至今也有615年历史，由此看出地名有其独特的社会性、区域性、继承性和排他性等属性，也说明给一个新的政区起名非要集思广益，认真推敲不可。同安东部新区的命名，说来也是颇费曲折。

小盈岭"同民安"关隘

2003年1月28日，主管地名工作的厦门市民政局召开部分专家学者会议，专题讨论同安东部新区的名称问题，出席会议有厦门市文化局彭一万、厦门市地方志办公室洪卜仁、厦门市地名学研究会方文图、厦门市图书馆江林宣、同安县地名委员会办公室吴斗兴等老先生以及厦门市规划局、民政局部分领导和地名办工作人员。这次会上，我首先提出以"翔风"作为新区的名称，理由是同安县于北宋熙宁间立都图时，设三乡领三十三里，后来并为十一里，其中都有"翔风里"，而且相当稳定，其范围涵盖今天的金门县、大嶝镇、新店镇和马巷镇的城场、郑坂等地,而且新区政府所在地也拟设在新店镇的南侧。此外,这个古老的名称至今仍有"乘风翱翔"的寓意,恰似新区建设插上"腾飞"的翅膀。这是个吉祥的地名,就连对面的金门乡亲也是耳熟能详,于是大家一致赞同用"翔风区"名称上报。不久,厦门市人民政府开会讨论,有人提出闽南话的"翔风"与"伤风"音近,为避免口传误解,建议再拟几个名称上报。2月27日,我们这些人又聚集一堂,冥思苦想,大家都不愿意放弃"翔"字,最后集中提出"翔风""翔安"[1]、"翔盈"[2]三个建议名称。厦门市民政局工作过细,召集新区"五镇一场"的人大代表、政协委员充分讨论,最后把这三个名称公开投票了解民意。当时赞成用"马巷"的人居多,且又提出"鹭东"(意在厦门东部)、"新马"(即新店与马巷各取首字)等名称,新区的命名虽陷入胶着,但体现了地名工作的透明度和广泛性。

"马巷"地名由来已久,许多民众对他情有独钟可以理解。问题是,新区政府所在地不在马巷(清代厅署设在马巷),如果以"马巷"作为新区的名称,则不符合国家地名管理的规定。情急之下,市民政局又于3月24日邀集我们开会。依据国家地名管理的有关规定,结合该区域的人文背景和民众心理,让每个人写出三个名称,然后"择优录取"呈报。最后选送三个名称依序是:翔安、鸿翔[3]、洪钟[4]。这三个名称又拿到五镇一场的八十多名代表中进行公投,结果坚持使用"马巷"名称的票数仍占上风,还好"翔安"仅在其次。3月27日,厦门市民政局林秀华来电告知,厦门市人民代表大会常务委员会采取"民主集中"的办法,当天上午一致通过用"翔安"之名作为同安东部新区的名称。至此新区的命名暂告一个段落。如果没有什么意

---

[1] 即"翔风里"与"民安里"各取一字。
[2] "盈"即同安与南安交界的"小盈岭",即朱熹于此造"同民安"坊;闽南话又有"常赢"的意思。
[3] 即同安东部名山"鸿渐山"和"翔风里"各取首字。
[4] 1955年曾在新店设立洪钟区。

外，这个名称应该也会得到上方的认可。

"翔安"这个名称，就字面上看，可作"吉祥平安""腾翔安康"等多种解释，两个平声字用闽南话也朗朗上口，更主要它有着当地深厚的历史文化底蕴。"翔安"是"翔风里"的首字，"安"字含义更多，它除了"南安""惠安""诏安""永安""福安""安溪"等古县名有着"安定""平安"的寓意之外，还因现在的马巷、内厝两镇的大部分地域原属"民安里"，所以"翔安"实际上又是古代两个里名的组合，而"民安里"又含有朱熹修建并手书"同民安"的文化内容。

同安东部"翔安"新区的设置是"天时、地利、人和"的必然，是凭海湾之优势，借鸿渐之云气钟毓的热土，她将成为厦、金、泉海岸线上一颗耀眼的明珠。

癸未年杏月天和节于铜鱼城

我凭族谱帮侨台乡亲寻根

当代著名学者季羡林认为"治中国历史而不注意姓氏的研究是根本不行的",西汉史学家司马迁措辞更严厉,"人不知祖,与禽兽何异焉",而族谱不仅是研究姓氏文化重要的工具书,还是族人寻根、知祖最直接、最真实的凭据。20世纪80年代改革开放初期,许多海外侨胞、台湾同胞纷纷回祖籍地"找祖公,找佛公",而族谱正好为他们寻根谒祖发挥了桥梁和纽带的作用。我在这股"寻根"热潮中帮助不少人圆了寻亲梦,感触良多,虽时过境迁,但记忆犹存,"留此存档"。

菲律宾前总统科拉松·阿基诺夫人的寻根颇费周折。1985年9月,菲律宾许氏宗亲总会理事长许经习致函同安侨联,请求协查阿基诺夫人祖先的历史谱系。菲方没有提供多少具体的谱牒资料,他们只是从阿基诺夫人家乡小镇其曾祖父的纪念碑上得知她的祖籍地在同安鸿渐村。因为该纪念碑上镌写"同邑鸿渐皇清显考十九世尚志许公封碑"。而1957年以前同安县有两处鸿渐,即东鸿渐和西鸿渐,而且都是许氏聚居地。因此,开始时有些人跑到东鸿渐查访,但没有找到确凿的线索。后来从地方志书查到同安还有西鸿渐，即泉州府同安县积善里白崑保鸿渐尾[1]。1986年4月18日，我专程到鸿渐尾村访阿基诺夫人的堂叔许源兴和他的妻子郭玉蕊，了解到许源兴的父亲许团礼小时随祖父许瑞益[2]到菲律宾学习榨糖的经历，证实了阿基诺夫人的"根"确在"同邑鸿渐"。4月25日，《泉州晚报》发表拙作《访科拉松总统祖籍地》，阿基诺夫人的"根"更是家喻户晓了。1988年4月15日，阿基诺夫人访华时特地到鸿渐尾许氏宗祠谒祖行香，在群众大会上她声称"从某种意义上来说，我也是鸿渐村的女儿"。总统了却一桩夙愿，也为中菲友好关系谱写了一曲新的篇章。

我向柯宗元先生赠送儿童画作

菲律宾总统是委托当地宗亲会寻根，新加坡总理李光耀的夫人柯玉珠则是交代胞侄寻根。1993年2月20日，李夫人的内侄、新加坡国家博物院院长柯宗元来泉州联系筹办"海上丝绸之路展览"事宜，顺便提请泉州人士帮他寻根。泉州闽台关系史博物馆馆长黄炳元是我的老朋友，他要求我帮忙查找。我根据同安行政区域古今地名资料，明确告诉他查找的地址，因为他提供的资料虽然简单但比较明确。他提供的《柯氏家谱系》写道："溯我柯氏祖宗，原籍中国福建省泉州府同安县十八都龙门保积善理鼎美乡后柯社兴理公派下。始祖庆文公本住泉州塘市，及四世国材公开基后柯社，又至二十四

---

[1] 1957年划属龙溪县，现属龙海区角美镇。
[2] 即阿基诺夫人曾祖父许尚志的哥哥。

世祖振文讳其厘，二十五世祖纯怡公讳开逸，父子出外经商南洋爪哇岛，地方名三宝垄，遂寓于此，以传子孙。"族谱中记载的"鼎美乡后柯社"已于1957年自同安县划归厦门市郊区，现属厦门市海沧区东孚镇。柯先生出示的资料与后柯社保存的《庄江柯氏族谱》（乾隆三十六年重修）完全吻合，就连十九至二十四世的辈序"昭兹来许绳其"也完全相同。2月12日下午，我带柯宗元先生等新加坡客人到后柯村纪念宋代乡贤柯国林的"一经堂"谒祖，柯先生终于完成了姑母交与的一桩"使命"。

"两岸同胞是打断骨头连着筋的同胞兄弟，是血浓于水的一家人"。闽台各地的姓氏谱牒是这一重要论述的注脚。根据台湾高雄路竹乡王氏族谱记载，他们的祖籍地是"福建省泉州府同安县积善里白崐阳保白礁乡上巷祠堂边"，开台祖王文医于明末随郑成功"忠贞军"入台，卜居路竹乡甲南村。我经认真核实两地王氏族谱、清嘉庆版《同安县境图》、白礁乡王氏祠堂[1]，向他们提供信息，两地王氏认亲后，台湾王氏宗亲组团参加2005年11月在同安举办的世界同安联谊会并到北辰山拜谒他们的"老祖"开闽王王审知。

凭借族谱寻根也并非易事，由于朝代更迭、区域变化、地名消失、族人外迁、谐音转化等原因，按照原始谱牒资料寻根也有许多曲折。

一、要有甘当寻根使者的奉献精神

帮人寻根是件分外事，说句文雅的话是"为他人做嫁衣裳"。因为许多人素不相识，有的是通过电话或别人转述，只提供了一个简单甚至模糊的地址。在这种情况下，如果是"一声不知，百项无代（没事）"自然可以省掉诸多麻烦事，可对一位有社会责任心的人来说总是放心不下。台胞回祖国大陆寻根，说明他们认祖归宗的向心力。这条"根"我们不做，年老的日渐衰

---

[1] 即受飨堂，内点金石刻有"创业本在同安，振乌巷长享千秋"楹联。

亡，年轻的就可能有朝一日把"闽南话"认作"台湾话"了。1999年6月，金门爱心基金会董事长许金龙先生受贤厝卢姓乡亲委托，来电请我帮忙查访现在同安卢氏聚居村落的情况。我三次骑自行车到县西古庄查阅《西庄卢氏族谱》，得知卢氏开基祖卢邹（唐代侍御中丞）于乾符元年（875）游宦入闽，先居同安瓮内，后迁卢岭（今属汀溪镇），至十四世卢宗发于元末避乱举家迁往浯岛（金门），是为卢氏迁浯始祖，两地族谱所载十六至二十八世的昭穆也完全相同。3月8日和9日，《金门日报》发表拙文《卢若腾与卢戆章》，据许金龙先生回复，文中提供的谱牒与金门吻合，五年后的2004年3月，他们终于组团到同安古庄祭祖。这些寻根工作非常琐碎，没有用心、留心、细心、恒心是做不来的。2014年9月5日，厦门市姓氏源流研究会陈淑娥会长，发来一条信息，说台湾后埔村有一黄姓朋友请求帮忙寻根，依据族谱记载，他们的祖先黄紫成于明崇祯二年（1629）自同安十一都天马山下迁居台湾。但"天马山下"周遭有许多乡村，一时难以确认，我查找了同安一道士提供的"同安县里都保村地名"材料以及《同安文史资料·姓氏专辑》，发现天马山麓十一都洪塘头村村民多为金柄分支的黄姓，终使这位台胞寻根有了满意的结果。

二、要有丰富的地方文史知识

族谱因历代辗转传抄，难免会有鲁鱼亥豕之讹。由于行政区域的变化，许多地名也不断演变。因此，甘当寻根使者的人士除了学习姓氏文化基本知识外，还要对地方上的人文、历史、地名、方言、俚语、掌故、物产、风俗等都要有一定的了解和掌握。1987年4月，加拿大德哈伟蓝飞机公司业务部区域处长郭正治先生到厦门航空公司洽谈业务，也趁机给自己找"根"。根据族谱记载，他的祖籍在同安，出生在台湾，后来移居加拿大，同安的祖籍地是同安县仁德里十二都姜瑞乡。当时厦门航空公司办公室王颐先生托人找我帮忙，我查阅《同安县志》和《同安县地名志》，都没有找到"姜瑞乡"。但在民国版《同安县志》卷五找到仁德里有处郭厝埭，我推测这个冠姓埭名可能附近有郭姓住家。经过查询，我得知现在厦门市集美区后溪镇的西井与下梧之间有一座"姜屿山"，附近前进村的郭仔头自然村原来就叫郭厝埭。郭先生获此消息后，再次来到厦门时迳直到郭仔头认祖，刚到故居抬头便看到大门上的"汾阳堂"石匾，这也正是他要寻找的"根"。台中有位陈先生，其开台始祖陈六合，祖籍是"泉州府同安县舍仁宫山仔脚边"。全县的宫庙普查没有"舍仁宫"，后来访问新圩道士石贤尊，方知现在的"少年宫"是原来"舍仁宫"的谐音。而"山仔脚边"现在已经是废乡，原来的陈姓住户已迁入缉熙亭村（今属五显镇），陈先生的寻根也算有了下落。

台湾高雄路竹乡王氏族人到同安寻根并参加世界同安联谊会

2013年5月21日，台北新庄陈永正先生随台北广照宫进香团到苏营皇渡庵进香，托我帮他寻根，其族谱记载的祖籍地址是福建省泉州府同安县仁德里十二都盛盟乡佃屿堡溪南社中甲厝。地址倒是详细，可能是传抄有误，"明盛乡"写成"盛盟乡"，"田屿溪保"写成"佃屿堡溪"。经查，陈先生的祖籍地今为集美区灌口镇李林村委会溪南自然村。只有熟悉行政区域旧有的名称，方能准确为人排忧解难。还有台湾彰化埔盐乡大有村竹头角一位陈姓同胞，族谱记载他们的祖先来自"福建省泉州府同安县仁德里十三都逍治保荸溪内东岭社"。其中"萧地保"写成"逍治保"、"苎溪内"写成"荸溪内",只有掌握古地名又懂得闽南话,才能辨出由于方言谐音写成的错别字。又有一位海外侨胞要找"泉州府同安县官津头社四十五都"的祖地,我以为信息有误,因为古同安西界最多是二十四都(在嘉禾里),没有四十五都,早时书写"四五"中间不加顿号,应该是从顺里四都、五都的官浔保官浔社。最后落实果真如此,这位侨胞寻根之情如愿以偿。

族谱是中国宗法血缘文化的产物,也是所有炎黄子孙追根念祖的凭据。1976年美国作家阿历克斯·哈里写了一部书叫《根》,引起世界的"寻根热"。据说美国有些家庭特地花钱请人撰写家谱。两岸开放往来以后,闽台谱牒交流日益频繁,甚至出现许多诸如数典寻源、同修宗谱、崇宗报本、共建宗祠的现象。通过族谱对接,可以增强侨胞、台胞对中华优秀传统文化的认同,促进两岸同胞心灵契合,拉近两岸民众"越走越近,越走越亲"的距离,为"推动两岸关系和平发展,推进祖国统一大业做出贡献"!

四十年前拍摄"定光"石佛像

1983年11月1日,我到莲花公社普查文物,白天跋山涉水,晚上住宿公社所在地(即垵柄叶定国修建的"同"字厝)。有天晚上,我从垵柄踩自行车沿溪岸拖拉机路、过栋佐桥到窑市坝里向一位老人采访"莲峰坝"(明代金门籍广东按察司副使陈基虞创筑)的遗址。夜谈中,这位老人告诉我,云洋铜钵岩有"石佛公",旁边还有"鬼仔洞",去那里要口衔草枝,不能说话。当晚回到住地,路上虽有月色,但秋风飒飒,刮得甘蔗园呼呼作响,我心里不免有些毛毛的。

11月2日清晨,我又自己一个人(同伴林天水有事回县城)骑车沿路打听来到铜钵岩山下,经牧童指点,登羊肠小道上了铜钵岩。乍一看,满目疮痍,顿觉酸心。因"破四旧",庙宇屋顶被掀,只剩残垣断壁。二进佛座上果真有三尊"石佛公",听说原来也被弃置庙外,观音佛像的头还被砸断,后来还是被善信请回庙里。但宫庙没有屋顶,大门和边门也没有门板,大嶝一位来花厝"挖珍珠"的信女特地带来三顶"海脚笠"(篾斗笠),分别戴在三尊佛像头上,使得佛像免遭日晒雨淋。

我粗略观察了佛像的造型、纹饰(其中观音造像为青斗石质),记录了三尊佛像的尺寸,用海鸥牌120黑白相机拍摄了这张照片(因没有屋顶,室

1983 年普查石佛像

铜钵岩石佛像

内自然光线充足），就来到了宫庙左边的山洞（即所谓"鬼仔洞"）。这石洞高 2.7 米、宽 3.5 米、深 7.5 米，传说可以通到安溪清水岩。当天周边没有人，我入洞后确有阴森的感觉。洞中只有一碣斜躺地上的石碑，我一看碑上的铭文，脱口惊叫，原来这是宋代的文物！这一松口，竟让衔在嘴巴的草枝掉到地上。经测量，这方长方形倭角青斗石碑刻高 98cm（含莲瓣纹底座）、宽 35cm，直镌楷书 8 行 70 字，自右至左连读为"弟子毛士作同妻陈五娘舍钱钻造 / 观音菩萨 / 定光菩萨 / 昭应菩萨及补陀山镇于铜钵 / 仰叶愿符心地世籍福田者 / 宋开禧岁次乙丑（1205）七月日立 / 都劝毛士及 / 住岩僧祖成石匠陈聚"。据专家考证，这方石刻迄今仍是厦门发现年代最早的佛教纪年文物。

从铜钵岩下山，已过晌午，我又渴又饥。山下一位放牛的小孩用一个铝锅烧地瓜汤，我向他讨了一碗地瓜汤，他说"要吃地瓜也可以"。今天我发现了宋代文物，又吃了牧童两块地瓜，也算是"满载而归"了。

1984年铜钵岩佛像被同安县人民政府列入第二批文物保护单位，但因当时对"定光"菩萨的身世不甚了解，没有引起官方和民间足够的重视。随着两岸宗教文化交流日益频繁，我们也才知道，定光菩萨史有其人，是五代同安一名高僧。据宋开庆元年（1259）《临汀志》记载，定光菩萨俗姓郑，法号自严（又作自岩，934—1015），福建泉州同安县人，父亲曾任同安县令。他11岁出家，皈依本境建兴寺契缘法师席下，乾德二年（964）结庵汀州武平见南岩（今武平岩前狮岩）。圆寂后，朝廷赐其"定应"禅师谥号，后又加封"定光圆应"，成为闽粤台客家共仰的保护神[1]。

1991年底，铜钵岩三尊宋代石佛像先后被不法分子盗走，至今下落不明，而我30年前拍摄的这张照片，也成了两岸"定光古佛"最早神像的见证。2013年6月，法国皮诺家族将原北京圆明园大水法十二生肖喷泉物件的鼠首和兔首归还给中国博物馆。铜钵岩宋代石佛应该还在境内，我希望收藏者能将定光古佛等三尊佛像送回铜钵岩，则千秋功德，福泽绵绵。

---

[1] 台北淡水鄞山寺供奉定光菩萨。

我与芦山堂的缘分

同安县城西北葫芦山下的苏颂故居芦山堂,是闽台"芦山"苏氏大宗祠、福建省文物保护单位、厦门市涉台文物古迹。三十八年前,这座名人故居发生了一场关系到建筑物存亡的风波。

我于1970年到同安县文化馆工作,主编《同安文艺》。1980年5月,我在《同安文艺》第四期编印了一栏"乡土知识",其中"同安主要历史人物简介"只有介绍苏颂、林希元、陈化成三位历史名人。介绍苏颂的文字不到两百字,其中引用《同安县志》的资料,记述苏颂"宅在县城葫芦山下",后面括号加注"即现在城关中心小学"。一天上午,居住在芦山堂前落左侧(以木板隔成房间)的城关小学老师李志德拿张这期的《同安文艺》急急忙忙来告诉我,说是教育部门把芦山堂的后落(即苏颂专祠)拆了建教学楼,而我偏在这时候宣传苏颂的住宅,这下可要"衰瘠"(倒霉)了。之前我并不知道这件事,跑到芦山堂一看,发现第三进房子被拆了,旧木料堆在一旁,地基也挖好了。此时同安苏氏宗亲以芦山堂是苏颂故居名义向厦门市文物管理委员会递上申请保护报告。当时官方和民间争议的焦点是:苏颂是不是同安人?如果苏颂不是同安人,就不存在"住宅"问题,拆房子也就有理了。那时社会上的干部群众(包括鄙人)对苏颂这位伟人知之甚少,正如朱熹当年到同安任主簿时，"以公（指苏颂）所为问县人，虽其族家子不能言"[1]，有的说苏颂是"苏州人"，还有人说苏颂是中华人民共和国成立前出国的华侨。在县委扩大会议上，我因那篇小文章被通报"配合姓苏的搞封建宗族活动"，这件事是会后我村大队党支部书记告诉我的。不少人对苏颂之事是"王顾左右而言他"，即便是正直的文化人，也怪我不该写"即现在城关中心小学"这句话。为了让我避开这场是非之争，组织上安排我到莲花公社乡下搞"小秋收"。1986年，苏颂故居争论暂且搁置，但人们对苏颂的认识仍不清晰。有次管成学教授到同安讲解《宋代科学家苏颂》，只能借用同安一中的食堂讲课，政府部门也仅有调研员陈仲党、科委主任庄添全、方志办主任洪辉星和我前往听讲。

随着改革开放深入发展、文化领域拨乱反正，"苏颂是同安人"也终于落锤。1987年同安县新一届人民政府把修复芦山堂列入领导议事日程。同年9月22日，同安县人民政府发出《关于修复芦山堂和开展苏颂纪念活动有关问题的通知》；12月14日又发出《关于成立芦山堂维修小组的通知》，阴差阳错，我被任命为维修小组组长。1988年2月14日，在芦山堂第三进平地上举行"苏颂故居芦山堂修复开工典礼"，"苏颂故居芦山堂"首次在社会上亮相，时任同安县委书记蔡景祥、人大常委会主任黄水珍、县长刘水在及苏氏宗亲代表参加动工典礼。修复工程由同安老建筑师杨庠水承建，新加坡苏氏宗亲募集的18万元人民币由文化局代管（取款要有苏金声的印章）。修复的项目主要是重建第三进的苏颂专祠，第一、二进及双边护厝按"修旧如旧"的原则进行修缮。当时双边护厝学生还在上课，经过副县长林友才与党校副校长张良资、小学校长叶朝平等人的协商，党校借了一间教室解决学校两个班级的上课问题，得以腾出维修空间。由于要赶在年底举办纪念苏颂首创水运仪象台九百周年活动前完工，所以工程时间很紧，我几乎每天都要到现场检查工程进展情况（尤其是雨季，怕雨水灌墙），有的人

---

[1]吴锡璜.同安县志（民国版）[M].北京：方志出版社，2007：758.

还以为我自己在修房子。1988年11月上旬，芦山堂的复建、维修工程基本竣工，苏颂的塑像、时任复旦大学副校长苏步青书题的"苏氏大宗"和"芦山堂"两碣匾额（我在上海用闽南语通过电话请他书写）等装饰工作也都就绪。

芦山堂修复落成剪彩仪式

1988年11月19日下午，在芦山堂门埕举行芦山堂修复落成剪彩仪式，与会的各级领导和专家学者，新加坡、菲律宾、香港等国（境）外苏氏宗亲及国内十七个县市苏氏宗亲代表近千人参加剪彩仪式。仪式由时任同安文化局局长、芦山堂维修小组组长、同安县纪念苏颂筹备委员会办公室副主任颜立水主持。中国科协书记处书记陈泓、厦门市副市长蔡望怀、中国科学院学部委员蔡启瑞、新加坡苏氏公会名誉主席苏金声、同安县人民政府县长刘水在为芦山堂修复落成剪彩。他们五人开启芦山堂大门后，又到重建的后进苏颂专祠瞻仰苏颂塑像，同安县人民政府县长刘水在和永春县人民政府原县长苏中亚为苏颂揭像。从此，宋代科学家、丞相苏颂及芦山堂揭开了崭新的一页。

"三十八年过去，弹指一挥间"。如今在各级政府的关心支持下，苏颂的光辉事迹得到弘扬和传承，芦山堂的主体建筑得到保护和利用，海内外苏氏宗亲会务在苏清祥会长的主持下蒸蒸日上。老朽躬逢盛事，虽有感慨，但总是万幸，是非功过，自有后人评定。

丁酉年桂月于铜鱼池畔

满门喜气

——39 年前江西被救女孩到小嶝谢恩

2014 年 4 月 27 日，原属金门县小嶝岛（今属翔安区）周金满的家，正在操办一场盛大的喜事，家中备办了迎接客人的客房、宴席、礼炮，家人、亲戚、朋友从厦门、同安等地赶来。当年同在江西服役的 48 位战友也从四面八方汇聚到这座面积仅有 0.81 平方千米的小岛，有些游客从媒体上得知这一消息，也特别安排到小嶝一日游。昔日"稚子学渔携短网，行人争渡凭轻舟"（宋·邱葵）的渔村，到处洋溢着喜庆的气氛。码头上横幅布条上的金字透露了一点信息：热烈欢迎江西刘红英谢恩家族一行光临英雄三岛。一个家族来到小嶝受到如此礼遇，这到底是怎样的一回事？

1975 年 5 月 10 日上午，江西省吉安县凤凰镇车头村，驻扎在凤凰镇附近的同安小嶝 23 岁的"阿兵哥"周金满跟几位战友到车头村"学雷锋做好事"。他们路过一个大池塘，忽然看到几个村民拿着竹竿、树枝、耙子往池塘打捞什么东西，这才知道是一位 5 岁的小女孩掉入池塘里了。救人如救火，周金满二话没说，脱掉上衣便一头扎进水塘里，随同的三位战友也一起下水救人。由于池塘面积大，水面都是浮萍，女孩落水的方位又不明确，他们空忙了一阵。三位战友是同安山区人，不谙水性，周金满叫他们先上岸。他从小生在海岛，"近海识水性"，入伍前还在村中救过一名掉入粪池的男童。他在水中转了四圈仍然找不到小女孩，但他不肯放弃，第五次潜入水底，张开眼睛继续寻找。"苍天不负苦心人"，女孩终于找到了，原来她的头部栽在水塘烂泥里。他把女孩托上岸，放在草地上，此时女孩的脸色苍白，肚子被水灌得鼓鼓的，连舌头也吐出来了，村民都说"外婆死了儿——没舅（救）了"。遇到这种情况，一般人都不敢救，连赶来的军医也直摇头。但周金满仍不死心，就将死马当活马医吧！他把女孩双脚提起来，放在肩膀上甩动，企图把她肚子里的水挤出来，但作用不大。他又叫村民牵来一头水牛，把女孩放在牛背上，赶着水牛不停打转，就像瓦窑工人拉着老牛踩土一样。没多久，女孩肚子里的积水和嘴巴里的泥土终于被排挤出来，但女孩没有苏醒，还是面无血色。周金满坚持对着女孩做人工呼吸。据女孩的母亲说，当时嘴对嘴吸气，女孩肚子里的米饭都被吸出来了。经过两个多小时的抢救，女孩脸上有了血色，慢慢睁开双眼，周金满抓住良机，用力往女孩屁股拍了一下，女孩终于哇地哭出声来。村上十多位跪在地上祈祷的老人目睹了这位"阿兵哥"施展"仙术"救活女孩的全过程。

这位从死亡王国被拉回来的女孩叫刘红英。光阴荏苒，39年过去，当年的小女孩如今已当了外婆。中华优秀文化传统美德是"救人一命，胜造七级浮屠""滴水之恩当涌泉相报"，39年来，刘红英及其家人通过多种渠道到处寻找当年的救命恩人，而周金满也时时挂念刘红英的成长。由于退伍、地域、交通、通讯、洪水、生计种种因素的困扰，彼此失去了联系。直到2014年4月18日，随着当年老兵组团到江西故地重游的机会，周金满戏剧性地见到了当年被救的刘红英。见到恩人格外亲，一切尽在哭声和笑声之中。刘红英一家人决定一周内赶到厦门小嶝岛周大哥家谢恩，于是就有了文章开头周家筹办接待客人的"闹热"场面。

台湾历史学家许倬云说"感激是喜"。刘红英兄弟姐妹六家三代21人专程从江西到小嶝向周金满呈上一片感激、感恩之心，这是件喜事，但勾起当年往事，又是悲喜交集，催人泪下。当他们一行刚上小嶝码头时，顿时爆竹烟花齐放，早已列队等候的周金满的48位战友齐刷刷行致敬礼。刘红英的两个女儿昌小娇和昌小赛小心翼翼抬着一碣写着"救命恩人胜似再生父母，生命再续世代不忘恩情"的红匾。刘红英遵照闽南的习俗，拎着答谢恩人的猪脚、面线、鸡蛋、红包礼品，见到救命恩人周金满时，双脚跪地，泣不成声，只听她断断续续说道：大哥，你是我的再生父母，没有你，就没有我全家！周金满赶紧将她扶起，虽说"男儿有泪不轻弹"，但此时此景，身材魁梧的周金满眼眶里也噙满了泪花，他也只说"是你命大福大"。在场的观众，无不为之动容、落泪。我想，生命诚可贵，刘红英把生命的火花带到了小嶝海岛，它和徐徐腾空的烟花交织在一起，璀璨夺目。

我与周金满（左）刘红英（中）合影

周金满救人还有后续的故事，即恩情转化成亲情，两家人成一家人。当年最早在池塘边持耙子捞人并呼喊救人的老人成了刘红英的公公。周金满首次到江西与刘红英见面时，当场认了刘红英86岁的母亲为"干妈"。刘红英有七位兄弟姐妹，周大哥成了名副其实的大哥。在周金满家，刘红英管叫周金满的妻子邱蒙时为大嫂，两个女儿直呼周金满舅舅，周金满乐得当了内外公又当了舅公。这真是：英雄嶝岛恩情重，满宅吉安喜气浓。

2014年4月28日记于铜鱼城

序文选辑

《闽台送王船》序

1997年12月6日,我在同安西柯吕厝主持了一场"王爷文化学术研讨会"。来自厦门和台湾地区的60多位专家和学者提交了30多篇论文,大家围绕"闽台送王船"这一主题进行了热烈的探讨。由于种种原因,大会论文未能结集出版。但在当时社会对"王爷"还有许多"神秘感"的背景下,此次研讨会对后来"王船文化"的研究和升华起到了投石问路、抛砖引玉的作用。

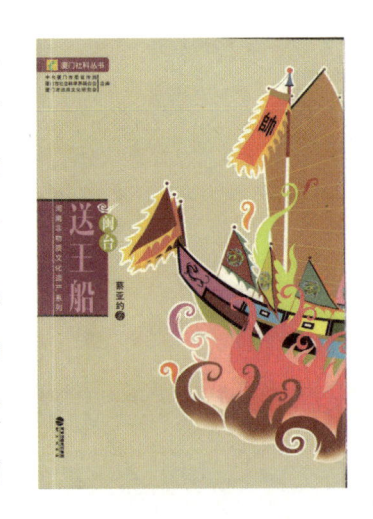

尽管直到今天学术界对"王爷"的身世尚未定论,但历史上因战乱而死人给台海民众造成的精神恐惧是长久挥之不去的阴霾。宋末两位幼帝(昰、昺)南逃,明初倭寇窜犯,明季红夷骚扰,郑成功抗清驱荷,清初"迁界",施琅定台,郑芝龙、蔡牵、朱濆、小刀会起事……这些重大的历史事件,无不与"海"与"船"息息相关,海难人数更是无从统计,就是人们渡台也是"十去六死三留一回头"。多少无辜先民葬身鱼腹,多少无祀冤魂在海面飘荡!直接受害的台海民众,在现实生活中时刻寻求肉体保护和精神慰藉。他们一方面用食物犒赏那些"海上漂客"，以祈禳灾避祸；另一方面创造（或改造）出"代天巡狩"的王爷驾船来载走这些孤魂野鬼，于是产生并形成这种区域性的"人相习，代相传"的王船信仰民俗，人民群众又根据生产、生活的需求不断延伸神灵的功能。闽台这种独特的民间信仰，是由浩瀚的海洋环境和无数历史事件交织而成的，也是人民群众（尤其是沿海渔民）敬畏和感恩海洋的一种信仰符号。

蔡亚约从事社会文化工作有年，平时留心、用心搜集民间送王船的文化资料，对送王船的历史渊源、闽台分布、传播方式等做了大量的考究工作。对厦门地区十多个乡社送王船的活动仪式，如造王船、竖灯篙、迎送王船、阵头民艺等，他也能深入实地进行翔实的调查记录。日本学者梅棹忠夫说："没有记录就没有价值。"蔡亚约先生的《闽台送王船》将这些田野资料连同吸取的闽台学者研究的新发现、新视觉，配上200多帧图片，勾勒出闽台（尤其是厦门）送王船的民俗画卷。这是一部具有草根性、可读性、思想性的王船文化专著，对保护和传承"送王船"这一国家级的非物质文化遗产保护项目无疑是一大功德。

我从事地方文化工作四十余载，个中苦辣，寸心自知。见有如此执着民俗文化的后生，欢忭之余，乃不揣谫陋，写了以上这些外行话。

是勉为序。

壬辰年十一月于三秀书屋

《宋江阵》序

"三百年前唱宋江，闽南村社梨园腔。泉州处处传高甲，水浒家家话晚窗。"这是1963年泉州王冬青（拙内胞叔）创作的《连升三级》高甲戏晋京演出时，时任北京市委书记处书记邓拓所写的一首诗。诗歌至少透露了两点信息：一是明清时期闽南地区黎民百姓唱宋江、说水浒的盛况；二是高甲戏（又称"戈甲戏"）是由"宋江仔"（或称"宋江戏"）衍化而成的一种地方剧种。

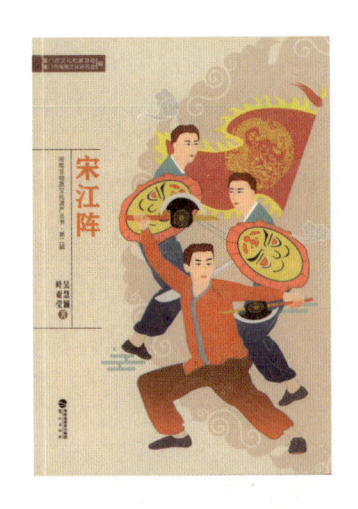

那么，流行于泉州、厦门、漳州、台湾等地区的这种文武相济、寓教于乐的宋江阵到底源于何时，由何人所创？目前虽难有定论，但其发展、成熟、兴盛之过程都与明代抗倭这一重大历史事件有关。这无论是志书记载，还是民间口传、专家论证，都可相互印证。

14世纪至16世纪，日本海盗集团（倭寇）大肆掠夺中国沿海地区，闽南受害尤烈。据道光版《厦门志》记载："泉州自洪武三年（1370）至嘉靖四十三年（1564），屡击屡犯。海滨之民，几不聊生，世庙季年，尤遭蹂蹯。经戚继光、俞大猷、张奇峰剿破,至隆庆三年(1569)倭始绝迹。"这 200 年间,闽南沿海百姓经受过"杀戮同鸡犬,川原污血腥"(明·林希元)的倭害。仅以同安(辛亥革命前同安县辖地,含今天的金门县、厦门市各区及龙海市角美镇等地)为例。据地方志书记载,自嘉靖二十年(1541)至隆庆三年(1569)的 28 年间,同安遭倭犯 11 次,其中被攻城 6 次、破城 1 次(即 1558 年除夕,至今同安尚有"正月初三忌访亲"旧俗),"焚城外居民数千家,官府传舍悉为灰烬"(明·林希元);浯洲(金门)被掠时,"始终凡五十日,村社为墟"。有侵略就有反抗,闽南一带民众纷纷修建山寨土堡,组织自卫武队,凡有警讯,一呼百应,"丈二七尺,不够再借",同杀"倭仔",保家卫国。大嶝于明嘉靖二十五年(1546)修建"跨鳌""虎头"二寨抗倭(大嶝田墘郑氏族谱)。新圩金柄武举人黄复初于嘉靖三十七年(1558)筑红架寨,募集里人,训练乡勇,配合官兵抗倭(金柄黄氏族谱)。东孚街道凤山村还有石门匾镌刻"嘉靖四十年孟秋吉日,寨长陈朝申为防倭立"的长安楼。元末明初,施耐庵创作的《水浒传》已在民间流传,百姓借水浒英雄好汉"替天行道,除暴安良"的精神气概,以"百寨俱兴,每乡各有一寨"(《长泰岩溪谢氏族谱》)为阵地,组织村民,操拳练武,齐心抗敌。从事研究、传授宋江阵技艺的袁和平先生认为,宋江阵源于明代抗倭斗争的军旅步战武术和阵法,这一立论比较客观和实际。加上同安自古好勇尚义,连道光皇帝也称赞"同安为武功最盛之区",所以同安也就成为宋江阵主要发源地之一。

对于宋江阵的研究,传承其表演技艺是一个表层,更主要的是挖掘、提炼其蕴含的爱国主义精神内核,这无论是现在还是将来,都有"以古励今"的教育意义。

我 40 年前做过物质与非物质文化的田野调查工作,尝过"厚脸皮、厚嘴皮、厚脚皮的滋味"。吴慧颖、叶亚莹两位高学历的女子能够眼睛向下,深入村居闾巷、田头地角、祠堂宫庙,"聊向村家问风俗"(宋·王安石),以游刃有余的笔触,稽古钩沉,寻幽探微,努力寻找闽台宋江阵鲜为人知的内涵神韵，这种乐为"下里巴人"立传的文化自觉值得点赞。我孤陋寡闻，以为《宋江阵》是目前一本比较全面、翔实记录宋江阵的通俗读物。书中对宋江阵的起源、形成、发展、分布、影响以及演练的仪式、服饰、乐具、阵式、禁忌、队伍、传承人等都有严谨的笔录，既有文献佐证，又有一手材料，配上近200张图片，图文并茂，称得上是一部具有资料性、知识性、思想性、可读性的乡土文献。

书稿付梓之前，两位女史邀我为书作序，实在让我犯难。我连续从事基层文化工作半个世纪，只是徒有虚名，不过和宋江阵有不浅的缘分。小时候每逢农历二月十二，我随着老祖母上北山拜王公（即开闽王王审知），看"套宋江"；20世纪80年代普查文物时，在新圩听一位宋江阵队员用锄头打死蹿进民房老虎的故事。20世纪90年代初主编同安县民间文学三套集成（即民间故事、歌谣、谚语）时，我也写过宋江阵的掌故。正如俚语所说"缺嘴吹洞箫——漏气（惭愧）"。我对宋江阵没有做过专门的研究，只是偶尔写点儿小文，也"都是随人说短长"。因此，要想讲好宋江阵的故事，实在是心有余而力不足。但回头想想，身处"文化是灵魂"的新时代，作为老文化人，大事干不来，总可以做点儿"化作春泥更护花"的小事。"把老祖宗留下的文化遗产精心守护好，让历史文脉更好地传承下去。"加强两岸合作交流，加大文化交流力度，增进台湾同胞对民族、对国家的认知和感情。明末清初由同安人陈永华（其父陈鼎为同安县教谕）带入台湾的宋江阵已在宝岛开花，几年来以宋江阵为桥梁的两岸文化交流也是硕果累累。这些都让我感动，也让我受到鼓舞。于是我打起精神，不揣谫陋，说了以上这些不着边际的话。相信《宋江阵》这本书能为两岸这份珍贵文化遗产的保护、弘扬、创新打开一扇更加明亮的天窗。

己亥年桃月写于铜鱼城

《同安地名丛谈》序

同安汉代开发，西晋设县，唐代置场，五代治县，宋代筑城，明代抗倭，清代抗清，民国护法，一千七百多年的历史，不但积淀着丰富多彩的物质和非物质文化遗产，而且伴随着各个历史时期的事件和人物，也留下了许多极具文化内涵的地名。如汉代许濙驻兵的营城，唐代刘日新追剿黄巢偏师的刘营、走马人，唐宣宗李忱遁迹的皇帝井，宋末幼帝南逃的御宅，郑成功抗清的"新城"，清兵陷城屠杀百姓的刹口庙……这些历史悠久的地名承载着古同安的文化信息，也是世界同安人"乡愁"的载体。联合国将地名确定为各国重要的历史和文化遗产，称为"地名文化遗产"。中共中央办公厅、国务院办公厅《关于实施中华优秀传统文化传承和发展工程的意见》提出要"推进地名文化遗产保护"，足见地名文化也是中华优秀传统文化的组成部分，它对于传承历史文脉，践行社会主义核心价值观，联络海内外乡亲情谊，实施乡村振兴战略，都有十分重要的历史和现实意义。

吴斗兴是一位有着三十多年地名工作经验的老专家。同安县（含今翔安

区）的山村海岛，城镇街巷，几乎都有他的足迹。从地名普查、命名、《同安县地名志》《厦门市地名志》的编写，到千年古县同安县、千年古镇大同镇及现在同安区域内十九个古村落地名资料的整理、核实，都饱含着吴斗兴辛勤的汗水。他还充分利用地名资料的优势，为海内外同安乡亲的寻根谒祖排忧解难，称他是寻根专家，名副其实。

  有耕耘就有收获。吴斗兴勤于写作，积稿成帙。他把平时撰写的七十多篇文章集在一起，编成《同安地名丛谈》一书，我以为这是一桩利在当代、功在千秋的善事。守护和传承文化遗产，口头传承当然可以，但文字传承更具广泛性和永久性。吴斗兴的这些文章，有地名工作实践经验总结，有地名工作为地方建设、海外乡亲服务的心得。他不仅搜集本地地名，还考究台湾、金门与祖籍地"两岸一家亲"的历史地名。其中阐释许多地名的由来，如地名与动物、地名与植物、地名与谚语等，都有生动有趣的故事情节，是讲好同安故事的组成部分。相信这部书的出版，对于保存地方文化资料，传播地名科学知识，今后新区建设的命名依据，都有很重要的参考价值。

  书稿即将付梓，斗兴兄向我索序，老朽愧不敢当。虽然接触地名工作有年，但没有研究成果。念在与斗兴兄同事多年，20世纪80年代还一道编纂同安民间文学三套集成（即故事、歌谣、谚语县卷本），乡情、友情、交情，在所难辞。爰不揣谫陋，写了以上一些不着边际的话，勉为之序。

时在戊戌仲春于铜鱼池畔

《汀溪故事》序

"溪水清，溪水清，水烟朝尽暮还生。一自洛波人去远，不知何处步溪声。"这是清代雍正年间翰林院庶吉士许琰（金门后浦人，住同安田洋桐屿）用《潇湘神》词牌写作的一首"颇有宋元风致"的词，从中可窥汀溪"丹山碧水竞秀争流"（曹荃）的自然风光。

秀丽的风光，自然会有动听的故事。厦门最高峰云顶山（海拔1175.2米）与同安老县衙、厦门岛云顶岩（海拔339.6米）同在一条中轴线上，是同安千年县署的"脑山"。汀溪宋代龙窑生产的瓷器远销东南亚，被日本学者以"茶汤之祖"珠光文琳之名命名为"珠光青瓷"。宋代朱熹首仕同安时登游褒美福鹏山，并留有"文山"摩崖石刻。明季举人池显方为避城市喧嚣，携母林氏离开嘉禾屿（今厦门岛）到汀溪端山修建"晃岩"参禅乐道。清代乾隆年间为彰扬五峰富绅许承宰妻江氏百岁而建的"贞寿"石牌坊。半岭"山间铃响马帮来"的宋代"茶马古道"，明代同知丁一中为作《温泉铭》的西源温泉，1933年十九路军曾经驻扎的五峰古堡，1935年彭德清带领游击队员在汪前攻打恶匪

吴英的遗址，1955年底一市七县四万多名民工修建汀溪水库，当今正在兴建的汪前抽水蓄能发电站……这些山川、人物、古迹、事件，既有悠久厚重的文化内涵，又有生动有趣的口传故事。至于"朱熹智斗田螺精""五峰出嘉腊（真鲷鱼）""褒美进士芋"等民间故事，更是家喻户晓了。

习近平总书记强调要"讲好中国故事"，汀溪故事也是中国故事的组成部分。"厦门方言讲古"为国家级非物质文化遗产代表性项目，要加强非物质文化遗产保护和传承，积极培养传承人。搜集、整理、编辑民间故事，也是一件传承中华优秀传统文化的重要工作。刘良阵是我属下的一名文化干部，他扎根山区文化工作四十多年，凭借着"厚脸皮，磨嘴皮，跑脚皮"的韧性，早在1988年我主编民间文学三套集成（即民间故事、歌谣、谚语县卷本）时，他就跋山涉水、走村串户，搜集了许多流传已久的民间故事。后来退而不休，又继续挖掘汀溪这座民间文学的富矿。现在，在汀溪镇党委、政府的重视和支持下，他在原有《汀溪民间故事》基础上，本着"剔除其封建性的糟粕，吸取其民主性的精华"的原则，去芜存菁，增添了新内容，汇集为《汀溪故事》。该书内容丰富，图文并茂，分人物故事、红色故事、地名故事、风物故事、其他故事等篇章，有讲述人、搜集者，是从田间地头挖掘出来的第一手材料，不失为一部有着思想性、趣味性、可读性的乡土教材。

付梓之前，承蒙主编盛邀撰序。鄙人年事已高，力不从心，念在共事多年，风雨同舟，酸甜苦辣，尽在其中。爰不揣谫陋，写了以上文字，勉为之序。

2021年11月28日于三秀书屋

《官山春秋》序

"把老祖宗留下的文化遗产精心守护好,让历史文脉更好地传承下去"。姓氏是中华文明绵延五千年的血缘符号,以姓氏为基础形成的宗族文化,也是中华传统文化的组成部分。保护、弘扬、传承这份珍贵的文化遗产,对于践行社会主义核心价值观、实施乡村振兴战略、联络海外侨胞和台湾同胞感情,都有深远的历史意义和现实意义。

官山陈氏望族,如果从"宋代分来自鹭江"的四翁公开科内官算起,迄今也有九百多年的历史。在近千年的历史长河中,官山族人"夙兴夜寐,耕耘树艺,手足胼胝,以养其亲"(《荀子·子道》),积淀了"簪缨蝉联,世济其美"的物质与非物质文化遗产。盛世修史,陈氏族人秉承先贤陈福山修纂《永乐大典》宗旨,组织一批修志之士,"搜主牌于颓垣宇中,证年月于忌辰簿上,不厌于询,喋喋以问,详者录之,疑者注之,失者缺之,袭旧增新,以完全乘"(1945年陈式中《重修谱乘序》)。没有记录就没有历史,官山族人的心血付出,凝聚了《官山春秋》一书,其无量功德,实在值得点赞。

《官山春秋》一书，裒辑了族源、分支、谱序、家训、祖祠、祖坟、民俗、古迹、人物、艺文、牌匾等古今文字记录和实物资料，林林总总，可谓是"官山小百科"。其中不乏传统文化中蕴含的思想观念、人文精神、道德规范，可以为今天保持社会和谐健康持续发展提供精神软实力，也可以作为"存史、资政、育人"的乡土教材。如"人物篇"记录的杰出乡贤，明清时期，有奉诏修纂《永乐大典》、归籍仍是"行李归来一担轻"的进士陈福山，兼任广东珠池海防清军盐法却是"入宝山而以空手回"的举人陈大廷，在厦门抗英及查禁鸦片中以身殉职的海坛副将陈上国，坚守民族气节、同胞双节的陈良、陈时兄弟，执教"浯江书院"（在今金门县）、撰写《垂训子孙》家训的举人陈耀磻，为马六甲甲必丹曾其禄（今厦门市区人）捐建青云亭观音堂撰写《大功德主曾公颂祝牌》的举人陈大宾……当今则有，抗战时期组织"缅甸远征军"、荣获"光华勋章"的陈式锐，被陈嘉庚先生聘为厦门大学总务主任的同盟会会员陈延庭，荣获厦门市"捐资兴学，功在千秋"的华侨陈式来，旅美太空科学家陈绳策，台湾法学家陈焕生……他们为国捐躯的壮举，勤政廉洁的风范，爱国爱乡的热忱，科技创新的精神，"礼义廉耻"的家风，培育了官山人的良好气质，今天于国于民仍有积极向善向上的教育意义。

官山陈氏宗贤、是书执行主编清太是位热心宗族文化、闽南文化的后生。2019年我撰著《同安古匾额》时，曾带我到仑头搜集古匾额资料。20世纪80年代，我也普查过南院陈太傅祠（时作豆腐厂）、"有官山横，无官山高"的官山堂以及陈大廷墓葬、陈贯中故居、三忠宫等文化古迹，对"官山陈"的人文略知一二。今清太持稿索序，实力不从心，但辞之弗获，只好借用明代潮州令李春芳（同安驿路人，蔡复一夫人祖父）《陈氏实录族谱序》一段话表明心迹："余壮而久困，虽有志于文，不能如贤者之重，而陈君之求甚切，吾知其宗之将大也，故书其序以与。"

庚子年端月元夕于铜鱼城

《香山岩》序

我与香山有着不解的香缘。

老家（同安区五显镇后塘村）有座祖坟在"香山庙口"，墓主是清代康熙年间浯江（金门）颜氏二十世颜孔武妻黄氏。当年村民从玉堂宫抬出清水祖师到香山卜葬，祖师公见香山景色迷人，便决意留住，于是村民不定期到香山迎"香山大祖"回来巡境安民。20世纪50年代初，我在读小学，曾经怀揣一束香，随大人徒步到香山迎香山大祖，回来路过郭山、布塘还能吃到当地村民奉献在路边的"香菇咸糜"。半个世纪过去，但那快乐的童趣仍在脑海中荡漾。80年代后，因为工作职责，我参加了香山文物普查、文物报批、景区论证、丛书审稿等工作，先后带领金门文化人士许金龙、陈添财、洪明灿、黄振良、杨清国、杨天厚、王水彰及厦门大学教授詹石窗等到香山参观考察，又逐步加深了对香山文化内涵的认识和理解。

张神保先生编著的《香山岩》，对香山优美的自然景观和丰富的人文景观作了翔实的记录，读者从中尽可见仁见智，具体内容就不再赘述了。我想

借此让更多的人认识这位几十年如一日固守香山的草根作者。

张神保自1968年就常住香山，四十多年的风风雨雨，酸甜苦辣，可想而知。人们都叫他"香山保仔"，已经习惯把他与香山绑在一起了，说他是香山的守卫者，香山文化的传承人，实不为过。他对香山的一草一木，一石一路，一神一佛，一砖一瓦都了如指掌；说起香山故事，滔滔不绝，娓娓动听。因此，由他编写这本书，轻车熟路，得心应手，也就使这本书更具有史料性、知识性、趣味性和可读性了。

"要讲好中国故事"，不但要讲给中国人听，还要讲到国外去。中国故事博大精深，其中蕴含着历久弥新的传统美德，也是今天构建和谐社会的历史资源。"香山保仔"日积月累，早把香山的故事装在肚子里，如今又把这些故事记录在书本上，让香山的故事随着祖师公的香火传播得更远，保留得更久，这实在是件功德无量的善事。但是光"香山保仔"一个人讲故事远远不够，故事要靠大家讲，香山庙会应该开设"讲古场"，让大家都来讲故事。可以说古，也可以谈今，只要有正面意义的故事都可以讲。深圳政协编撰《深圳口述史》，讲了一百多位开拓者的故事，好评如潮。翔安建区也有十多年了，肯定会有精彩的故事，这就需要有更多像"香山保仔"那样的有心人去整理和宣传。

《香山岩》一书花费了作者多年的心血，在张辉乾先生的协助下，裒然成集，即将付梓。承蒙作者美意，又与香山早有香缘，只好"闲土耆挨冇粟"，说了以上不甚切题的话，勉以为序。

甲午年腊月于铜鱼城

《苏营皇渡庵》序

根据地方志书记载,历史上有三位皇帝到过古同安(含今天的金门县、厦门市各区及龙海区角美镇)。一位是唐朝第二十位皇帝唐宣宗(李忱),他未登基前因受宫中排挤来到古同安;两位是宋末幼帝昰和昺,因被元兵追赶经过同安。两位幼帝没有当上真正的皇帝,李忱虽遁迹江南多年,但终于当上了皇帝,在位十三年,且有"小太宗"之誉。因而唐宣宗在苏营的"皇帝井""皇渡庵"、苎溪的"陈婆陂"等历史遗迹以及"珍珠糜配凤眼脍"等众多的民间传说,成了今天厦门地区研究帝王文化、建设美丽厦门珍贵的物质和非物质文化遗产。

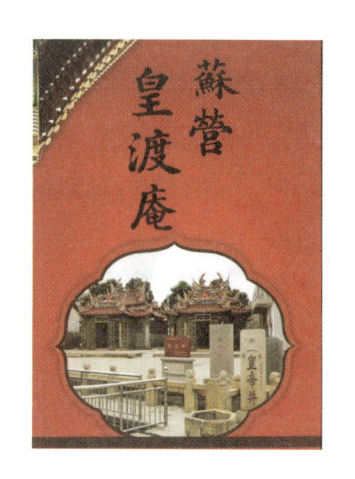

苏营的皇渡庵,不仅是研究帝王文化的实物资料,还是联结两岸神缘的桥梁和纽带。

两岸开放往来,众多的台湾同胞纷纷回大陆"找祖公、找佛公"。早期渡台的先民,常有"十去六死三留一回头"之遇,因而他们离别家乡,常常抱(背)着家乡神明的金身或怀揣神佛的香火到落籍地供奉,作为安身立命的保护神。后来生齿日繁，形成聚落，于是修宫建庙，奉祀原自家乡的神祇。所以有着"庙宇十千，神明三百"之称的台湾各庙宇的神明，几乎可以在大陆找到他们的"根"。台北市加蚋广照宫和台中乌日乡同兴宫供奉的主神飞天大圣，也是当地先民于清代乾隆年间自同安皇渡庵恭请渡台的神灵。由于众所周知的原因，两岸中断往来，当地信众不但不知道飞天大圣的祖庙，连他的身世也是个谜（甚至有学者误为是齐天大圣）。广照宫的善信为了给飞天大圣找根，多次派人到同安查询。由于皇渡庵鲜为人知，加上行政区域变化（皇渡庵所在地的苏营村原属同安县仁德里，今属集美区），使得他们无功而返。后来直接投书同安县文化局，也是冥冥中的一种机缘，我在普查文物时恰好有皇渡庵的第一手资料，于是中断近半个世纪的两地神缘终于连接，时间是1988年10月20日。

　　飞天大圣的信仰也是"慈济文化"的组成部分。根据民国版《同安县志·方外》的记载，宋代同安白礁医圣吴夲为人治病"而又不取人一钱"，使得"同安县令江仙官、主簿张圣者高其义，皆弃官从神游。"吴夲有永乐皇帝"保生大帝"的封号，现代人称他是宋代的"白求恩"。他医术高明，"按病受药如矢破的"，而且医德高尚，"业医济人无贫贱"。他的精神不但感动普通百姓，连官方也推崇备至，以致同安县主簿张圣者（封号"飞天大圣"）连官也不当，自愿追随吴夲行医济世。因此，在飞天大圣的身上，同样闪烁着"慈济精神"的光辉。今天我们研究飞天大圣信仰，也是传承保生大帝的慈济精神。所以，皇渡庵管委会编印的这本书，可以充实保生大帝信俗中健康、慈济、和谐的文化内涵，而体现在飞天大圣身上那种"官轻民贵"的儒家传统理念，今天仍有积极的借鉴意义。

　　鉴于我是两岸飞天大圣信仰交流最早的牵线者，又是皇渡庵，飞天大圣资料的搜集整理者，因而乐为之序，也借此就正于方家。

2013年11月28日于古庄新城

《祥露妙建庵》序

同安区西溪社区祥露村，清代属在坊里西驿保，是个"处处有历史、步步有文化"的郊外乡村。村民多庄姓，是闽王王审知外甥庄森的苗裔，明永乐十三年（1415）祥露开基祖庄仙福公自从顺里亨泥坑内徙此。尔来六百余载，瓜瓞延绵，遂成望族。

古人云"地生才，人杰必由地灵"。祥露庄氏历代科举簪缨，彪炳先后。如江西宜黄知县庄崇德、广东普宁知县庄量、以功受封定国将军的武进士庄渭扬；清代江西武宁知县庄则征以及武举人庄式玉、庄长清、庄学山、庄其中等。他们或卫国干城，或为民造福，都为古同安、今厦门书写了绚丽的篇章。而祥露丰厚的人文史迹，也是我们讲好"同安故事"的重要题材。如横跨漳（州）泉（州）驿道奉祀开闽王的水南宫，就有唐末"王家三龙"北山"竹林兵变"的故事，茂林下有宋代大理学家朱熹为其最早学生许升卜葬的故事，庄渭扬故居有其领兵平黎以及为姻亲、相国张瑞图解祸的故事，树立在古驿道旁庄允升妻张氏节孝坊，也有张氏守节敬老抚幼的感人故事。那些行色匆匆投宿妙建庵打官司的黎民百姓，也有祈盼父母官为其平冤解厄的故事，就连宫后那棵默默无

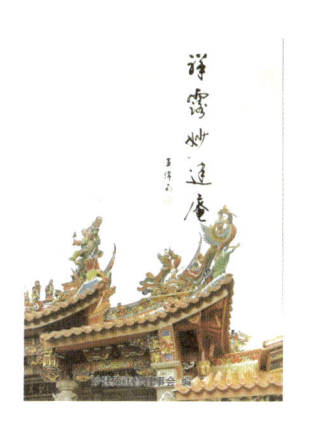

闻又"可治风癀"的赤榕古树，又何尝没有神奇的传说？我们应遵照"蕴含的思想观念、人文精神、道德规范，结合时代要求继承创新"的讲话精神，努力开挖历史遗存中的正能量，为美丽乡村建设、实施振兴乡村战略提供持久的文化软实力。

妙建庵是祥露及其周遭百姓的信仰中心。清代康熙版《大同志》卷十记载"妙建庵在西安桥之南，与水南宫、玄坛宫为官司往来憩息之所。"妙建庵据传始建于唐代，初祀观音菩萨，明崇祯年间拓建，形成三进红砖建筑规制，前挂张瑞图书题匾额，中祀保生大帝，是座释、道供奉的庙宇。因其处于驿道的路段，历来享受四面八方的香火，更是成了联结台湾同胞、海外侨胞感情的纽带和桥梁。

妙建庵的文化内涵非常丰富。明清修葺时，留下了很多文化名人的墨宝。如时称"南张北董"张瑞图书题的匾额，"闽台金石宗师"吕世宜、鸦片战争名将李廷钰、翰林院编修庄俊元及庄氏族贤庄鸿道、庄志涵、庄佩兰、庄清之等书法名家题镌的石柱楹联，楷、隶、行、篆兼备，琳琅满目。这些文物，是妙建庵历史和艺术价值的见证，具有不可替代性和不可再生性。妙建庵重修理事会人员及祥露庄氏族人，能够认识、理解保护历史文物是"功在当代，利在千秋"的重大意义，所以这次拆旧重建时，能够把十三副石柱楹联完整保存下来；对于新增的八副石柱，也多方聘请当今书法名人挥毫泼墨，留下了有时代气息的联对，使这座富丽堂皇的庙宇古今交相辉映，香火文化并浓，实在是功德无量，善莫大焉！

我从事家乡文化工作多年，常常为珍贵的文化遗产流失而痛心疾首。今天看到妙建庵重建，一批有识之士（尤其是年轻人），不但用心保护历史文化遗产，还能把这些资料搜集、整理、汇编成册，既保存了城乡历史记忆，又弘扬了同安文化。欢忭之余，写了以上这些不甚切题的话，冒弁卷首，尚祈方家有以教我。

戊戌年冬月于铜鱼池畔

《抗倭英雄李良钦》序

闽南有句"俞龙戚虎"的话,形容男子汉英勇威武。这是颂扬明代俞大猷、戚继光两位抗倭民族英雄的民间俚语。他们的名字,早已家喻户晓,妇孺皆知,而俞大猷的老师,也是抗倭英雄的李良钦却鲜为人知。

这里先扼要补述一段明代古同安[1]倭患及抗倭的情况。

据清道光版《厦门志》记载:"泉州自洪武三年(1370)至嘉靖四十三年(1564),屡击屡犯。海滨之民,几不聊生,世庙季年,尤遭蹂躏。经戚继光、俞大猷、张奇峰剿破,至隆庆三年(1569)倭始绝迹。"在这两百年间,古同安人民深受倭害,官方志书、文人著作、家族谱牒都有记叙。如《金门县志》记载嘉靖三十九年三月日本倭寇登岛后"始终凡五十日,村社

---

[1] 含今天的金门县、厦门市各区(海沧部分)及漳州龙海角美镇等地。

为墟""妇女相携投海者无数"。"理学名宦"林希元有"杀戮同鸡犬，川原污血腥"描写倭寇杀人如麻的诗句。马巷《官山谱系》记载，何厝派十三世陈尧"一家七口于嘉靖辛酉年（1561）俱被倭害殁"。总之，倭寇所到之处，实行"三光"政策（即烧光、抢光、杀光），恶贯满盈，罄竹难书。

当然，有侵略，就有反抗。在明代抗倭斗争中，古同安涌现了许多"捐躯赴国难，视死忽如归"（魏·曹植）的英雄豪杰，李良钦就是其中一位名垂青史，可歌可泣的抗倭英雄。

可惜，我对李良钦这位历史人物知之甚少，民国版的《同安县志》也只有74字的记载，不妨抄录如下："李良钦，积善里山边人。少任侠结客，得异人授棍法，神明变化，纵横莫当。俞大猷曾受学棍法。嘉靖间同大猷、戚继光扫平倭寇，制胜多出其谋。大猷上其功于朝，辞不就。归卧林下，寿九十余卒。"

有幸于付梓前读到《抗倭英雄李良钦》这本书稿，让我对李良钦的生平事迹有了进一步的了解。书中除"祠堂文化"内容外，还通过李氏族人的笔记及口述，由主编整理了10篇有故事情节，文笔流畅的李良钦抗倭故事。如小时向异僧学习爬树功夫、东屿比武打败倭寇太郎、汪洋秋千比武、龙安寨操练"宋江阵"、向俞大猷传授丈二棍法、义征解救兴化城、崇武海上歼敌等。这些资料，不管是传说或逸闻，对于塑造李良钦这位"名世干城"英雄人物的形象，都有"补史"甚至"正史"的作用。如果改编成连环画册，那将是一本向青少年进行爱国主义教育，而且有着思想性，史料性，故事性，可读性的乡土教材。

挖掘、弘扬、传承李良钦爱国主义精神，对于姓氏源流的研究，闽南文化的发展，青少年爱国爱乡教育，乡村振兴战略的实施，都有向上向善的引领作用。山边李氏村民有高度的文化自信和文化自觉，为弘扬先贤爱国爱乡情怀尽心竭力。而厦门诗人陈接代勇于承担这种"磨嘴皮，厚脸皮，跑脚皮"的主编工作，正是依靠甘于寂寞，乐于奉献的精神，才能完成这桩"不朽之盛事"，实在值得点赞。

厦门市姓氏源流研究会陈淑娥会长推荐我为是书撰序，我已是"一日一日差，走路相踢脚"，实是力不从心。但还是打起精神，东拉西扯，讲了以上这些不甚切题的话，是勉为序。

2020 年 9 月 28 日于铜鱼城

《闽王文化在同安》序

　　同安很早便流行着一句俗语：未有同安，先有北山。原本我就纳闷，要说"山高拱北极"的北辰山（简称北山）自然实体是什么时候存在的不得而知，而"同安"之名始于西晋太康三年（282）设置的同安县自然晚于北辰山的形成，而俗语又强调同安与北辰山的先后关系，着实让人费解。后经"乡里老大"诠解，方知"北山"是指唐末始建的闽王生祠广利庙（俗称北山宫或王公宫），而"同安"是指后唐长兴四年（933）才正式实施县治的同安县。闽王王审知薨于后唐同光三年（925）十二月十二日，所以这句话表达的意思应该是：在同安县治实施之前就已经有北山宫了，也就是北山王公宫比同安县治还早的意思。

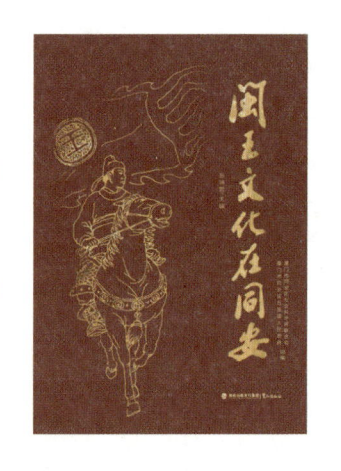

　　那么北山为何会有北山宫，王公又是何许人？早时我也是"不知有汉，何论魏晋"。记得小时农历二月十二那天随老祖母到离家大约五千米的北山拜王公，在那里看了宋江阵、车鼓弄表演，听到"溜、溜、溜，王公发嘴秋"细数王公宫口卖杂货的闽南童谣，还能吃碗热腾腾的"蚵仔圆"，就算是"满载而归"了。而对王公的身世，仍是一无所知。到了20世纪80年代，我看了新加坡王秀南教授赠送的《开闽王甘棠遗爱》一书，不久参加文物普查，直到后来参加北辰山省级风景名胜区和"王审知信俗"省级"非遗"项目评选、编写北山"闽王馆"陈列脚本、参与闽王文化研讨会等活动，才对开闽王的事迹有了大略的了解。

唐末中原板荡，光州固始县"王家三龙"（即审潮、审邽、审知）随王绪领导的农民起义军于光启元年（885）八月途次南安，在北辰山（时属自南安析出设置的大同场）发动"竹林兵变"，确立了王家在义军中的领导地位。随后义军向北，所向披靡，福建一统。唐昭宗乾宁四年（897）十二月王潮去世后，王审知继任福建观察使。五代后梁开平三年（909）农历四月初五日被后梁太祖朱晃封为闽王。王审知治闽29年（891—925），福建出现"事定千年无战伐，时清万户有弦歌"的升平景象，闽王也获得"开闽第一""八闽人祖"的赞誉。因此，迄今1136年前发生在同安"将帅易主"事件，既是奠定"闽国"的统治基础，同安也自然是闽王文化最早的萌发地。

闽王文化是一笔珍贵的文化遗产，也是中华优秀传统文化的组成部分。它的文化内涵丰厚，在今天仍有借鉴、实用的价值。例如，"王家三龙""扶母投军彰大孝，拜剑让兄礼义彰"的孝道文化，劝农兴织、兴修水利的民生举措；恳恤耄耋，与民休息的民本理念；"劳不坐乘，暑不张盖"的廉朴作风；辟港通商，"招徕海中闽夷商贾"的开拓气魄；聚书建学，以养秀士的兴学措施；"宁为开门节度使，不作闭门天子"的交好邻道策略等。就是他实施"治闽六善"的主导思想，即善为政，善立身，善教化，善招纳，善求福，善守信，仍然可以成为今天践行社会主义核心价值观的价值引导力。

吕瑞哲、杨绪狮两位热心闽王文化的地方文史工作者，多年来深入村居闾巷、祠堂宫庙，搜奇索奥，稽古钩沉，把搜集到有关王审知在同安的文献和田野资料，整理编辑成《闽王文化在同安》一书，劬劳付出，值得点赞。该书内容丰富，是让更多人了解、传承闽王文化、讲好闽王故事的乡土教材。同安北辰山是"闽国"的孕育地,也是开闽王氏开宗发脉的吉地。北辰山闽王生祠广利庙以及他的衣冠冢是开闽王留在同安重要的文化古迹。古同安各地奉祀开闽王的庙宇、开闽王氏古同安聚居的村落、古同安农业文化遗产等,这些都是研究王审知在同安的实物依据。再如,开闽王信俗(北山庙会)、据传闽王亲订的南音(已列入联合国人类非物质文化遗产代表作名录)指谱、同安军民庆贺王审知封王制作的"封肉"、同安朝元观纪念当年王氏领兵到泉州除暴安民"六月初七天门开"的民俗节日、北辰山历届闽王民俗文化节以及诸多生动有趣的闽王民间故事(传说)等,这些非物质文化遗产,也从多方面赋予了闽王王审知在同安"忠心不泯开闽地,惠泽及人镇北山"的思想内涵。具体内容细节,俱在书中,这里不再赘述。

《闽王文化在同安》即将付梓,热心闽南文化工作多年的吕瑞哲持稿索序,念后生可畏,为作春泥护花,扯了以上这些言不及义的话,冒充弁首。

壬寅年荔月于铜鱼城

附 录

抢救散落文物　打捞同安文史
——文史专家颜立水获评 2017 感动厦门十大人物

2017 年 3 月 20 日晚，感动厦门十大人物领奖晚会在报业大厦多功能厅揭晓，同安文史专家颜立水获评。

在颜立水的案头，堆叠着厚厚的纸页，同安古匾额、同安民间信俗、同安故事摄影作品集、同安文物古迹老照片……多个正在进行的书籍编撰项目都汇聚到这里。而淹没在书稿中的这位老人，今年已经 76 岁，与他近半个世纪研究推广同安文史的历程相比，这些其实只不过是片刻光景。抢救者穿行上千个乡村"抢"回 500 余件文物。

许多来到同安孔庙的人总会惊叹，一个县级博物馆竟藏有 500 余件石雕碑刻。每一件文物的背后，都是一段同安的历史，事关厦门这座城市的前世今生——也许一次台风天的侵袭，一次推土机的碾压，一次不法分子的洗劫，都会令它们灰飞烟灭，是颜立水把散落在田间地头的它们一个个运到孔

庙附近，稳妥地保护下来。

然而，抢救之路何其难，20世纪80年代初，颜立水骑着自行车，穿行在大同安县的1000余个乡村里，莲花山太高，他徒手攀爬；大嶝岛太远，他乘船渡海。身处山野，渴了，他喝军用水壶里的凉开水，饿了，他有时拿马蹄酥充饥，有时找牧童施舍点地瓜汤喝。

可颜立水的心里只有文物，眼里看不见这些困难——蹚水时，他踏过垫脚石，不忘用手摸摸石板底部，那就是一块碑刻；过河时，他留意到洗衣的农妇边上有个石雕不寻常，那就是一块石经幢部件；就连上厕所，他也随身带着钢尺，说不定砌墙用的石块就是从某个古迹搬运来的建桥石碑或练武的义勇石，他一量心里就有数。

有一晚，颜立水听老人说起，莲花云洋的铜钵岩附近有三尊宋代石佛和"鬼仔洞"。颜立水知道，这是县志里没有记载的。第二天，他按老人嘱咐，口衔草叶进洞。"这是宋代开禧元年的文物！"就在看到碑文的那刻，他张口惊叫，草叶掉落在地。可他顾不上草叶，立即记录下文物的详细信息，而这竟也成为这三尊石佛最后的记录——后来石佛被盗，人们只能借助颜立水的记录追忆仿制。

回忆起那段时光，颜立水说，他和同事总算摸清了同安这座千年古县的"家底"。随后，在他的带领下，50多处文物保护单位被先后公布，一批岌岌可危的古建筑得以修缮，多项流传于民间的非物质文化遗产也被收集整理，是他让同安的历史更加有迹可循，让同安的过去与现在紧紧相连。

从1995年起，颜立水跨海投稿《金门日报》，是首位在金门投稿的大陆人。1998年，金门县政府更为他出版了《金门与同安》专著。他也成为新中国成立后，首位在金门出书的大陆人。2006年，颜立水与金门采风文化发展协会荣誉理事长黄振良合著《先贤行迹采风》，这是"两门"地方文史工作者合作的第一本书。截至目前，金门县政府已经出资为他出版了5本专著，他让金门人看到一个个文史古迹力证下绵密的金同情缘

颜立水说，这一切得益于早在20世纪80年代的那次文物普查。尽管

这在颜立水看来是"无心之举"却收集了丰富的第一手资料。而正是这些资料，让同安的文史研究站在更为宽阔的视野下——同安不仅与海峡对岸有着千丝万缕的联系，更与世界有着紧密的勾连。

今天，当越来越多漂泊在外的游子带着割舍不断的血缘，依着魂牵梦绕的念想寻根问祖时，这些资料也成为破解家族图谱中一块不可或缺的拼图。同时，血缘的维系联结也让这些资料"活"起来，让文物古迹焕发生机。

20世纪90年代初，一位新加坡客人带着族谱找到颜立水，族谱上分明写着"泉州府同安县十八都龙门保积善里鼎美乡后柯社兴理公派下"。这位客人就是柯宗元，是新加坡前总理李光耀的夫人柯玉芝的侄儿。经过调查，颜立水带着柯宗元来到鼎美后柯社，寻至柯氏祠堂"一经堂"，一核对两地的族谱谱系，很快就确认了宗亲关系

只要依据一个旧地名、一份旧族谱，甚至是父亲、祖父的名字，颜立水常常就能找到线索。有人开玩笑说，找老颜，比去查百度还快速准确。数十年间，至少有上百名台胞，侨胞在他的协助下找到祖居地。"我就是将心比心，急人所急、看到海外的游子在故土寻到亲人，这是多好的事！"颜立水说。

"那些文物再不保护就来不及了"。一个朴素的信念支撑着他不断前行：抢救文物著书寻根，守护文脉，传承历史，一走就是半个世纪。

颜立水说："见证同安近半个世纪的老文化人，能得到社会广泛认可和支持，我非常感动。优秀的传统文化是一座城市的灵魂，今后我还会继续发挥余热，把老祖宗留下来的精神遗产守护好，带动、培养一些有志弘扬中华传统文化的后援力量，让历史文脉传承下去。"

后 记

拙著付梓之际，把今生正式出版的书籍类似"岁尾"清点一下：《秋实集》是 1991 年出版的首本习作，尔后陆续出版的著作有：《冬耕集》（1996 年）《金同集》（2005 年）《朱熹在同安》（2008 年）《同安馆藏石雕》（2016 年，同安政协文史资料首部正式出版物）《老时光里的同安》（2018 年）《同安古匾额》（2019 年）《同安区涉台文物古迹》（2021 年）。金门县政府为我出版的专著有：《金门与同安》（1998 年）《先贤行迹采风》（合著，2006 年）《颜立水论金门》（2008 年）《凤山钟秀》（2010 年）《祖地情怀》（2013 年）。

这些书作，有人说是"菜补仔签卷薄饼"（指杂烩），窃以为是一种"阉鸡拾碎米"的劳作，是鄙人连续从事地方文化工作半个世纪艰辛路程的记录，对于保存古同安历史文化信息有着存史、补史、正史的价值。

这本书的出版，缘于同安政协原副主席洪祖溢要为我在"古同安历史文化研究院"成立时举办"颜立水从事文化工作五十年座谈会"的建议，因我婉谢改为"出书"。在时任区长陈高润亲切关心下，区委、区政府、文化和旅游局大力支持，历时一年多，终使书稿付梓。

本书的出版，与不少学者、同事的关心、帮助息息相关。四川大学老子

后记

<figure>我与詹石窗合影</figure>

研究院院长詹石窗乡贤百忙中题写书名，厦门市政协提案委秘书处处长范世高撰写热情洋溢的佳序，同安摄影家洪祖溢、夏海滨、何东方、曾清根、吴稳水、王耀立、陈锦霞等提供图片，同安旅游发展中心四级调研员陈奕坚、同安区博物馆蒋瑕联系出版事务，古同安历史文化研究院的杨志刚、叶婉萍、纪丽梅、林必荣、王凯帮忙编排、打印，美林街道社区工作者吕瑞哲帮忙校对，他们为本书的顺利出版奉献良多，谨此一并致谢。

平生虽有"望崦嵫而勿迫，恐鹈鴂之先鸣"（屈原《离骚》）夙愿，也很想发挥"余热"，怎奈岁月不饶人，心有余而力不足。敝帚自珍，书中若有"七说八不对"之处，祈盼方家不吝赐教。

颜立水

2023 年 11 月 22 日于铜鱼城